Senju-maru & Moroe
「王朝夏曙ロマンセ」

「あ……起きねば。諸兄様がお戻りに……」
だが夢うつつの体でそうつぶやくうちにも、細く開けた目はとろりと力を失い、すうとまぶたが閉じたと思うと、千寿はふたたびすうすうと寝入ってしまった。
「ふふっ……愛いのう。そなたはなんと……愛いのうっ……愛いて愛いて愛しゅうて、物狂うてしまいそうだぞ、千寿……！」
（本文P.69より）

Chara

王朝夏曙ロマンセ

王朝春宵ロマンセ2

秋月こお

キャラ文庫

この作品はフィクションです。
実在の人物・団体・事件などにはいっさい関係ありません。

目次

口絵・本文イラスト／唯月 一

ぽくぽくと行く馬の一足ごとに、草むらからホウッと蛍《ほたる》が舞い上がる。

人の息づく速さより少し早めに明滅しながら、闇の中をフウッフウッと飛びかう光は、いかにも儚《はかな》げな美しさで千寿丸《せんじゅまる》の心をとらえる。

またひとつホウッと舞い上がった光を、夢見心地で見送っていた千寿の耳に、後ろから腰を抱いてくれている人の声が低くささやいた。

「今年の蛍はいつになく美しゅう思えるが、これもそなたとともに見ているからであろうか」

「わたくしも、このように美しい蛍を見るのは初めてでござりまする」

千寿は答え、面映《おもは》ゆさをこらえてつけくわえた。

「きっと、諸兄《もろえ》様とご一緒だからじゃと思いまする」

「そうか……千寿もそう思うか。うれしいな」

やさしくほほえんだ声に、耳へのくちづけと甘咬《あまが》みが添えられてきて、千寿は二人乗りの鞍《くら》の上で「あん」と身をよじった。

「悪戯《いたずら》をなさると『霧島《きりしま》』が驚きます」

馬にかこつけて制してみたが、諸兄様は、千寿がそのことをいやがって言っているのではないとご存じだ。

「『霧島』は『淡路《あわじ》』より肝も太いゆえ、心配はいらぬ」

などと言い返してこられながら、千寿の水干《すいかん》の懐に手を入れてこられた。

手触りを楽しむようにするりするりと胸肌をまさぐった手に、乳首を探り当てられ、指先でくるりくるりと撫《な》でまわされて、千寿の口から「ん」と声が洩《も》れた。

千寿はこの春までは、嵯峨《さが》の大寺・如意輪寺《にょいりんじ》に仕える美形ぞろいの稚児《ちご》の一人だった。寺の主である慈円《じえん》門主様から我が子のように愛しまれ、陰にひなたに守っていただいてきたおかげで、僧達の玩具《がんぐ》となるべき稚児の身にもかかわらず、十四歳のいまになるまで清い体のままでいた。

それがゆえあって寺を出奔することになり、縁あって諸兄様と出会い、紆余《うよ》曲折の中でたがいに魅かれ合って、こうした仲になった。

男女のあいだならば三日夜《みかよ》の餅《もち》で固める陰陽和合《おんみようわごう》の契りを、男子同士であるからと盃を交わす形に代えて、末永く添うことを約束し合ったのは、一月前のこと。

そして千寿の命の恩人であり、やさしい主人であり熱烈な恋人でもある六位蔵人藤原《くろうどふじわら》諸兄様は、三日にあげず千寿をお可愛《かわい》がりくださるので、近ごろではすっかりそのことにも慣れたばかりか、胸乳に触れられただけでもジンと感じてしまう、ひどく敏感な体になった。

諸兄様はそうした千寿を「愛《う》い」と喜んでくださるが、千寿は少し困っている。時として諸兄様のまなざしを感じただけでも火がつくような、節操を忘れた体にもなっているからだ。

「どれ、手綱《たづな》を任そう」

とささやいてこられた諸兄様に、

「困りまする」

とささやき返したのは、二人を乗せてぽくぽくと行く馬の、手綱を預かるのが困るのではない。諸兄様が、千寿に手綱を預けてなさろうとお考えのことへの抗議であるが、むろん聞いてはいただけない。やさしい諸兄様も、この時だけはとても強引なのだ。

千寿の手に無理やり手綱を持たせてしまうと、諸兄様は自由になった右手でも悪戯をお始めになった。すなわち、千寿の袴《はかま》の脇開きから手をお入れになって、股間《こかん》のものを……

「おや、こんなところになすびがなっているよ」

「あっ、諸兄様っ、どうか」

けっしていやではないのだが、馬の上でのこうしたことは、何やら馬に恥ずかしい。

「不思議不思議、このなすびは撫でると大きくなるね。仙界のものだろうか？」

「ち、ちがっ」

「まだ草の葉には露は降りていないのに、これはもうしっとりと濡《ぬ》れている。なぜだろうね」

「ぞ、存じませぬっ、あんっ」

ついに嬌声《きょうせい》を上げさせられてしまって、耳まで赤くなった。

「ど、どうかもうお許しを。『霧島』が聞いておりまする」

「聞いても他言はせぬさ。なあ、『霧島』？」

「でもっ、ほ、蛍も見ております」

「ならば二人で葉陰に隠れてしまおうよ」

言った諸兄様が、手綱を持った千寿の手につと手を添えて、駒の歩みを引き止めた。ひらりと鞍から降りたと思うと、駒を引いて歩き出した。

「ああ、ここだ」という声と一緒に、左手に茂った柳とおぼしい木立に向かって駒が向きを変え、木立の横を通り過ぎたと思うと足音が変わった。ドコドコと蹄《ひづめ》が踏み鳴らしていくのは、川水が増えれば流れに洗われる造りの小さな木橋のようだ。

夜空は雲一つなく澄み、中天には半月がかかっていて、満月の時ほど物の影は明らかではないが、松明《たいまつ》なしでも道がたどれる程度には夜目が利く。

二人は二条大路《にじようおおじ》の西端から天神川《てんじん》に沿って北に向かって来ていて、目の前に迫って来ているのはたぶん双ヶ岡《ならびおか》の三ノ岡。いま渡っている川は天神川ではなく、双ヶ岡の東側を行くその支流のようだ。

橋を渡り終えるとやがて、木の間がくれにチラチラと明かりが見え始めた。家があるようだ。

「諸兄様、いずこに行かれるのでございますか？」

馬の上から尋ねた千寿は、

「ここはもう屋敷内なのだが、しばらく来ぬあいだにずいぶんと荒れてしまった」

という返事に、後ろを振り返ってみた。だが、門を通った覚えはない記憶のとおりに、屋敷地らしい築地塀《ついじべい》も見当たらず、これまで通って来た川べりの風景と同じような灌木《かんぼく》混じりの草むらの上を、ふっふっと蛍が舞っているばかりだ。

「どなたのお屋敷でござりまするか？」

と問いを重ねたところで、諸兄様が足を止め、『霧島』も立ち止まってブルルッと鼻嵐を吹いた。

見れば、先ほど見えた明かりの出どころらしい家の前に来ていた。低い柴垣《しばがき》がめぐらせてあって、簡素な冠木門《かぶきもん》がしつらえられている。

「清原《きよはら》右大臣の別荘の中の一棟だよ」

と教えていただいて、（ん？）と首をかしげた。

「誰かある！」

諸兄様が大きな声でお呼びになり、『霧島』がまたブルルッと鼻を鳴らした。

その老人は、灯しも持たず足音もさせずにすっと門のところにあらわれたので、千寿は一瞬（狐狸《こり》か!?）と思ってしまった。

「ああ、おったのか。なぜ迎えぬ」

いささか不興げにおっしゃった諸兄様に、老人は折れ烏帽子《えぼし》を載せた頭を深々と下げて、ボソボソと言った。

「おじゃまにならぬよう、なるべく面は出すなと申しつかっておりましたので」

「そうか。では叱っては気の毒だった」

諸兄様は頭をかいて詫《わ》びをおっしゃり、手を貸して千寿を馬から降りさせると、

「『霧島』の世話を頼む」

と言いつけて、門をくぐった。

小さな家だと思ったそこは、思ったより広い鉤《かぎ》ノ屋《や》造りの瀟洒《しょうしゃ》な高殿《たかどの》で、上がり口や部屋のそこここに灯明が置かれ、奥の間には几帳《きちょう》で囲った畳敷の床《とこ》と、軽いつまみ物を五色ばかり載せた膳や水差しが用意されていた。

「うむ、行き届いているな」

満足そうにうなずいた諸兄様が、千寿の手を取ったのは、几帳の中に連れ込むため。

手を引かれて座らされた床の上で、気恥ずかしさを紛らわせたくて尋ねた。

「あ、あの、ここは?」

「そなたを存分に可愛がるために手に入れた、二人だけの隠れ家だよ」

「で、ですが清原右大臣様とおっしゃるお方は」

「しっ、話はあとでね」

おっしゃったお口で、諸兄様は千寿の口をふさぎにこられ、差し入れてこられた舌で口の中をねぶられ、手ではもうさっそくに股間をなぶられて、馬上でされた悪戯での高ぶりがたちま

ちよみがえった。

「あ……諸兄様……んうっ」

「この家には俺とそなたの二人きりだ。思うさま声を上げても誰にも聞かれぬゆえ、そなたの愛らしくよがる声を心ゆくまで楽しませておくれ」

「そ、そんなことっ」

だが、我慢しなくていいのだと言われた声をこらえようとする努力は、長くは続けられなかった。諸兄様がお口で与えてくださる快感が、千寿の羞《はじ》らう気持ちを打ち負かしたからだ。

「ああんっ、ああっ！　やっ、いやっ！　出まするっ、出てしまいまするゆえ！　ああっ、あんっ！　いやです、諸兄様〜っ！　ああっ、い、いやっ、いやあっ！　あっ……」

あらがいきれずにお口の中で放ってしまったものを、諸兄様はコクリと飲み下されて、

「これぞ延命長寿の甘露《かんろ》」

と得意げにほほえまれた。

「次はわたくしがっ」

挑みかかった千寿に身を任せてくださりながら、諸兄様は半身を起こして胡坐《こざ》を取られ、腹這《はらば》った千寿の腰を浮かさせて、最前もさんざん悪戯なさっていたそこにまた指を入れてこられた。

「ああ、よい……そなたの舌の巧みさは……たまらぬ……」

「んん～、んん～、んっ、んっ、んっ、んんっ！」

千寿は諸兄様がご自分からそうしてくださるまで辛抱しようと頑張ったのだが、指ではあまりにもどかし過ぎて辛抱しきれず、言ってしまった。

「く、くださいまし」

「ん？」

「どうかもう挿入《い》れてっ！　抱いてくださいましっ」

「よしよし、今日は言わせられたぞ」

諸兄様はご満悦の顔で千寿を組み敷かれると、待ちかねたそれをそこにぐっと押しつけ、ぬくくう～と押し入れてこられて……！

「あっ、あっ、あっ」

欲しくてたまらなかった感覚が満たされる気持ちよさに、千寿は声を放って喘《あえ》いだ。

ぐっぐっと腰を使い始めた諸兄様も息を喘がせている。

「快《よ》いか？　千寿」

「は、はいっ」

「俺も快い。そなたのここをこうする感じや、俺にこうされてせつながるそなたの愛らしいようすを思い出して、内裏《だいり》での仕事が手につかぬことがある」

「そ、それは、あんっ、あんっ、あうっ」

「業平殿《なりひら》に色惚《いろほ》けめと嗤《わら》われた。俺自身、自分がこれほどまでに恋に溺《おぼ》れ込む男とは思ってもみなかった。

だが、そなたへの愛しさは止められぬ。俺の心のみ言えば、毎夜毎日こうしてそなたに溺れていたい」

「う、うれしゅう、ござりまする」

「うれしいと言うてくれるか」

「は、はいっ、とても、うれしゅうござりまするっ」

「では、ずっとこの家に隠れていようか。明日もあさっても、ずっとずっと二人きりで」

甘いお声でせつなげにささやかれた諸兄様が、律動を急調子にお変えになり、苦しいほどに激しく突き揺さぶられて千寿はいよいよ我を忘れた。

「あ！　あ！　あ！　あ！　も、もっと！　もっと、ああんっ！　も、もう……っ！」

「出るっ」

歓を尽くした果ての解放は気が遠くなるほどに快くて、乱れた息が治まるにつれて余韻《よいん》が深まり、また欲しくなった。

「諸兄様」

と裸のお胸に頬《ほお》ずりしておねだりすると、諸兄様は「よしよし」と笑って千寿を抱き寄せてくださり、「しばし待ってくれ」とおっしゃるのはいつものこと。力を溜《た》め直されるのに、しばし時が必要なのだ。

だがそのあいだにも、語らい合いながらにいろいろ触れてくださるので、千寿に不満はない。むしろ、焦《じ》らすように遊ぶように可愛がっていただいて過ごすこの時は好きである。

烏帽子を脱いで髷《まげ》を見せておられる横顔の、彫りが深くかっきりと男っぽい輪郭を、見惚れる思いで眺めやりながら、千寿は気になっていた話題を持ち出してみた。

「先ほど、この家は清原右大臣様のご別荘だとおっしゃいましたが」

「うむ。右大臣夏野《なつの》様はかつて賀美能《かみの》の帝《みかど》（嵯峨《さが》天皇）の蔵人を務められ、大伴《おおとも》の帝（淳和《じゅんな》天皇）の時に蔵人頭《くろうどのとう》を仰せつけられ、そのお働きで参議に上がられ、右大臣にまで出世なされた。桓武《かんむ》天皇から今上《きんじょう》まで五代の帝にお仕えになり、内裏のことで知らぬことはない博学のお方でな。亡くなられる少し前に、良相《よしみ》様（藤原良相）の引き合わせでお会いして、蔵人の心得などうかがったが、『見どころがある』と言うてくだされてな。あれはうれしかった」

諸兄様はいま二十五歳……いくつぐらいの時の話なのだろうと思いながら、尋ねた。

「では、もう亡くなられているお方なのですね」

千寿が清原右大臣と聞いて（ん?）と思ったのは、そのこと。いまの右大臣は藤原良房《ふじわらのよしふさ》様だ。

「ああ、かれこれ七年になるだろうか」

諸兄様は懐かしむように惜しむようにつぶやかれて、ふと床を起き出されると、庭のほうの几帳をかたえにお寄せになった。

灯明がほのぼのと明らめている部屋の外の暗い庭を、すいっすいっと蛍が飛んでいるのが見えた。川ばたほど数は多くはないが、縁先近くまで飛んでくるものもある。

その蛍をごらんになりながら、諸兄様がしんみりとした声音でおっしゃった。

「存じておるか、千寿。蛍は、虚しゅうなった人の魂だという言い伝えを」

「はい」

千寿も起き上がって、敷畳の端にあぐらをかいた単衣《ひとえ》姿の諸兄様のお隣に行き、広いお肩の端にそっと頭を寄せかけた。

「千寿は、蛍はただの虫じゃと思いまするが、死んでのちに諸兄様にお会いしに来るような時には、ああした美しい姿でまいれればよいと存じます」

「縁起でもないことを申すな」

諸兄様は怒ったお声でおっしゃり、でもすぐにおだやかな口調に戻っておっしゃった。

「そうよなあ……人はあれを、恨みを呑んで死んだ者がこの世に残した姿だなどと言うが、なればあのようにかそけく美しい光を放つものだろうか」

それから、

「そなた、『楚辞《そじ》』は読んでおるか?」

と聞いてこられた。

「そうか。蛍を呼ばうには、『楚辞』の《招魂》の賦《ふ》を詠《うた》うものだそうでな。思い出そうとしているのだが、ちと出てこぬ」

「いえ、まだ」

「……もしや、清原右大臣様の御霊《みたま》にお会いになりたいのですか？」

「うむ。久方ぶりにここにまいったせいか、なにやら懐かしゅうてならぬ。お会いしたのは二度だけだが、尊敬し申し上げていたお方であったからなあ」

「……けれど、もしもあれが人の魂ならば、ここも二人だけの隠れ家とは申せませぬね」

「ん？　ははは、そうよなあ。だが蛍は見たこと聞いたことを洩らしはしまい。ここでこのようなことをいたして見せようともな」

いきなり抱きしめてこられたので、思わず、

「きゃんっ」

などと言ってしまった。

「あっ、お許しくださいませ、どうか几帳をっ」

「いいや。今夜は蛍どもに、俺と千寿のむつまじさを見せびらかすのだ」

「でも、もしその中に右大臣様がおられましたら？」

「そなた先ほど、蛍はただの虫だと申したぞ」

「でも諸兄様は、人の魂だと思っておられるのでございましょう？」

「俺はただ、そう言う者もいる、と言ったまでだ。さあ、捕《と》らまえたぞ」

「諸兄様はだんだんいやらしゅうおなりになりますっ」

「そなたがそうさせるのだ。そら、そのような顔をして見せて」

「またそのようなお言いがかりをっ」

……ようはイチャイチャし始めれば際限など忘れてしまう、新婚の二人である。

その家には小さいながらも湯殿があり、諸兄様と千寿の着替えの物も用意してあったので、翌暁は諸兄様のお屋敷から出仕《しゅっし》する時のような、さっぱりとしたなりで内裏に戻れた。

諸兄様は『開諸門鼓《かいしょもんこ》』が打たれる刻限には大内裏に戻っていなければならなかったので、二人がその隠れ家を出たのはまだ空も白まぬうち。おかげで千寿は、家の外見は闇の中にたたずむ影としてしか見なかったので、「着いたぞ」という諸兄様のお声で馬上の居眠りから覚めた時、すべては夢だったような気がしてしまったのだった。


その翌日の午後。

内裏の一郭にある蔵人所町屋《くろうどどころまちや》（蔵人達の官舎）の諸兄様の曹司《ぞうし》（部屋のこと）で、文机《ふづくえ》に書物を広げたままついつい うたた寝をしていた千寿は、縁をやって来る足音にハッと目を覚ました。諸兄様がお戻りになったのかと思ったのだ。

だが開け放しの戸口に顔を見せたのは、業平様だった。

どことなくなよやかな美貌《びぼう》の持ち主にもかかわらず左近衛将監《さこのえのしょうげん》（帝の近衛隊の将校）という武官の身分の方で、諸兄様とおなじく蔵人を務めておられる、阿保《あぼ》親王様の五男で在原《ありわら》の姓を賜《たまわ》られた朝臣《あそん》業平様である。

業平様は、戸の陰から覗き込むようにして、半分扇で隠した顔をお出しになり、知らぬ間に伏していた机からハッと起き直った千寿と目が合うと、

「なんだ、一人か」

と、当てがはずれてがっかりしたらしい顔でおっしゃった。

「はい。諸兄様は今日は宿直《とのい》の番とうかがっておりまする」

「ではどこかで行き違いになったのだな」

言いながら業平様は部屋に入っておいでになり、千寿が向かっていた文机の脇に腰を下ろして、広げたままの書物を覗《のぞ》き込んだ。

「何を枕に寝ていたのかな？　おやおや『楚辞』ね。屈原《くつげん》大人の詞賦を午睡《ごすい》の夢の歌枕としゃれ込むなんて、おまえもなかなかすみに置けない」

業平様はいつもこういうひねったからかい方をする。

「どうせ諸兄様のお言いつけで無理やり読まされておりまするっ」

千寿は口を尖《とが》らせてやり返した。たとえ平城《へいぜい》天皇様の御孫であろうが、千寿にとっての業平様は、やさしい顔をして一言多い……それも辛辣《しんらつ》な一言でグサッとやってくれる腹の立つ相手

で、ついつい喧嘩《けんか》腰になる間柄だ。

いまだって、本を読みながらつい寝てしまっていたのがバレて恥ずかしいのは、寝ていた自分がいけないのではあるが、諸兄様だったら、気づかないふりをしてくださるか、注意なさるとしてももっと別の言い方をされる。恥ずかしい気持ちにさらに塩を塗り込むような、あんな言い方はなさらない。

「それにしても『楚辞』とはまた……」

なにやらまじめな顔でつぶやいて、

「諸兄はなぜ、これをおまえに?」

と聞いてこられた業平様は、何をお考えなのかはわからないが、ふざけているようにも見えなかったので、千寿もまじめにお答えした。

「蛍を呼ぶ詞賦を見つけるついでに、せっかくだから読んでおけと仰せられまして」

「蛍ぅ!?」

業平様は目を丸くされ、次いでプッと吹き出された。

「たしかに《招魂》の一節の『招辞』は、唐《とう》の宮廷の夏の宴で蛍を呼ぶ賦として詠われるというがな。まさか諸兄は、蛍を呼び集めるために、おまえに『楚辞』を読ませているのかい?」

「諸兄様のご意図はよくわかりませぬが、一昨夜、清原右大臣様の別荘だったという家にわしをお連れになりました時、庭を飛ぶ蛍を眺めながらの徒然《つれづれ》話に、この《招魂》のことを仰せられまして」

「そういえば、清原秋雄《きよはらのあきお》から双岡大臣の持ち物だった山荘の一つを譲り受けたとか聞いたな」

「秋雄様とは?」

「夏野殿の、たしか末息子だ。兄弟三人とも夏野殿に似ぬ凡庸《ぼんよう》な出来で、帝も好まれた双ヶ岡の別荘も切り売りに人手に渡るようだとは、誰が噂《うわさ》していたのだったかな」

「諸兄様は、清原右大臣様をたいそう尊敬なされておられたそうです」

「だったら大臣の造った山荘が諸兄の持ち物になったことは、大臣も喜んでいるのではないだろうかね」

にっこり笑っておっしゃった業平様に、千寿は(この方も根はよい方なのだ)と思った。意地の悪いお方に見えるのは、グサッと来るからかいを平気でおっしゃるお口の悪さのせいだ。

「お尋ねしてもよろしゅうございますか?」

と、問いに続けたい前置きを言った。

「答えられることならば」

とおどけて見せた業平様に、聞いてみた。

「この『楚辞』という書物には、なにか特別な由来があるのでございますか?」

そうした質問を思いついたのは、業平様がこれを見て、含みのありそうなことをおっしゃったから、というだけの理由だったのだが。

「う〜ん……まあ、知っておいたほうが無難かな」

と、自分相手に相談を持ちかけるようにつぶやいた業平様は、ごくまじめな顔つきで千寿を見やってこられて、慎重な口ぶりで話し始められた。

「古い古い昔、いまは唐の内である地に『楚』という国があった。その国に、生まれは楚王の一族で、政《まつりごと》の才能にすぐれていたばかりではなく詩や書にも秀でた屈原という大臣がいたが、その栄達を妬《ねた》んだ者のゆえなき讒言《ざんげん》によって失脚させられ、憂国の思いに歯嚙《はが》みしつつ、最期は汨羅《べきら》の淵に身を投げて死んだ。

楚辞とは、その屈原が作った詩賦や、彼を慕う弟子や後人達が作った屈原ふうの詩賦のことをいう」

そして業平様は、話は終わったというふうに口を閉じた。

でも千寿には、その先にまだ聞くべき話があるように思えたので、

「……それで?」

とうながしてみた。

「それだけさ」

と、業平様はうそぶく調子でおっしゃったが、気を変えたように言葉を継いだ。

「『讒言』も『失脚』も、古い昔の遠い地でのみ起きた出来事ではないと、覚えておおき。諸

兄にしても、いつかそうした罠《わな》に引っかからないともかぎらない、ということも。

まあ、屈原のような目に遭うには、よほど出世しないとならないけれどね」

それから、この人には珍しく目に見えてためらってから、続けた。

「正直に思うところを言えば、諸兄の家人であるおまえが屈原を読むのは微妙に危険だと、俺は思う。諸兄は良房殿より良相殿のほうに近いからな、良房殿と良相殿の仲がうまくいっているうちはいいが、もしあの兄弟のあいだで権力争いが起きた場合には、諸兄の立場が微妙になる……という考えなのだが。

わからないだろうな、こういう言い方では」

困り顔で頭をかいた業平様に、千寿は「はい」とうなずいた。

「仕方がない、はっきり言おう」

業平様はおっしゃって、「近くへ寄れ」と千寿を招き寄せ、檜扇《ひおうぎ》の陰で頭を寄せ合うようにおさせになって、ヒソヒソと話し出された。

「十年ほど前、当時皇太子だった恒貞《つねさだ》親王の側近の、伴健岑《とものこわみね》や橘逸勢《たちばなのはやなり》らが、謀反《むほん》を企てていたとして配流《はいる》（流刑）になった事件があった。その事件で恒貞親王は廃太子となり、かわりにいまの道康《みちやす》親王が皇太子に立たれた。

道康東宮は今上の帝の第一皇子だが、母は藤原順子《ふじわらのじゅんし》。つまり藤原良房殿の甥にもあたられる。そこで口さがない噂は、道康親王の立太子は良房殿のひそかな謀の結果ではないか、とね。

すなわち、健岑や逸勢らは冤罪《えんざい》を着せられて追い落とされたのだと疑う者達もいるんだよ」

「……屈原のように？」

「そう。屈原とおなじく讒言によって失脚させられたのだ、とね。

もちろん、十年前の事件の真相はいまもってわからないわけだが、もしも噂のとおりだった場合には……屈原の詩賦を声高に読む者があれば、それは陰謀をやった人間にとっては自分への批判ないし挑戦に聞こえるだろう。違うかい？」

「ええ……ええ、はい。きっと自分のことを皮肉られたと考えると思いまする」

「さらに《招魂》賦というのもねえ……逸勢は配流の地へ向かう途中で死んでいるから、ある意味なおさらまずい」

「……ああ。そうでございますね」

「俺のように諸兄のタチをよく知っている人間にとっては、あいつがそんな物をおまえに読ませるのは、星の数ほど寄せ集めた蛍でおまえを喜ばそうという、単純な思いつきによることだと推測がつく。だが、あいつを知らない人間にとっては、そんな理由で『楚辞』を持ち出したとはとうてい思えないだろう。

ことに諸兄は、さっき言ったように良房よりも弟の良相と親しいが、あの兄弟は野心家ぞろいでね。いまは力を合わせていても、真実たがいを信頼し合っているのかどうかは怪しいものだと俺は思う」

「つまり……諸兄様の家人《けにん》のわしが人前で『楚辞』を詠《よ》んだりいたしまするると、諸兄様と親しい良相様のさしがねではないかと疑う方々が出るかもしれない、と？」

「おう、千寿は頭がいいね」

「ではこの書物は、早々にお返し申し上げたほうがよいようでござりまするね」

「昼寝のよだれで汚さないうちにね」

いつもの調子に戻って意地悪なからかいをおっしゃっておいて、業平様が聞いてこられた。

「ところでその書物は、諸兄の物？」

「いえ。小野篁《おののたかむら》様からお借りになられたそうでございます」

「ぶっ！　なるほどなるほど」

なぜかやけくそのようにお笑いになって、業平様は「さて」と腰を上げた。

「篁大人からの借り物じゃあ、ひととおり目を通してから返さないと、試験されて恥をかく。ま、頭の中に何をしまってあろうと、口に出さないかぎり問題はないし、分別のつけ方はいま教えてやった。『楚辞』は、ただの詩賦として学ぶぶんには取りつき甲斐《がい》のある作品だ。せいぜいしっかり勉強おし」

そんなことを言い置いて、ご自分の曹司に戻っていかれた。

「ご教示ありがとう存じました」

と見送って、千寿はハァッとため息をこぼした。

「そういうことならば、これは読まずに済むかと思うたのにのう。とんだぬか喜びじゃ」

ぼやいた千寿の頭の中にあったのは、「試験される」という言葉。それが本当ならば、全編暗誦できるようにしておかなくてはならないし、文章博士《もんじょう》の篁様の試験となったら、暗誦してみせるだけではなく解釈も言わされるのかもしれない。

「やれやれ……わしは勉強は好かぬのじゃ！」

などと怒鳴ってみても、やらなくてはならないことに変わりはない。

……ちなみに諸兄様が千寿にこの書物をお与えになったのは、蛍を呼ぶ詩を見つけさせるのだけが目的ではない。ほんとうの意図は、千寿に一冊でも多くの漢籍を勉強させることで、たまたま蛍の季節なので「では次はこれを読んでみようか」という調子で持ってこられた物だ。

もちろん、屈原の詩賦を読むことが政治的な批判行為になるなどということは、たぶん諸兄様の頭にはまったく浮かびもしていなくて、「屈原を知らずには李白《りはく》はわからないよ」というのが、蛍のことにくわえての『楚辞』推薦のお言葉だった。

その裏には、できるだけ教養を身につけさせて千寿の将来に役立てようというお気持ちがあるようなのだが、千寿にとっては有難迷惑である。

「わしは一生、諸兄様の身の回りのお世話をして暮らすのじゃから、こんなものは勉強しなくてよいと思うのじゃが。だいたい、わしのような親も知れぬ者が大学寮になど入れるわけがないのじゃし、そもそもわしは役人になんかなりとうない」

任官を得る（役人として就職する）には官位が必要で、そのためには秀才試《しゅうさいし》という試験を通らなくてはならない。でも一気に秀才試に通るわけはないから、まずは大学寮で学ぶ資格である『進士《しんし》』の試験を通って文章生《もんじょうしょう》になり、そこで勉学を積んでから秀才試に臨む。試験に通ると、成績によって正《しょう》八位上から大初位下《だいほいげ》までの官位が与えられ、官人が一人出来上がる。

だが官位は役人への採用資格といったところで、実際に役所に採用されて役人として仕事ができるかどうかは、また別の話だったりする。官人には官位にしたがって国から俸給が与えられるが、官位が低くて無役となると、スズメの涙程度だということだ。

また『役人』というとずいぶん偉そうな感じがするが、じつはピンからキリまである。初位や八位といった下っ端官人は、大内裏ではまったくの下っ端で、そこから上に出世する者などまずいないらしい。舎人《とねり》や雑色《ぞうしき》といった下働きのような仕事で一生を終える者がほとんどで、暮らしぶりもけっして豊かではないようだ。

千寿はそうした下級官人達の姿を日ごろ身近に見ているから、役人になりたいなどとはちっとも思わない。

だが諸兄様は、千寿の将来をそうしたふうにお考えのようで、次から次へと書物をお読ませになる。経文並みに退屈な『史記《しき》』の本紀《ほんぎ》をどうにかこうにか読み終わったと思ったら、こんどは『楚辞』だ。きっとまだ次もあるに違いない。

しかも、次の書物もまた篁様からの借り物だったりしたら、またこうやってヒイヒイ暗記をしなくてはならないのだ！

そこで千寿は、翌日の昼前に諸兄様が宿直からお戻りになるとさっそく、

「ご相談いたしたきことがござりまする」

と申し入れた。

「なんだ、なにか困り事ができたのか？　うむ、聞く聞く。むろん聞くが、その前に水を一杯くれ。端午《たんご》の節会《せちえ》のしたくでえらく汗をかいてな、喉《のど》が渇いてたまらぬ」

「はいっ、ただいま」

暦はとうに初夏を過ぎて五月（現代のカレンダーでは六月中旬）に入り、やがて来る梅雨の前触れを思わせる蒸し暑い日が続いている。夏物とはいえ衣冠束帯《いかんそくたい》の正装でお勤めをなさるのは、汗もかくしおつらいに違いないが、蔵人は帝のおそば近くに侍《はべ》るお役ゆえ、どんなに暑くても襟《えり》をゆるめることすらできないのだ。

まずは汗のもとの装束をお脱がせしてさしあげてから、厨《くりや》に走った。湯番に頼んで煎《せん》じてもらい、洗い番に頼んで井戸で冷やしてもらっておいたアマチャヅルの飲み物を、土瓶ごと受け取って曹司に戻った。

湯のみに注《つ》いで差し出したそれを、諸兄様は四度お代わりなさって、

「やれ、生き返った」

と心底ホッとしたふうにお笑いになった。

「この薬湯は、何という生薬を煎じたものだったかな」

「アマチャヅルというつる草でございます」

「そうそう、そうだった。ほんのりと甘みがあってじつにうまいし、体に力が湧《わ》いてくる。傀《く》儡《ぐつ》のナツメがくれた物だったな。明日も頼むぞ」

「はい。ですが、もう残り少なくなっておりまして」

「そうか。残念だ」

「ナツメは、市で買うたと言っておりました。銭《ぜに》をいただけますなら、市まで買いに行ってまいります」

「相談とはそのことか？　ならば屋敷の家司《けいし》（いまでいう執事）に申しつけて手に入れさせよう」

「いえ、ご相談は別のことで」

「ふむ？　あー……双ヶ岡の別荘にまいりたい気は俺とてやまやまだが、端午の節会が終わらぬうちは何かと繁多で」

「それも違いまする！」

言ってから、（しまった）と気づいた。諸兄様がグサッと傷ついた顔をなさったからだ。

だが、お詫びを言うのは相談事をはっきりさせてからでよかろうと思って、言い継いだ。

「ご相談したいのは、わたくしの勉学のことでございます」

「うん？　『楚辞』はむずかしいか？　読めないところは教えるぞ」

「そうではなく！」

「ずいぶんと機嫌が悪いのだな」

　諸兄様は困っている顔でおっしゃり、千寿の頰に触れてきながら、

「気がかりは、どんな小さなことでも打ち明けてくれと頼んだこと、覚えているな？」

と、真剣なお顔で千寿の目を覗き込んでこられた。

「はい」

　と千寿はうなずいた。

「では、言うてくれ」

「申します。千寿は学問には向いておりませぬ」

「……ん？」

「やっと『史記本紀』を読み上げてヤレヤレと思うておりましたところへ、こんどは『楚辞』でござりまする。お借りになられましたお相手の篁様への手前があると存じますので、今回までは頑張りまするが、以後はどうかご無用にお願いいたしとうござります」

「無用に……とは？」

「千寿は勉学は好かぬのです、苦手なのです！　もう、いやなのでござりまする！」

　諸兄様の前にそろえた膝《ひざ》をじだんださせて訴えた千寿に、諸兄様は（またか）というお顔を

なさったが、なだめる口調でおっしゃった。

「しかし、俺は三月以上もかかった『本紀』を、おまえはたった一月で読み終えたではないか。それだけの明晰《めいせき》なつむりを遊ばせておく法はないぞ」

「諸兄様がお言いつけになられたので、仕方なく頑張っただけでござりまする！　でも、もういやでございます！　どうか、いまやっている『楚辞』まででやめさせてくださいましっ」

「そなたのためなのだ」

「家人《けにん》に学問など必要ないと存じまする！」

千寿は今日こそは引かない勢いで言い張り、諸兄様は困ったお顔でため息をおつきになった。

「俺のためでも、いやか？」

「諸兄様のおため？」

「おう。できればそなたには、小舎人《こどねり》として俺のかたわらで働けるようになって欲しい」

「小舎人と申しますと……官人《かんじん》でございますよね？　千寿は役人にはなりとうござりませぬ」

ぷいと横を向いた千寿に、諸兄様は口説く調子でおっしゃった。

「たしかに宮仕えは楽ではないが、まあ、そう無下に申すな。

そなたはまだ少年ゆえ、成人するまでは『小舎人童《こどねりわらわ》』ということになるが、蔵人所の雑用を手伝う身分なのだがな」

「それは、諸兄様のお勤めのお手伝いをするということでござりまするか？」

にわかに興味を引かれて、諸兄様に目を戻した。

「そうだ」

と諸兄様はうなずかれた。

「だが小舎人童とならば、役目柄、殿上にも出入りし公卿《くぎょう》や親王方とお会いすることもある。それなりの素養を持っておらねば務まらぬ」

それが書物を読め読めとお勧めになる理由なのかと思いながら、尋ね返した。

「ですが、官人になりますには試験があり、わたくしのような親もおらぬ身分では受験できぬ決まりのようにうかがいましたが」

「そなたには慈円阿闍梨《あじゃり》という立派な養い親がおるではないか」

諸兄様は（忘れたのか？）とおっしゃりたげな呆《あき》れ顔でおっしゃった。

「もっとも阿闍梨のお力を借りるのは寺方以外ではむずかしいかもしれぬが、その時には俺がそなたの身請け人になるし、俺では力及ばぬようなら父の大納言《だいなごん》にも養父となってもらおう。それに小舎人童は、しかるべき者の推挙があれば無位でもかまわぬ役ゆえ、良相様に口添えをお頼みして、願い出ようと思うているのだ。

むろん、そなたにその気があればのことだが。どうだ、小舎人童として俺の仕事を手伝うてはくれぬか」

「はい、それは……」

官人になるというのは、蔵人所の厨番や舎人や雑色の人達のように、どこかの役所の下っ端役人として働くことだとばかり思っていた。うっかり官人などになってしまうと、諸兄様のおそばにいられなくなるのではないかと危惧《きぐ》していた。

だが、そんなふうに諸兄様のお手伝いができる仕事ならば話は別だ。

「そのようにお仕えできますなら、たいへんうれしゅうございまする」

「だがそうなると、まだまだ勉強もしてもらわねばならんぞ。『史記』にはまだ《世家《せいか》》や《列伝《れつでん》》もあるし、『爾雅《じが》』や『文選《もんぜん》』はむろんのこと、『凌雲集《りょううんしゅう》』や『経国集《けいこくしゅう》』といった本朝の勅撰《ちょくせん》漢詩集にも目を通しておかねばならぬ」

諸兄様がからかい顔でおっしゃり、千寿は（うっ）と詰まりかけた息を、

「はい」

と押し出した。

「千寿は学問は好きではござりませぬが、諸兄様のお役に立つためでしたら精進いたします」

きっぱり誓った千寿に、諸兄様は目を細めてうなずかれた。

「ああ、ぜひそうしてくれ。そなたには多くのすぐれた美質が備わっている。それを磨かぬ手はないと俺は思う。

また俺も、いつまでも六位蔵人ではおらぬつもりだ。そも任期があるゆえ、来年はほかの役所に移ることになろうし、五位に上れば国守に任じられる道もある。そうした時にはむろんそ

なたも連れていくが、できればただの私《わたくし》の家人としてではなく、それなりの位階と実力を持った俺のなくてはならぬ片腕として連れていきたい」

敬愛する人の『なくてはならない片腕』になる……それは少年にとっては、プライドをくすぐられると同時に、努力目標がはっきりしていてやる気を盛り上がらせるという、何より強いけしかけに働く将来像だ。

「頑張りまするっ」

と、もう一度誓って、つけくわえた。

「『楚辞』の《招魂》も、序辞と招辞の第二段までは覚えました」

「ほう？　早いな。さすがさすが」

感心顔で褒《ほ》めていただいて、不満たらたらいやいやながらの四苦八苦で頭に詰め込んだことなどころりと忘れた。

「明日中に終わりまで覚えまする」

「うむ、張り切ってくれるのはけっこうだが、明日は業平殿の供をして騎射《うまゆみ》の荒手結《あらてつがい》（予行稽《けい》古《こ》）を見に行くのではなかったか？」

「あっ、そうでした」

「北野《きたの》の馬場だったな？　『淡路』に乗っていけ。俺もうまく手が空いたなら行く」

「あの、『霧島』のほうをお借りしてはいけませぬか？」

とねだってみた。

「かまわぬが、牝馬《ひんば》の『淡路』のほうが乗りやすくはないか?」

諸兄様が大内裏の左馬寮《さまりよう》に預けておられる二頭のうちでは、『淡路』のほうが小柄なので、小柄な千寿には乗りやすい。

だが千寿には『霧島』のほうを借りたい理由があった。業平様が、競馬《きそいうま》を教えてやるとおっしゃったのだ。それには『淡路』よりも気が荒い、四歳牡の『霧島』のほうが適しているはずだ。だが、そうと明かせば諸兄様は、きっと「危ないからよせ」と仰せになる。

そこで千寿は目に精いっぱいのお願い色を込めて、

「『霧島』ではいけませぬか?」

と諸兄様に迫った。

愛らしい恋人にうるうると見上げられてのおねだりに、抗せる男は少ないだろう。

「わかった、どちらでも好きなほうに乗ればよい」

と許可が出た。

しかし、そこは諸兄様もさる者。

「ただし走馬《はしりうま》の真似事などいたすなよ」

と釘を差されてしまった。

「まだ鐙《あぶみ》に足の届かぬそなたでは危ないからな」

「足先は着きまするっ」

ふくれて言い返した千寿に、諸兄様は「そうか」と頭をおかきになり、この話題はまずいと思われたのだろう、さりげなく話をお変えになった。

おかげで馬の話は切りになり、千寿は胸の中でちょろりとベロを出した。心配してくださるお気持ちはありがたいが、千寿は見かけによらず文より武に興味を引かれる少年なのだ。

さて、翌日は朝から忙しかった。五日の節会を迎えるしたくとして、内裏中の殿舎に菖蒲《しょうぶ》を飾ってまわる仕事があったからだ。

賀茂《かも》の祭の時に葵《あおい》の枝を飾ったように、蔵人所の下役達が総出で、汚《けが》れ除《よ》けの菖蒲とヨモギを各殿の軒に葺《ふ》き飾っていく。

千寿はまだ小舎人童の許しを得ていないので、蔵人所町屋や近くの諸門の飾りつけを手伝った。昨日のうちに恵方《えほう》の沼地から刈り集めてこられた菖蒲は、切り口から独特の清々しい匂いをさせていて、その香りは内裏中を馥郁《ふくいく》と包み、千寿は何度も大きく息を吸って楽しんだ。

賀茂祭の時とおなじく、節会のあいだは菖蒲をかざしにつけておく決まりだそうで、諸兄様も烏帽子にすいいと長い菖蒲の葉を挿して出仕して行かれた。

千寿も同じように真似をして、くくった髪の根元に長いままの葉を挿していたのだが、二度もどこかに落として来てしまった。それで仕方なく、挿した葉の先をぐるぐる巻きに巻きつけておいたら、舎人の一人で仲良しの新田寿太郎《にったじゅたろう》に笑われた。

「おいおい、それじゃまるで田舎者の草元結だ。どれ、これをこうしてだな……」

寿太郎は小刀を使って、菖蒲を矢の形に細工してくれた。平たい葉の根元近くを、矢羽のついた矢の格好に切り出して、髪に挿せるように作ってくれたのだ。

「どうだ、これなら落ちまいぞ」

「はいっ！　ありがとうございましたっ」

千寿も気に入って、喜んで挿して歩いていたのだが、女官達もそうした挿し方でいるのを見つけて、（もしやこれは女の人用か!?）とあわてた。だがそのあとすぐに、近衛にも同じようにしている人がいるのを見て、ホッとした。

聞けば、長いままの菖蒲は太刀《たち》に見立てるが、ようは破邪《はじゃ》の意味だから太刀でも矢の形でもよいのだそうな。

さて菖蒲葺きの手伝いを終えると、千寿は左馬寮に行って『霧島』を曳《ひ》き出させてもらい、北野にある左近衛の馬場に出かけた。

馬場ではもう騎射《うまゆみ》の荒手結は終わっていて、狩衣《かりぎぬ》姿の騎手達は二人ずつの組で競馬に興じていた。五日は祭事としての騎射の真手結《まてつがい》（本番）だけだが、午後にはねぎらいの宴がひらかれる六日の日には、騎射のあとで走馬《はしりうま》や競馬《きそいうま》もおこなわれるからだ。

騎射とは、馬場を一直線に駆け抜けながら三つの的を次々と射ていく、馬術と弓技の複合競技だが、走馬や競馬は馬術そのものを見せる。

そのうち走馬のほうは、どちらかというと馬の走りの見事さを見せるもので、騎手は添え物といった感がないでもない。

それに対して競馬は、その名のとおり二騎が競って走るもので、しかも乗り手の馬術の妙を見せるための競技であるので、たがいに相手を妨害し競《せ》り合いながら、どちらが先に目印まで駆け着くかを争うという、かなり荒っぽいものだ。

千寿が業平様を見つけて、見物させてもらう挨拶《あいさつ》を言いにそばへと行った時。馬場ではちょうど、千寿と顔見知りの左近衛の将曹《しょうそう》（下士官）の道豊《みちとよ》様と左近衛舎人の和成《かずなり》様が、駒を並べて駆け出したところだった。

「ハイッ！」

「ヤアッ、ヤアッ！」

どちらも真剣な顔つきで駒を飛ばしてくる二人に向かって、腕組みをして見ていた業平様が荒々しく怒鳴った。

「和成、何をもたついておる！　ええい、仕掛けよ、仕掛けよ！　こら、道豊！　そこで引いてどうする！　真手結のつもりで行かぬか！　そら、いまだ和成！　よーしよし。道豊、どうしたどうした、当たってこられたら跳ね飛ばせ！　それとも今年も、右近衛《うこのえ》のやつらに負けて終わる気か！」

内裏での、王朝人の雅《みやび》さを代表するような楚々として優美な立ち居ふるまいはどこへやら。仁王立ちした胸にギュッと袖《そで》をくくった腕を組み、烏帽子は傾《かし》がせ髪も乱れ放題の、まるで東国の荒武者のようなようすで荒い言葉を怒鳴り飛ばしておられる業平様は、美麗な直衣《のうし》で着飾り檜扇の陰で優雅にクスクス笑いする日ごろの業平様よりも、よほど千寿の好みにかなっていた。

「ええい！　二人ともなんだっ、いまの走りは！　そんな腑抜《ふぬ》けたざまで右近衛の東国者どもに勝てるつもりか！　俺が気合いを入れ直してやる！　馬曳けィッ！」

ガミガミ怒鳴って、仕丁《しちょう》が曳いてきた自慢の白馬『相模《さがみ》』にまたがったところで、千寿にお気づきになった。

「おう、来ていたか」

と、さわやかに笑ってお見せになり、

「道豊も和成も、鞍からたたき落として見せてやるからな」

と悪戯っぽくつけくわえて、見るからに嬉々《きき》としたようすで馬場の向こう端にいる二人のところへ駆けて行かれた。

千寿はドキドキしながらようすを見守った。道豊様が馬腹を蹴《け》ったので、（始まる！）と思ってハッとこぶしを握り直したが、業平様は動かれず、道豊様が馬場の反対端に移動するだけらしい。

「行くぞ、和成！」

「ははっ！」

という声に、急いで目を戻した。

「ハイッ！」

「ヤアッ！」

と二騎が駆け出す瞬間にちょうど間に合った。

ドカッドカカッと土くれを跳ね飛ばしながら突進してくる二騎は、道豊様と和成様の時より格段にすさまじい、馬と馬、人と人とがたがいに肩をぶつけ合うような激しい競り合いを繰り広げながら、ドドッと一瞬に千寿の前を駆け抜けていき、その直後、和成様が鞍から転げ落ちた。業平様が人馬一体の荒技で和成様の駒に体当たりして、文字どおりに乗り手を吹っ飛ばしたのだ。

駒の足取りをゆるめて振り返った業平様は、落ちた和成様が無事なのを見て取ると、

「はっはっは！　まだまだ俺の敵ではないな、和成！」

と笑って、ふたたび馬腹を蹴った。

「さあ、道豊、次はそなたの番ぞ！　覚悟はいいか！」

叫びながらドドドッと道豊様のいる馬場の端まで駆け着くと、あざやかな手綱さばきでくるりと『相模』を返し、「ヤアッ！」と笞《むち》を入れた。

同時に道豊様も「ハイッ！」と飛び出し、二騎は和成様の時よりもさらに一段と激しく競り争いながら突進した。

そして結果は、やはり道豊様のほうの落馬で終わったが、和成様よりは実力が伯仲《はくちゅう》していたらしく業平様も鞍から放り出されかけて、千寿は思わず「きゃっ」などと言ってしまった。

そばにいた仕丁にその声を聞かれてしまったようで、たいそうぐあい悪く思った。

「どうだ、道豊、少しは性根がしゃんとしたか！」

戻ってきた業平様に馬上から浴びせられて、こちらも怪我《けが》はなかったらしい道豊様はくやしそうに地面を殴りつけ、

「もう一番お願い申す！」

と申し込んだ。

業平様は喜んでお受けになるかと思いきや、

「いや、やめておこう」

とおっしゃった。

「六日の真手結が済んだあとでなら、受けてやるがな。もう一番やったら、必ずどちらか怪我をする。主将が欠けても副将が欠けても、右近衛を喜ばせるだけだ」

「くそっ！　来年は右近衛にいたいもんですよ」

道豊様は苦笑いを作って言った。

「帝の御前での真手結で将監様を鞍からたたき落とせたら、さぞかしよい気分でしょうなあ」

「それにはまず、相手が朝臣の身分だろうと遠慮なく笞で殴れる気骨を作ることだ。あんなこわごわの一撃ではハエも落とせんぞ」

「あれは将監様のご身分に遠慮したわけではなく、将監様のお顔に傷でもつけようものなら、わが姉から呪詛《じゅそ》でも仕掛けられかねないからでございますっ」

下唇を突き出しての道豊様の言い分に、業平様はカカカッと仰向いてお笑いになって、おっしゃった。

「なるほど、あの近江介《おうみのすけ》ならそのくらいのことはやりそうだ。今夜にでも出向いて、いささかなりともとりなしておこう。道豊は俺の大事な腹心ゆえ、あまり苛《いじ》めてくださるなとな」

業平様はそのあと、もう二人の騎手にも馬場の泥を嘗《な》めさせたが、あとで道豊様から聞いたところによると、千寿が来る前に終わってしまっていた右近衛との荒手結の成績がさんざんだったので、騎手達の発奮をうながすために、わざと手ひどく稽古をつけられたのだそうな……

「さーてさて、競馬というのはこういう荒っぽい遊びなのだが、どうする？　おまえが落馬で骨でも折ろうものなら、俺は諸兄から一生涯の絶交を食らうだろうが」

汗みずくの顔をぬぐいながらの業平様のお尋ねに、

「やってみとう存じまする」

と千寿は答えた。

見ているばかりでもハラハラと手に汗を握った、なまじの腕で挑めば命の危険さえありそうな競技だが、やってみたい。どこまでやれるかわからないぶん、自分の力を試してみたくて、わくわくと胸が躍る。

「落馬いたしましてもけっして骨など折ったりいたしませぬゆえ、やらせてくださいましっ」

「よかろう」

業平様はあっさりとうなずいて、千寿に向かって顎《あご》をしゃくった。

「袖は絞っておかぬと危ないぞ」

「はい！」

水干の袖口に通してある紐《ひも》は、狩衣のそれとおなじく、広口の袖がじゃまになる時に絞り込むためのもの。また両袖の紐の端をくくり合わせて首にかければ、絞った袖を捲《まく》り上げておく用にも使える。水干袴は膝丈だから問題なし。

身支度を整えると、千寿は勇躍する心地で『霧島』の背によじ登った。

勝てる見込みなど万に一つもないが、うまく業平様をかわして馬場の端まで走り通せたら、さぞ痛快だろう。

そんな思いで、

「頼むぞ、『霧島』」

とたくましい牡馬の首をたたいた千寿に、業平様がおっしゃった。

「稽古か勝負か、どちらにするね？」

「勝負に！」

と答えたのは、ちょうどその時、野面《のづら》のかなたに『淡路』に乗った諸兄様のお姿を見つけたからだ。たぶんこれは、競馬をやれる最初で最後のチャンス。だったらともかく全力でぶつかれる『勝負』がいい。

「よかろう」

そう軽くほほえんで業平様は馬場の端に向かわれ、千寿も『霧島』を進ませた。

「振り落とされる時にはすなおに振り落とされろ。怪我をしないコツは、鞠《まり》になったつもりで体を丸め、落ちるも転がるもなるように任せることだ」

「はい」

「相手をどうやって負かすか、決まりごとはない。殴ろうが蹴ろうが、笞で打とうが体当たりをかけようが、相手より早く走り抜けることに専念しようが、各々の考えしだいだ。ようは、何をやろうが先にしるしまで駆けつけたほうの勝ちということだ」

「はい」

「勝負と決めた以上、俺は本気で行くからな」

「はいっ！」

「いい返事だ」

ちょうどそこで馬場の北端に着き、双方南の端に向かって馬首をそろえた。

「和成、合図を出せ」

「ははっ」

「千寿、和成があの手を振り下ろすのが『始め』の合図だ」

「はいっ」

「方々、馬の腹帯はよろしいか」

「おう！」

「はい！」

「では……始め！」

和成様が腕を振り下ろすのを待って、千寿は「ハイッ！」と『霧島』の脇腹を蹴った。

ガカッと蹄を打ち鳴らして『霧島』は飛び出したが、業平様は動かなかったようなので、

（あれ⁉）と振り向いた。

その瞬間、業平様が「ヤアッ！」と叫んで『相模』が走り出し、千寿はあわてて前方に顔を戻した。

「ハイッ、ハイッ！」

「ヤアッ！　そらそら千寿、追いついて引きずり落とすぞ！」

「わわっ、『霧島』走れ走れ！」

さっき振り向いた時には、こちらが三馬身ほど先に来ていたのだが、チラッと振り返ってみれば、もう『相模』はすぐ後ろに迫ってきている。

（ヒィッ！）

と縮み上がった肝を、

（このまま追いつかれずに駆け通せれば勝ちじゃ！）

と叱りつけて、千寿は『霧島』に笞を入れた。

「ヤッ、ヤッ！　行け行け行けェッ！」

間違っても振り落とされたりしないよう必死で膝を締め、馬首に頬がつくぐらいに深く身を伏せて、ともかく『霧島』の行き脚を限界まで引き出そうと努めた。

チラッチラッと振り返るたびに業平様は差を詰めてきていて、もう鞍横に『相模』の顔がある。残り半馬身の差を詰めきられてしまったら、勝負は終わりだ。

（しるしは!?　しるしはどこじゃっ!?）

近衛が二人、馬場の左右に立っているのが目に入った。

（あそこだ！　あそこを駆け抜ければ！）

『霧島』はぐんぐんと地を蹴っていく。だが『相模』もじりじりと詰めてきて。

（ああ、だめだ、追いつかれるっ）

それをやったのは、とっさの思いつきだった。

笞を握った右手を胸前に引き寄せ、業平様が来ているほうの左手に笞を持ち替えておいて、チラッと彼我《ひが》の距離を見測るのと同時にビュッと笞を振った。手応えはなかったが、業平様が「うおっ!?」と叫んだのが聞こえ、たぶん一瞬手綱を引いたに違いない。ほぼ並びかけていた『相模』がすっと遅れ、『霧島』は前に飛び出して、左右からの「勝負あった!」の叫びを耳に、千寿はしるしの二人の前を駆け抜けていた。

「わはははは! 将監様、やられましたな!」

「千寿丸殿、見事見事!」

馬を返して振り向けば、業平様も(やられたわ)と苦笑しておられて、千寿は得意満面で勝利のこぶしを振りかざしたが。

その後ろへ青ざめた形相の諸兄様が駆けつけてくるのが見えて、得意な思いがしゅんとしぼんだ。

「業平殿! これはいったいどういう騒ぎだ!」

声が届くそばまで来るなり、怒鳴りつけるように言ってこられた諸兄様は、どう見てもカンカンの体《てい》だった。

「見てのとおり、競馬さ」

業平様が動じないお顔で言い返され、

「千寿は文官よりも武官に向いておるぞ」

とつけくわえたのは、業平様流のからかいだ。

だが諸兄様は真っ正直に受け取って、さらにカンカンになられた。

「俺の千寿を武者などにさせる気か！」

「花のごとく美々しき近衛が出来上がると思うぞ」

「たとえ近衛でも武者は武者だ！」

「卑しき身分だと？」

「そうではない！　蝦夷《えみし》の反乱でも起きれば、討伐に行くことになるかもしれぬではないか!?

千寿をそんな危ない役に就かせられるか！」

「やれやれ、どう思うね、千寿？　この男の心配ぶりというのは、幼子を預かる乳母《めのと》のようではないか？」

ハイと答えたいのはやまやまだったが、千寿は「いいえ」と返事をした。諸兄様の過保護ぶりは自分への情愛から発していることなのだから、笑ったり否定してはいけない。

「諸兄様からの、鐙をかかとで踏めぬうちは早駆けは危険だというご注意を、わしは聞かなかったことにいたしてしまいました。諸兄様のお怒りはごもっともでございます。ご心配をおかけした千寿が悪いのでござりまする」

「おうおう、心にもないおとなしやかなことを」

業平様は皮肉たっぷりにおっしゃった。

「その歳でそんな取り繕った返答ができるようでは、烏帽子をつけるころにはさぞ口車の名手になっていようね」

「お褒めにあずかりましてかたじけのう存じます」

「まったく、どちらがおとなだか。なあ、諸兄？」

「ふんっ。老婆心だと嗤うなら嗤え。放っておけば千寿はどんなむちゃでもやりかねぬうえ、おぬしはそうやって無責任にそそのかす。俺が止めねば誰が千寿を止めるのだ！」

「わかったわかった、千寿もおぬしのやり方で不服はないそうだ。

さて、みなみな引き上げるぞ！」

「ははあっ！」

業平様は近衛の方々と、千寿は諸兄様とくつわを並べて左馬寮までの帰り道をたどったが、諸兄様はずっと不機嫌なお顔で押し黙ったままで、千寿はひどく居心地の悪い思いをした。

競馬が危険な競技なのはたしかだが、怪我もしなかっただけではなく業平様に勝ったのだから、千寿の本音としては「ようやった」と褒めていただきたいぐらいだ。だが、一歩間違えばひどい怪我をしたかもしれないことは自覚しているし、諸兄様のお怒りはご心配のあまりだというのもわかっている。そして諸兄様の怒った横顔の取りつく島のなさは、もしや嫌われてしまったのだろうかと思われて、ズキズキと胸にこたえる。

だから、左馬寮に馬を戻して、肩を並べて歩き始めたのを潮に言ったのだ。

「今日のことは、ほんにわたくしが悪うござりました。どのようなお仕置きでもちょうだいいたしますゆえ、どうかお許しなされてくださりませ」

「では『論語《ろんご》』一巻を筆写しなさい。済むまではどこにも出かけてはいけない」

「はい」

「俺は今夜は業平殿の代理で宿直する」

「かしこまりました」

そのあと諸兄様は、またぴたりと口を閉じておしまいになり、千寿はため息を噛み殺した。お仕置きの課題を言ってくださったというのは、それを果たせばお許しくださるということだろうが、それまでお口はきいてくださらないおつもりらしい。

(こんなにお怒りになると知っていたら、競馬をやってみたいなどと思うのではなかった)

千寿は悲しい気持ちで深く後悔した。


さて、お召し替えを済ませた諸兄《もろえ》様が、宿直《とのい》のために出仕《しゅっし》して行かれたあと。千寿《せんじゅ》はさっそく、言いつけられた『論語』の筆写にかかろうとしたが、考えてみれば筆も墨も紙もない。いや、筆と墨は曹司《ぞうし》に置かれているものをお借りしてよいだろうが、紙は、諸兄様が手控えのために用意されている物だから、使ってしまっては困られるだろう。

如意輪寺《にょいりんじ》にいた時には、こうした時には諸物司《しょもつのつかさ》に言えばもらえた。だがここでは……

ともかく言ってみればどうにかなるかもしれないと思って、舎人《とねり》部屋に行って聞いてみたが、寿太郎《じゅたろう》様も知保《ともやす》様も「紙はなァ」と顔を見合わせた。

「公用に使うものなら内蔵司《くらつかさ》に言えばいいが……」

「反故《ほご》紙でよいのでござりまするが」

「反故?」

「書き損じをしたような紙でございます」

「ああ、そんなものはなかろう」

……この当時、宮中《きゅうちゅう》で用いる紙は中務省《なかつかさしょう》が管轄する紙屋院で漉《す》かれたもので、寺院などで使うものもそれぞれ自前の製品や奉納品。世間一般に流通する物ではなく、官衙《かんが》(役所)などでもメモ程度の書きつけには木簡《もっかん》(薄く削った木札のようなもの)が使われた。木簡は紙よりずっと手に入れやすいし、書いた字を削り落とせば何度でも使えるからだ。

紙は貴重で高価な贅沢品《ぜいたくひん》で、それを気軽に消費できるのは紙漉き所を持っている大寺や、金に飽かせて入手できる高級貴族ぐらいのものだった。

(では、どうしよう……)

寺では字の稽古《けいこ》などは木の板に水筆でやっていたが、乾けば消えてしまう水書きでは、お言いつけを果たしても、やったというのが証明できない。

かといって墨書きするなら、『論語』一巻を書きつけるには何枚もの板が必要で、そもそも板だって簡単には手に入らない。

「あっ、薪《たきぎ》に書くというのは!?」

厨《くりや》の軒下には山ほど薪が積んである。諸兄様にごらんいただいたら返すという約束で、あれを借りてはどうだろうか？　墨書きしてあっても、燃やしてしまう薪なら関係なかろう。

そこで千寿は厨に行って司《つかさ》に頼み込み、どうにか了解を取りつけた。丸太を斧《おの》で割った平らな面ができている薪を選んで曹司に持ち帰り、さっそく墨をすり上げると、第一篇『学而《がくじ》』から書き始めた。

「おっと、こんな大きな字では一本に一章しか書けぬぞ。小さく小さく……」

『子曰、学而時習之、不亦説乎。有朋自遠方来、不亦楽乎』……

「だーっ！　なんて書きにくいのじゃっ！」

すぱっと平らに割ってあるように見えても、いざ筆先を載せてみると木目のでこぼこがじゃまをして、すらすらとは書けないのだ。

だが諸兄様は、このお仕置きを済ませないうちは外に出てはならないとおっしゃった。すなわち、これを書き上げないかぎり、節会《せちえ》の騎射《うまゆみ》の見物には行かれないということだ。だから、明後日おこなわれる騎射が見たければ、何が何でも明日中に終わらせなくてはならないわけで……

いや、違う！　明日は昼過ぎに、諸兄様のお母上様のところへおうかがいする約束だ。しかも朝には諸兄様が宿直からお戻りになるから、そのお世話もある。つまり期限は今夜中だ！

「う〰〰っ……何とかする！」

そうなのだ、それしかない。

「どこまで書いたのじゃっけ。ええと『不亦君子乎』。よっし、一章目終わり！　次はァ……」

口の中で「学而第一、二章」と唱えて、『有子曰、其為人也孝弟』という冒頭部分を記憶から引き出した。ついでに、千寿の首根っこを押さえつけるようにして全章の一字一句まで覚え込ませた、超きびしい鬼師匠だった円法《えんほう》様の声まで思い出してしまって、ブルッとなった。

円法様はまだ年若く、色白で柔和な顔だちの美僧だったが、その中身は謹厳なこと厳《いわお》のごとく、怠け心を許さない情熱は烈火のごときお方で、御仏《みほとけ》の慈悲の顕現のような慈円阿闍梨《じえんあじゃり》様と比べると、仏敵を降伏する不動明王《ふどうみょうおう》のような容赦のなさで、千寿に『論語』や『五経《ごきょう》』をねじ込んだ。勉強いやさに山に逃げ込んだ千寿を、追いかけてきて捕まえて、力ずくで机の前に座らせるなどということも辞さない、まさに鬼のような師匠だった。

そんな円法様を、じつは嫌いではなかったことに気づいたのは、不意の病でまるであっけなく亡くなった円法様の通夜の座で。手向《たむ》けの枕経を詠《よ》んでおられた阿闍梨様が、経の合間に、ふとぽつりと洩《も》らされた、「御坊はわしが得た最高の弟子じゃった」というつぶやきを耳にしたとたん、なぜだかドッと涙があふれて出て……

『さあさあ、書かぬか書かぬか！　光陰は矢のごとく飛び去り、少年は老い易く学は成りがたし！　人は無駄に費やせるほどの時は持たぬぞっ』」

円法様が口癖のように言っていた叱り言葉を、懐かしく耳によみがえらせながら、千寿は墨を含ませた筆先を木肌にすべらせた。

「『有子曰、其為人也孝弟、而好犯上者、鮮矣。不好犯上、而好作乱者、未之有也』……で、ええとォ『君子務本。本立而道生。孝弟也者、其為仁之本與』。よっし、一章目終わりっ」

『論語』は、周《しゅう》の霊王の二十一年（紀元前五五一年）に魯《ろ》の国に生まれた孔子《こうし》の、弟子への教えや言行を書き記したもので、十巻の巻物に二十篇、合わせて四百八十二章が収めてある。各章は、第十篇『郷党』と第二十篇『堯曰』を除いては、そう長いものではなく、第二篇の十二章などは『子曰、君子不器』で終わり。たったの六文字だ。

そして諸兄様は「『論語』一巻を」とおっしゃったから、『学而』と『為政《いせい》』の二篇四十章を書き上げればいいはずだ。

……それにしても、筆は走らないし墨は載らないし、薪というのは絶望的に書きにくい！

「おーい、千寿、夕餉《ゆうげ》じゃぞ」

知保様の声に「はーい」と応えて顔を上げた。空はいつの間にか茜色《あかね》に染まっていて、それもう日は沈んだあとの残照のようだが、まだ六章しか書けていない。

「でも腹はすいたぞ」

食事場所である舎人部屋に飛んで行って、一汁一菜のめしを大急ぎで詰め込んだ。それから曹司に飛んで帰ってきて、もう暗い部屋の中から縁先へと道具を持ち出すと、続きに取りかかった。

今夜は諸兄様は宿直番で曹司にはお戻りにならない。主人がいないのに部屋に明かりを灯すなどという僭越《せんえつ》は、許されない。だから空に明るさが残っているあいだに一章でも多く書いてしまわなくてはならない。

しかし頼りの暮光はいつにない速さで刻々と薄れ、やがて手元も見えなくなってしまった。明かりのある場所を捜さなくてはならない。

蔵人所町屋《くろうどどころまちや》の西庇《にしびさし》に並んでいる八間のうち、明かりが見えているのは紀貞守《きのさだもり》様と紀末成《きのすえなり》様の曹司と、非蔵人（蔵人見習い）達が使っている三間。だが、そのどなたとも「灯をお貸しください」と頼みに行けるほど親しくはなく、業平《なりひら》様はまだお帰りになっていない。

月はほっそりと痩《や》せた三日月で、字が書けるほどの明るさはくれず、千寿は途方に暮れた。

「門だっ、あそこは一晩中篝火《かがりび》を焚《た》いているっ」

硯箱《すずりばこ》と紙代わりの薪の束を抱えて、蔵人所町屋から一番近い武徳門《ぶとくもん》に行った。衛士《えじ》に就いていた右兵衛《うひょうえ》の武者二人は、幸いにも通りすがりに何度か挨拶《あいさつ》を交わしたことがある顔見知りだったので、「おじゃまはいたしませぬので明かりを貸してくださいまし」と頼んだ。

「何用だ？」

「しくじりの罰で、今夜中に『論語』一巻を書き上げねばなりませぬ」

「そのような物にか？」

「はい」

「たしかそなたは、蔵人の藤原《ふじわら》諸兄様の家人《けにん》だったな」

「はい」

「よほどのしくじりをやったようだが、何をした？」

興味津々な顔で口々に尋ねてきた二人は、退屈な夜番のいい暇つぶしができたと思っているようだが、千寿のほうは忙しい。手短に答えた。

「業平様と競馬《きそいうま》をいたしましたのが、諸兄様のご勘気（立腹）に触れまして」

「左近将監《さこんしょうげん》様と？」

「そりゃ、勘気じゃなくて吝気《りんき》（やきもち）だろう」

とクスクス笑われて、ムッとした。

「これを済まさぬうちは外出はならぬというお言いつけなのですが、わしは明日の昼過ぎには桂子《かつらこ》様をお訪ねせねばならぬのですっ」

「ほほう？」

二人はひげ面を見合わせ、年かさのほうが小声で聞いてきた。

「桂子様とはどなたじゃ？」

「諸兄様のお母上様です」

「なァんじゃ」

その横から若いほうが尋ねてきた。

「それで、左近将監様との勝負はいかがした？」

根掘り葉掘りときりがない二人に、千寿はいいかげんイライラしてきた。

「勝ちました」

と答えて、さらに質問される前に続けた。

「わしは諸兄様が宿直からお戻りになられるまでに、残り三十章を書き上げねばなりませぬっ。明かりをお借りできませぬならよそへまいりますので、諾か否かご返答をくださりませっ」

「わかったわかった。かまいませぬよな、保則《やすのり》殿？」

「おう、よかろうさ。そのあたりが明るかろう」

「ありがとう存じまする」

頭を下げて礼を言って、さっそく篝《かがり》の火明かりがちょうどよく手元を照らすあたりに座り込み、硯箱を開けた。持ち運んだあいだに少し墨がこぼれていたが、始末はあとだ。

筆写の続きに取りかかった千寿に、保則と呼ばれた年かさの衛士が聞いてきた。

「そなたまことに、左近将監業平様と競馬して勝ったのか？」

「はい」

「かの将監様は、去年の端午《たんご》の競馬では、左右近衛、左右兵衛、東宮帯刀《とうぐうたちはき》の猛者《もさ》どもを、残らず負かして見せたお方ぞ？」

「そうなのですか？」

「おう。見かけはああした優男だが、剛胆で豪力。だが武芸ばかりに励んで学問は嫌っておわしたせいで、二十一の歳まで無位無冠で捨て置かれていたそうだ」

「そりゃ成人の儀を引き延ばされていたということでござるか？」

「当のお方は、位階も烏帽子《えぼし》もじゃまなだけだとブーブー言われたそうだがな。あの阿保《あほ》親王様のお子だけあって、なかなかにひねくれた気骨をお持ちのお方よ」

「ほうほう」

「あっ、間違えた」

ついつい二人の話に聞き耳を立てていて書き損じをやってしまい、「くっそ」と唇を噛《か》んだ千寿に、保則様がおっしゃった。

「削ればよかろう。どれ、貸してみろ」

小刀でサクサクと書き損じを削り取ってもらって、「ありがとう存じます」と受け取った。

「それにしても、その細腰細腕で、どうやって将監様に勝てたのだ？」

「あー、業平様は一息遅れて走り出されましたので、追いつかれぬよう頑張りました」

「ほう！　わざと出足を遅らせて後ろから追い上げていくのは、将監様がよくやる作戦だが、あの馬術巧みな将監様から逃げ切ったか！」

「はい。追いつかれそうになってドキドキいたしましたが、あっ、また間違えた！」

「おう、貸せ貸せ」

「もうしわけありませぬ」

「なあに、かまわぬさ」

「したが、話はまたの機会にしたほうがよいようですぞ。その調子では朝までに終えられぬのでは？」

「ハハ、そのようだな。では七郎《しちろう》、俺達は向こうで話そう」

「ところで、まだそちの名を知らぬな」

「あ、ご無礼を。千寿丸と申します」

「俺は河内《かわち》七郎」

「わしは大三島《おおみしま》保則じゃ」

二人の名乗りを、千寿はしっかりと頭に入れた。

さて黙々と字を書く作業に戻ってしばらく励むうち、肩やら首やらが疲れて痛くなってきたのと一緒に、だんだん腹が立ってきた。自分がしたことの報いなのだから、諸兄様を恨むのは筋違いだとわかっているのだが、（でもどうして、あのようにきびしく叱られねばならぬのじゃ）という納得のいかない気持ちが頭をもたげてくる。

（じゃからの、心配をおかけしたのがようなかったのじゃ）

（それはそうであろうが、そもそもは諸兄様が心配をなさり過ぎなのではないか？　わしは馬術は得意なのじゃし、業平様と走り比べても落馬もしなかったのじゃぞ）

（たまたまうまくいっただけじゃ、いい気になるまいぞ。諸兄様はそういうご心配をなされておられるのじゃ）

（そうであろうか。わしは、あの時に業平様がおっしゃった、「赤ん坊を見る乳母《めのと》のような」心配ぶりじゃと思うぞ。わしはもう十四で、赤子でも幼子でもない。諸兄様は心配し過ぎじゃ）

（それだけ大切に思うてくださっているのじゃ。愛しいと思うてくださるゆえ、心配をなさるしお怒りにもなられたのじゃ）

（それは……ようわかっているけれど……）

「ああっ、もう！　まだやっと『為政』の三章じゃ。あと二十一章っ」

どうも朝までに仕上げるのは無理かもしれぬと思え始めて、こんどは悲しくなってきた。

（これが終えられねば、桂子様のところへも行かせてもらえぬのよなあ）

（桂子様には、賀茂《かも》祭の見物のお供をさせていただくお約束が果たせず、ご心配やらご迷惑をおかけした。じゃからこんどの騎射《うまゆみ》のお供は、けっしてしくじるまいと思うておったのに）

（もしも明日、お屋敷に行けなんだら、どうやってお詫《わ》び申したらよいのだろう）

（でもきっと許してはいただけぬよなあ。そもそも大納言《だいなごん》様の北の方様ともあろうお方が、わしのような者に目をかけてくださるというのは、特別のことに違いないのに。二度もお約束を破ってしもうては、もうお屋敷にも呼んでいただけまい。

あのお方のお声やお話しぶりは、品よく美しゅうておやさしゅうて、わしはとてもとても好きなのじゃけれどなあ)

藤原桂子に寄せる千寿の気持ちには、名も顔も知らない自分の母への思慕が行方を見つけたような慕わしさも混じっている……とは、当人は心づいてはいないのだが。

ともかく、明日行けなければ、約束を守れぬ無礼者として桂子様に見捨てられてしまうだろうが、朝までにこれを仕上げるのはどうにも無理らしいと絶望して、つい涙をこぼすほどに悲しくなってしまっていたところへだった。

「おいおい、将監様に勝ったヤンチャ者がベソなどかくな。そら、次はこれに書いてみい」

保則様のお声が頭の上で言い、千寿はあわてて目元をぬぐって顔を上げた。

その目の前に差し出されていたのは、薪だが。

「書きよいように、削ってやった。これなら筆も走ろう」

「え……」

受け取って撫《な》でてみると、なるほど割れ口はなめらかに削り上げてあった。

「あ、ありがとう存じまするっ」

「どうだ、書きよいか?」

「はいっ、はいっ、格段に！」

「そら、俺のほうもできたぞ。あと何本入り用だ？」

「これでしたら字を小さくできますので、一本に二章ずつ書けると思いまする」

「いまどこだ？　ふむ、あと十本というところか」

「では五本ずつですな、よしよし」

「あの、このようにお手伝いいただきましてはもうしわけなく」

「なあに、ここの夜衛はただ立っておればよいようなもの。暇を潰《つぶ》すにはちょうどよい手すさびじゃ」

「ありがとう存じまするっ」

なめらかに削り上げてもらった木肌に書くのは、紙に書くのと同じほどに筆が進み、がぜん元気が出た。

「おっ、もう書き終えたか？　待て待て、あと少しで仕上がるでな」

「そら、こっちができたぞ」

二人の手助けで、それから先はとんとん拍子に書き進んで……

「『子曰、非其鬼而祭之、諂也。見義不為、無勇也』。

や、やった、終わったァッ！」

歓声を上げた千寿に、保則様が薪削りで凝ったらしい前腕を揉《も》みながら笑った。

「ようし、どうやら『開諸門鼓《かいしよもんこ》』に間に合ったな」

散らかった薪の削り屑《くず》を拾い集めては、篝にくべていた七郎様が、

「だがもうやがてだ、急いで取り片づけろ」

と千寿をうながした。

なるほど、千寿は夜明けまでに書き上げればいいつもりでいたが、丑《うし》の三刻（午前三時ごろ）には小諸門開門の太鼓が打たれてこの門もひらかれ、早出の官人《かんじん》達が出仕してくる。

「すぐにっ」

と答えて、まずは『論語』を書き込んだ苦心の作を、門の出入りのじゃまにならないあたりに積み片づけ、硯箱と持てるだけの作品を抱えて蔵人所町屋の曹司に戻った。

薪は全部で三十本ほどになっていたので三度に分けて抱え運び、曹司の前の庭に積み上げた。

最後の一束を運んでいる途中で、陰陽寮《おんみようりよう》のほうからドーンドーンと『開諸門鼓』が鳴り響いた。振り向けば、保則様達が門扉を引き開けたところで、外で開門を待っていたらしい官人達が二、三人、急ぎ足で通り抜けていった。

「やれやれ、どうにか間に合うた」

あとは諸兄様のお戻りを待つばかり。宿直の翌朝も、夜が明ければすぐに退出できるわけではないようで、いつもお帰りは辰《たつ》の刻ぐらいだから、少しなら寝てもだいじょうぶだ。

そう算段をつけ、「『開大門鼓』が聞こえたら起きるぞ」と自分に言いつけて、曹司のすみの

寝床にもぐり込んだ。あっという間に眠り込んだ。

その朝、諸兄が宿直所からの退出を急いだのは、一晩つらつら考えてみて、千寿に言いつけた仕置きはおとな気ない八つ当たりの所産であったと反省していたからだ。

むろん千寿には、やってよいことと危険なことを分別するわきまえをつけさせねばならないし、間違えば首でも折りかねない競馬などは、やはりもってのほかの筆頭ではあるが、千寿の年ごろや活発な気性を思えば、ああした勇ましさに心魅かれるのは無理もないと心得ておくべきだった。

あらかじめそう心得て、馬での野駆けなどでまめに無聊《ぶりょう》をなぐさめてやっていたなら、自分の目を盗むようにしての、あんな発散の仕方などはさせずに済んだだろう。

だがそう思うそばから、またむらむらと腹立ちもよみがえる。

一つには、千寿が諸兄の目を盗んで、競馬への挑戦を敢行したこと。いまにして思えば、諸兄は『淡路《あわじ》』に乗っていけと言ったのを『霧島《きりしま》』で行きたいとねだってきたのは、はなから競馬をやりに行くつもりでいたからだ。つまり千寿は、諸兄にわざと隠し事をした。それが腹立たしい。

二つには、千寿がそんなことをした裏に、業平殿がからんでいることだ。あの御曹司殿には千寿とみょうに馬が合う面があるようで、今回のことも二人で共謀しての悪さだったようだ。

千寿に危険な競馬などやらせたことにも腹が立つが、それ以上に、二人で陰謀をしたというのが頭に来る。言ってしまえば千寿が業平殿になついていることへの吝気というものなのだろうが、ともかく腹立たしいことに変わりはない。

そして三つには、その業平殿が「文官より武官に向いている」などというよけいな一言を、千寿の耳に吹き込んでくれたことだ。

たしかに千寿はたおやかな見かけによらず、机の前で勉学に励むよりも体を動かしているほうが好きなようで、馬乗りで見せた才からして武術にも得意を発揮するだろう。だが武官というのは儀礼や供奉《ぐぶ》の姿は華々しいが、ふだんは門衛や警固といった卑しげな役回りで、検非違使《けびいし》に配されようものなら下賤《げせん》な盗賊や罪人が相手である。そんな汚れ仕事を可愛《かわい》い千寿にさせられようか!?

だが千寿は、武官になりたいと言い出すかもしれない。もしそうなったら業平殿のせいだ。

（ああ、腹が立つ！）

それにしても、『論語』一巻を書き写すまでは外出はならぬと言いつけておきながら、手本も紙も与えてこなかった。さぞや千寿は途方に暮れているだろう。罰としてもひどい仕打ちだと、自分を恨んでいるかもしれない。

だからさっさと町屋に帰りたいのだが……

宿直番は帝《みかど》のお目覚めをお待ちし、お健やかなご起床を拝して朝のご挨拶を申し上げ、台盤《だいばん》所《どころ》（配膳室）で徹夜の宿直へのねぎらいの粥《かゆ》をいただいてから退出する。

そのご挨拶の言上《ごんじょう》まではすでに済んで、こうして台盤所に来ているのだが、なかなか係の女官《にょかん》がやってこない。しかし粥は帝からふるまわれるものなので、いただかずに退出するわけにはいかない。むろん催促もできない。

ともに宿直を務めた右近衛中将《うこのえのちゅうじょう》の手前、苛立《いらだ》ちを顔に出すわけにはいかず、なおさらイライラしながらずいぶんと待って、やっと粥が運ばれてきた。

米を白くなるまで搗《つ》いて炊き上げた白粥一椀と、一皿の香の物と一椀の白湯《さゆ》。

それを仰々しいねぎらいの挨拶のあとでうやうやしく供せられ、こちらも作法どおりにうやうやしく頂戴して、右近中将も済ませたのを見計らって腰を上げた。

中将のあとから台盤所を出ようとした時、つと袖《そで》を引かれて振り向いた。

袖を引いたのは女官の一人で、「どうか業平様に」とささやいてきながら諸兄の手の中に結び文を押し込み、「よしなに」と念を押してすばやく消えた。

「はて、誰だったか」

諸兄は首をひねったが、いまは他人宛ての恋文よりも気にかかることがある。結び文はとりあえず懐にしまって、校書殿《きょうしょでん》の西庇にある蔵人所に渡り、今朝はお早い出仕だった上司の左《さ》中弁嗣宗《ちゅうべんつぐむね》様に宿直明けの報告をした。

「うむ。夜中格別のことなく重畳《ちょうじょう》であった。下がって休息せられよ」

という決まり文句の下命をいただいて、蔵人所町屋に向かった。

町屋の上がり口を入ったところで、業平殿に会った。

あ、手紙、と思ったのだが、

「曹司の縁先にしゃれた献上品が来ているぞ」

と言われて「なんだ？」とそちらに気を取られ、結び文のことは頭から抜け落ちた。

自分の曹司の前まで行ってみて、業平殿が言った『献上品』らしい物を見つけた。縁先の庭にきちんと積み上げられた薪の束……だが、字が書いてある？

もしやと思い、縁の端に膝《ひざ》をついて覗《のぞ》き下ろしてみたが、遠くて読めない。

ちょうど雑色《ぞうしき》が通りかかったので、呼び止めて「それを取ってくれ」と言いつけた。

「全部でございますか？」

「いや二、三本でよい」

取って寄越させた薪に書いてあったのは『論語』の一節だった。

用を済ませて行こうとしていた雑色を急いで呼び止めた。

「あ、おい！　残りもここへ上げてくれ」

三十本ほどの薪のうち十一、二本は、表面をきれいに削った上に字を書きつけてあったが、そのほかは斧で割ったままのでこぼこした木肌に、苦労のさまが偲《しの》ばれるガタガタした文字が載せてあった。

「……千寿か？　紙がないので薪に書いたのか？」

もちろん、そうに違いない！

「俺の言いつけを守ろうと、こんな物に懸命に……」

改めて並べてみるまでもなく、一巻ぶんをきちんと書き上げてあるのは明らかだった。

「ようやった。そなたの誠、しかと見たぞ」

感動の思いで、縁に積んだ『論語』の束を一本一本撫でさすって、さて、その誠の持ち主はいかがしたかと、曹司に歩み入った。

千寿は、板の間に敷いた寝床の上に、水干《すいかん》姿のまま大の字になって、すうすう眠っていた。

その広げて投げ出した両手は、墨やら埃《ほこり》汚れやらで真っ黒に汚れている。

「はは……夜通しで書き上げたのか？　俺の八つ当たりの一言を、守らねばならぬ言いつけと信じて、寝もやらずに……？」

諸兄の声が眠りの底から呼び覚ましたか、

「ん……」

と千寿が寝ぼけ声を洩らし、薄く目を開けた。

「あ……起きねば。諸兄様がお戻りに……」

だが夢うつつの体《てい》でそうつぶやくうちにも、細く開けた目はとろりと力を失い、すうとまぶたが閉じたと思うと、千寿はふたたびすうすうと寝入ってしまった。

「ふふっ……愛《う》いのう。そなたはなんと……愛いのうっ……愛いて愛いて愛《いと》しゅうて、物狂うてしまいそうだぞ、千寿……!」

襲いかかって抱きしめたい心地を、(起こしてしもうては可哀想だぞっ)と叱って抑えようとしたが、どうにも抑えきれず、(こうするだけだ)と自分に言いわけしながら、千寿のかたわらにそっと横臥《おうが》し、寝顔を見ていられるようにひじ枕をついた。起こしてしまわないようにこっそりと、裾《すそ》が捲《まく》れて愛らしいへそが覗いている腹に袍《ほう》の袖をかけてやった。

そうしてしばらく千寿の心地よさそうな眠りを見守っていたのだが、やがて徹夜の疲れが出てとろとろと眠気がさし込み、いつしか諸兄も寝入った。

千寿が目を覚ました時、かたわらに添い寝をするように、ひじ枕した諸兄様が眠っておられたのは、そういうわけだ。

「あ……」

と上げかけた声を呑んだのは、軽い寝息を立てておられる諸兄様の気持ちよさそうなうたた寝を、おじゃましてはならぬと思ったから。それから自分の腹の上に、ひなをかばう親鳥の翼のように衣のお袖を載せてくださっているのに気づいて、ほのぼのとうれしい心地になった。

諸兄様は千寿をお許しくださったのだ。

なんとも幸せな気持ちで、そのまま心ゆくまでお眠りのお顔を見ていたかったが、こんな寝方では首の筋を痛めるのではないかと心配になり、「もし」と声をおかけした。

「もし、諸兄様、そんな格好ではお首が痛くなられます。お床でお寝直しくださいませ」

「ん……」

と洩らしてふうと寝覚めの息をつきながら、諸兄様は目をお開けになり、

「起きたか」

とやさしくほほえまれた。

起き上がって、「ぬうう」と伸びをされながら、

「そなたがよう眠っていたので、つい誘われた」

と、ぼやく調子でおっしゃり、「いや」と前置きして言い直された。

「そなたの寝顔を眺めているうち、ついついうたた寝してしもうた。いま何刻であろうか」

「日を見てまいります」

今日もよく晴れた日ざしのぬしの位置で時を読もうと、縁に出ていって、庭に置いていた薪が縁の上に積み直されているのを見つけた。

「うむ、そなたの誠はしかと見せてもろうた。心打たれたぞ」

すぐ後ろから諸兄様のお声がおっしゃり、振り向いて見上げたお顔は美しく笑っておられて、またうれしくなった。

「それにしても薪に書くとは考えたな。いや、手本も紙も与えずに来てしまった、やれしまったと、宿直のあいだ中ずっと気にかかっていたのだ。手本はそも要らなかったようだがな」

「はい。『論語』と『五経』は、怖いお師匠に一字一句まで覚え込まされましたので。でも薪は字が書きにくうて、始めのほうのはおかしな字ばかりになってしまいました」

「この削ってあるぶんは、美しゅう書けている」

「それは右兵衛の衛士の方々がお助けくださいましたぶんです」

「ほう？」

千寿は、武徳門に明かりを借りに行って、そうした手助けまでもらったことをお話しし、諸兄様は、

「『子曰《しいわ》く、徳孤《とくはこ》ならず、必ず鄰《りん》有り』と《里仁《りじん》第四》の一節を引いて、衛士達のふるまいをお褒めになった。

「その者どもには、俺からも礼を言うておこう。

ところで……ああ、もう午《うま》の刻だな。母上が、そろそろ来るかと首を長くしておられよう。直衣《のうし》を出してくれ」

「はいっ」

「その前に、その手は洗うてまいれよ」

「あっ！　は、はいいっ」

諸兄様が衣冠《いかん》から直衣に着替えられるのをお手伝いしていた時、厨番の仕丁《しちょう》がやって来た。厨司から、貸し出した薪を受け取ってこいと命ぜられたそうな。

苦労の作品を燃やされるのは惜しい気がするが、もともと借り物の薪であるのだし、用は済んだのだからと思いあきらめたところが、諸兄様が「三本だけもらい受けたい」と言い出された。

「厨司は、薪を何本貸したか申したか？」

「三十二本と申されました」

「なんだ、数えておったのか」

諸兄様はがっかりした顔をなさり、

「あの」

と千寿は諸兄様の袖を引いて申し上げた。

「このうち五本か六本かは、衛士の方々が篝に焚くぶんから使わせてくださいました物ですので、あちらにお返しせねばなりませぬ」

「ふむ。それはまたややこしいな」

三人して困ってしまっていたところへ、舎人の寿太郎が通りかかった。千寿は呼び止めて、こうしたことには知恵が働く寿太郎に意見を聞いてみた。

「これはないしょの知恵なれど、厨司にそっと銭《ぜに》を握らせればようござる」

諸兄様にも聞こえる声での耳打ちで、寿太郎はそう教えてくれた。

「それは律には反しませぬか？」

「融通というものをつける方便でござるよ」

「して、いかほど渡せばよいのだ？」

そう諸兄様がヒソヒソ話に入ってこられた。

「十文もあればよかろうと存じます」

「うむ、さし銭十本か」

諸兄様は鷹揚《おうよう》にうなずかれ、千寿は急いで教えてさしあげた。

「い、いえっ諸兄様、十文でしたら銭十枚でございますっ」

通し紐に差した銭一本は百文である。

「なんだ、そんなわずかなことでよいのか」

諸兄様はつまらなそうなお顔をなさり、話が決まるのを待っていた厨番の仕丁におっしゃった。

「せっかく千寿が書いたものゆえ、幾本か俺が買い上げる。そうさな……これとこれと、これだ。代金はのちほど届ける」

「あの、これらよりもこちらのほうがよう書けていると思いますが」

諸兄様がお選びになったのは、削っていない薪に書いて字はよれよれの代物だったので、千寿はそう言ってみたのだが。

「座右に置くにはこれがよい。『学而』の四章、七章、十六章。つねに眺めて俺の心の戒めにするのだ」

というお返事に、感激でカアッと頬《ほお》が熱くなった。

さらに諸兄様はその中の一本をお屋敷まで持って行かれ、桂子様にご披露なさった。

「まあまあ、『蛍雪《けいせつ》の功』のようなお話ですね」

と桂子様は感心してくだされて、千寿はおおいにうれしかったが、そもそもはお褒めをいただくような由来のものではなかったので、そう申し上げた。

「まあ、むちゃをした罰に？　どのようなヤンチャをいたしたのです？」

「はい、それは……」

これまた正直にお話し申し上げたところ、

「そのような危ないことは二度となさらぬように！」

と、きつく叱られてしまった。

「馬での遠乗りや鷹《たか》狩りならばよいけれど、競馬などという荒々しいわざは武者のやることですっ」

「はい。もうしわけございませぬ」

「そなたはもそっと、わが身を大事にお考えなされ。そんなことで命でも落とそうものなら、わたくしも諸兄殿もどんなに悲しい思いをすることか」

「はい」

「諸兄殿もずいぶんと心配をかけてくだされましたが、そなたのなさりようはさらに輪をかけている」

「もうしわけございませぬ」

ひたすら平謝りした千寿に、桂子様もご機嫌を直されて、そこからは昔話になった。

「そう申せば諸兄殿も、父上様のお叱りを受けて『論語』を書かされなされたことがありましたね」

「う……そうでしたか？」

「ええ。あの時は一巻を百篇ずつも書かされておられましたが、忘れましたか？」

「そういえば……そのようなこともあったような……」

「ええ、ありましたとも。十歳ぐらいの時です。何を思われたか、『自分はぜひ防人《さきもり》の将になりたい』と仰せ出されて」

「ああ、はい！　思い出しました。父上はひどくお怒りになられて、『学問の大事さと君子の心得を学び直して、心入れ替えよ』と仰せられ、ええ、たしかに百篇ずつほども」

お答えになられながら、諸兄様はしだいに顔を赤くされ、ひたいに汗までおかきになり始めた。よほどお大変だったらしいと、千寿はお気の毒に思ったのだが。

「ところがそなた様は腹立ちまぎれに、それを床《ゆか》やら蔀戸《しとみど》やらに書き散らされて」

「えっ？」

「乳母が墨が染み込まぬうちに拭《ふ》き消そうとしたところ、父上にお見せするまではならぬと言い張って」

「ははは、はははは」

「けれど父上様はなお上手《うわて》でいらして、このほうがよう身に沁みようと仰せられて、そなた様は何年かそのまま『論語』の中でお暮らしでしたね」

千寿は思わずプッと吹き出し、諸兄様はぐあい悪げに睨《にら》んできながらおっしゃった。

「聞くな千寿」

「もう聞いてしまいました」

「では忘れろっ」

諸兄様は耳まで赤くして言いつのられ、千寿はますます可笑《おか》しくなった。

その日、諸兄様は、翌日の節会《せちえ》に備えて夕刻には町屋にお戻りにならなくてはならず、千寿は、桂子様のお望みでお屋敷に泊まることになっていたので、諸兄様が桂子様のお部屋からお立ちになった時には、たいそうなごり惜しい気がした。

一般の見物が許されるのは六日の騎射《うまゆみ》で、桂子様はそれへとお出向きになるから、諸兄様が内裏《だいり》にお戻りになれば、あとは明後日の夕方までお会いできないのだ。

「そうそう、千寿に少し頼みたいことがあった。俺の対屋《たいのや》まで来てくれ」

と言われて、これで少しでも長くご一緒にいられると喜びながらお供した。

諸兄様のご用というのは、まだ西日が明るいお部屋の奥の几帳《きちょう》を引きまわした陰で、そっと千寿をお可愛がりくださることだった。

「昨日はそなたと喧嘩《けんか》をいたし、昨夜はたがいにあのようなことだったゆえ、今夜はそなたを存分に抱いて眠りたかったが。母上との前々からの約束でそなたをお貸しせねばならぬ」

諸兄様はそれをいとも口惜しげにおっしゃり、千寿はうれしくて笑ってしまった。

まだ昼のうちで蔀を下げるわけにもいかず、几帳の外まで声が洩れてはいかにもはしたないので、千寿は単衣《ひとえ》の袖を噛んでこらえたが、そうした我慢はなぜかいっそう快感《こうしん》を昂進させ、快《よ》いのと声を殺す苦しさとでへとへとになった。

「明日は母上と薬草摘みに行くのだな？」

「はい。端午の日に作りました薬玉《くすだま》は、疫病除《えきびょうよ》けになりますそうで」

「紫野《むらさきの》のほうへお出かけになるとのことだったが、もしアマチャヅルを見かけたら俺への土産《みやげ》に採ってきてくれ」

「はい。あるとようございます」

「だが無理をしてまで探さんでよいぞ。そなたが懸命になると、山城《やましろ》を通り抜けて越《こし》（北陸）あたりまででも行ってしまいそうで心配だ」

「桂子様がご一緒ですから、そのような遠出はいたしたくてもできませぬ」

「う〜む、危うい危うい。母上には千寿から目を離さぬよう、よく念を押しておこう」

諸兄様はくるくると目をまわしてそうおどけられ、千寿は「桂子様のお目が届かないところまでは、けっしてまいりません」とお約束した。

明けての重五は終日、さわやかな風が吹き渡る広々とした紫野で薬草摘みをして過ごした。

途中、桂子様は賀茂の斎王《さいおう》様のお住まいである斎院《いつきのいん》をお訪ねになられ、侍女の小糸《こいと》達と千寿とが門内までお供した。桂子様は、帝の内親王（娘）であられる斎王様がまだお小さかったころ、お遊び相手をなさっていたそうで、お二人はいまも文のやり取りをされている仲良しだという。

訪問を終えられた桂子様が、車寄せで牛車《ぎっしゃ》に乗り込もうとなさっていた時だった。

「斎王様、なりませぬ！」

「お止まりください、斎王様！」

女達が口々に叫ぶのが聞こえたと思うと、御殿の奥からパタパタと駆け出してきたのは、十二、三歳ぐらいの女童《めのわらわ》。表が白、裏が濃紅《こいべに》の根菖蒲襲《ねしょうぶがさね》の汗衫《かざみ》の裾をひらめかせて、一散に桂子様のところへ駆けつけてきた。

「まあ、斎王様、このようなところにお出ましなされてはなりませぬ」

桂子様がおっしゃり、少女は愛らしく整ったはかなげな美貌《びぼう》を「いいの！」と左右にうち振った。ではこの女の子が、ほんとうに『斎王様』なのだ。

「これをうっかり忘れてしまったの！　わたくしの手からお渡ししたいの！」

いたいけな斎王様はそう叫んで、手にした小さな薬玉を桂子様に差し出した。

「わたくしが摘んだ草を、わたくしがくくって作ったの。桂子にあげようと思って！」

「まあ、斎王様……っ」

桂子様は裾をさばいてお引き返しになり、薬玉を受け取られるのと一緒に、斎王様の小さな肩をお袖に抱き込んでギュッと抱きしめられた。

「ありがとうございまする、喜んでいただいてまいります。ですがどうぞ、次からはこのようなおふるまいはおひかえくださいませ。でないと桂子は、こちらに上がらせていただけなくなります」

「それはだめ！　また来てちょうだい、待っているから！　次からお行儀は守ります」

目にはいっぱいに涙をためて訴えて、斎王様は行儀が守れることを示そうとするように、桂子様を振り返り振り返りしながらも、ご自分から奥に戻って行かれた。

「御所から一人お離れになって、お寂しいのです」

桂子様が誰にともなくつぶやかれた。

さて、総出でお供をしてきたお屋敷の女達は、年に一度のこの野遊びを楽しみに待ちわびていたようで、老いも若きもおおいにはしゃぎ楽しんでいたが、千寿の頭の中は、明日の騎射や競馬のことで占められていた。

業平様は左近衛の代表として、どちらにもお出になるそうで、颯爽《さっそう》としたご活躍ぶりを想像しただけでワクワクと胸が高鳴ってくる。

おかげでその晩はなかなか寝つけなくて、眠ったと思ったら乳母様に「日が昇りますよ！」と叱り起こされ、あわてて飛び起きた。


桂子様はこの日のためにと、新しい水干を支度してくださっていた。

「ああ、よかった、よく似合いますよ。

これは『杜若《かきつばた》』という重ねでね、表の色目は『淡萌黄《あわもえぎ》』、裏は『薄紅梅』というの。これと『破《は》菖蒲』とどちらにしようかとずいぶん迷って、いっそ『若《わか》菖蒲』にしようかとも思ったのだけれど、『杜若』に決めてよかったわ」

「大事に着させていただきまする」

とお礼を言いつつ、夕方にはお返しをしようと千寿は思った。賀茂祭の時にいただいた晴れ着を、騒ぎのせいで早々にだめにしてしまった前例がある。

髪には今日も菖蒲のかざしを挿した。牛車《ぎっしゃ》の庇にもヨモギと菖蒲が飾ってある。

一緒に牛車に乗っていくようにと言われて、滅相もないと固くご辞退したのだが、桂子様は頑としてお譲りくださらず、お供の小糸様とともに桂子様の晴れのお乗り物である立派な糸毛《いとげ》の車に乗らされてしまった。

「また攫《さら》われては困るゆえ、けっして千寿を独り歩きさせないで欲しいと、諸兄殿から幾重にも頼まれていますし、わが殿にもご承知のことですから」

と言われては、お断わりのしようがなかったのだ。

糸毛の車は、諸兄様と乗ったことがある網代車《あじろぐるま》よりも屋形の造りが大きくて、四人がゆったりと座れる広さがあった。

牛車の乗り降りは、後ろから乗って、前から下りる。前方の席が上座であるので、乗り合わせる場合には、身分の高い人から先に乗り降りすることになる。また席には右と左とでも序列があり、二人以上で乗る時には、前方席では右側が上座、後方は左側が上席となる。男女が同乗する際には男が右側に座る。

千寿は、桂子様のご指示のままに、前側の左手に座を占められた桂子様の向かいに座った。侍女の小糸は桂子様のお隣に乗り込んだ。

これは見る者が見れば、おおいにいぶかしんだだろう。天皇家の血を引き藤原大納言の正妻である桂子が、ただの家人《けにん》である千寿に上座を譲って、次席に座している格好なのだ。だが、牛車に乗るのは生まれて三度目だし、そうした細かいしきたりなど何も知らない千寿は、それが不自然であることにもまるで気づかず、意図してそう計らった桂子と女主人の意を受けていた小糸は、素知らぬ顔を通した。

……じつは桂子は、夫の大納言から耳打ちされて、千寿の出自を知っていた。「秘中の秘だが、こうと心得ておいてくれ」と打ち明けられた時には、事の重大さに青ざめたが、その時にはもう千寿丸は、望んでも得られなかった二人目の息子であるかのような愛しい存在になっていたので、覚悟を決めるというほど思い悩むこともなく、「お味方いたします」と宣言した。

大納言は、「そう言ってくださると信じていた」とうなずいて、信頼の気持ちを証そうとするように打ち明け話を続けた。

「この秘密を存じておるのは、わしとそなた様のほかには、在原朝臣業平《ありわらのあそん》殿、小野篁《おののたかむら》参議、慈円阿闍梨。諸兄もまだ知らぬことで、できれば御方《おんかた》ご自身にもお気づきなきままお過ごしいただくと衆議一決した。その理由は、聡《さと》いそなた様には説明申すまでもないと思うが……口にするのははばかられることじゃが、東宮《とうぐう》はご病弱にて、隙《すき》あらば高御座《たかみくら》のお側近くに食い込む考えで虎視眈々《こしたんたん》と爪を研いでいる者どもは多い。御方のご存在が知れ渡れば、どのような争乱を生まぬとも知れぬ。

だがそのような騒動は、わが天朝にとって、百害をもたらして一益も与えぬ、まさに災厄。また帝や東宮や御方にとっても、ご不幸をもたらすばかりの哀しきご災難となろうからだ。

われら四名は、ご出生はご存じないままに諸兄の愛する花として過ごされることが、御方にとって最上のお幸せであると判断いたし、御方とその秘密とを陰ながらお守りするとの盟約を結んだ。

つまり、こうしてそなた様にすべてを打ち明けたのは、そなた様にもこの密約に荷担していただきたいからだ。よろしいか？」

桂子は「かしこまりました」と承知をしたが、その一方で（なんとご不憫《ふびん》なことじゃ）とも思った。

つい先年も、貴族達の権勢争いの結果として東宮がすげ替えられるという事件があり、政治的な事情からいえば夫達の危惧や判断は正しいと彼女も思う。だが千寿丸の側に立って考えれば、夫達のやり方は政治的な判断を優先させて人倫を無視している。

身分を明らかにするならば、夫達は『臣』、千寿丸は『君』の立場で、その千寿丸に何一つ知らせず選ばせず飼い殺そうというのは、君臣の理に照らせば僭越であるのだ。

しかし千寿丸はまだ十四……いまの段階ですべてを知るのは、早過ぎよう。

それらをじっくりと考え併せて、桂子は自分なりの行動方針を立てた。すなわち、千寿丸に秘密を明かすことはしないが、その扱いはできるだけ彼の血筋にふさわしいものにしようと。

そこで騎射見物の武徳殿《ぶとくでん》までの道のりは牛車に乗らせ、席にも配慮をしたのだ。

ただし小糸には、そのわけは話していない。ただ自分のやることに口を出さぬよう、千寿によけいなことを言わぬようにとだけ、申しつけてある。小糸はうすうす察しをつけているようだが、宮中勤めの経験からやたらな詮索《せんさく》はしない知恵を身につけている。

一方千寿は、ギシギシギイギイきしみ、ゴトゴトと揺れながら行く車の中で、（わしは歩くほうが好きだな）と考えていた。足で行くなら道のでこぼこは気にならないし、ひどいところはよけて通ればいいのだが、車というのはばか正直にでこぼこをなぞっていく。おかげで屋形は、でこやぼこを通り過ぎるたびにゆさゆさと揺れ、ギシギシときしむ。

また両輪が一緒にでこやぼこを渡る時ばかりではなく、右の車輪はギイとでこを乗り越えている時に、左の車輪はギギッとぼこに嵌《は》まりかけていたりもするから、屋形は傾《かし》ぐわ揺れるわで、しかもでこぼこは間断なく続く。乗り慣れない者は車酔いをする。

千寿も、だんだん気分が悪くなってきた。桂子様の前だからと背筋を伸ばして緊張させている体は、揺れ返りをうまくかわせずに胃が揉《も》まれるぐあいだし、左右は壁で前後にも御簾《みす》を下ろした車の中は、風が通らず暑い。さらに狭い屋形に充満した、女性《にょしょう》二人の焚き込め香の甘たるい匂いが、もよおし始めている吐き気を刺激する。

『騎射の儀』は、大内裏の西の端近くにある武徳殿の馬場で行われるので、車は最寄りの上《じょう》西門《さいもん》をめざして二条大路《にじょうおおじ》から西大宮大路《にしおおみやおおじ》へとたどろうとしているのだが、その曲がり道まで行く手前で、どうにも我慢ができなくなった。

「恐れ……入りまするが」

言いかけて、ウプッと口を押さえた千寿のようすに、桂子様は急いで車を止めさせた。

「酔うたのですね。どうすればいいかしら」

「しばらくこのまま休ませるのがよいと存じます」

「い、いえ、お車を降りさせて、くださりませ」

桂子様は小糸と顔を見合わせたが、千寿の頼みを聞いてくださった。

車を降りて地面を踏んだだけで少しばかり気分がよくなり、道の両側に立ち並ぶ柳の枝をさやさやとなびかせていく風を吸って、さらに元気を取り戻した。

「御方様、千寿はこのまま歩いてまいりとうございます」

とお願いした。

「お車についてまいりますので」

「乗っていくのは無理かしら?」

「そのようです。千寿は自分の足で歩きつけております下賤の身ゆえ、お車の揺れに体が合わぬのでござりまする」

「下賤だなどと、みずからをそのように申すものではありませぬっ」

桂子様は声を荒らげて叱ってこられたが、

「わかりました。思うとおりさせましょう」

と言ってくださった。

「そなたは風の中を歩むほうが好きなようですからね」

と、おつけくわえになったのは、自分を自分で貶《おとし》めるような言葉遣いをお叱りになったのと同じ意味で、こういう言い方をなさいと手本を示して教えてくださったものだ。

「ありがとう存じます」

「ほんとうはわたくしも歩いて行きたいのよ。車の中は暑いのですもの」

ふたたび車を出させた桂子様が、そんなふうに千寿に話しかけてこられたので、千寿は後ろに引き下がるのはやめて、声がやり取りできるように桂子様のお席に近い轅《ながえ》の横を行くことにした。

「身分ある女性の方は、お好きに外をお歩きになることもできず、さぞご不自由じゃろうと存じます」

「そなただったら、きっと三日とは辛抱できませぬね」

可笑しそうに言ってこられた桂子様に、「はい、きっと」と頭をかいて見せた。外から御簾の内は覗けないが、御簾の向こうからは外のようすは見えている。

「いまどのあたりかしら?」

「やがて西大宮大路に入ります」

「近くにほかの車はいて?」

「はい。先のほうに檳榔毛《びろうげ》の車が一両、あとから糸毛の車が一両まいります」

「居飼《いがい》(牛を曳《ひ》く係)に言うて、前の車を追い越さず、あとからの車には追い越されぬようしておくれ」

「かしこまりました」

やがて上西門に着くと、先触れの者が門衛の武者に「藤原大納言様の北の方様のお車だ」とこちらの身分を告げ、「お通りあれ」という返事をもらって牛車を門内に曳き入れた。

ふだん大内裏の中は下馬・下車の定めだが、今日は特別に『宴《えん》の松原《まつばら》』まで車を入れることが許される。もちろん、それなりの身分の方々だけであるが。

上西門からまっすぐに入って、図書寮《ずしょりょう》と大歌所《おおうたどころ》のあいだを南に向かうと、右手に武徳殿が見え、左手には『宴の松原』が広がる場所にでる。一抱えもある赤松が立ち並ぶ松林は、今日はちょうどよい日陰を与えてくれる観覧席となっていて、見物に集まった舎人や雑色や身分の低い官人達が、思い思いに行事の始まりを待っている。

車は、よい見物場所を見つけようと松原の西側を南に向かい、千寿も供の者達に混じってついて行った。

武徳殿の正面に南北に作られている馬場は、両側を仕切る埒《らち》（柵）に沿って五色の幟《のぼり》をひるがえす旗竿《ざお》が立てられ、出発点の北端と止めの南端には、式典係や騎手達の控え場所として色とりどりの幔幕《まんまく》が張られている。武徳殿の両側には馬溜《うまだまり》ができていて、華やかな馬具装束をつけた馬達が何十頭も繋《つな》いである。

武徳殿の蔀はもう上げられていたが、濡れ縁と庇のあいだの御簾が下ろされているので、中に人がいるのかどうかは見えない。今日の行事にも、帝が御覧のために行幸《ぎょうこう》されるそうなので、諸兄様はそのお供で昇殿されるはずなのだが……

(まだおいでになられていないのだろうか?)

ついつい顔も目も武徳殿に向けながら歩いていた千寿は、前からやって来ていた人々に気づかなかった。気がついたのは、ドンと肩をぶつけてしまってからで、とっさに、

「ご無礼を」

とあやまったのだが。

「無礼な!」

そう怒鳴りつけられたのと同時に、ドンと突き飛ばされて、(な、なんだ⁉)とたたらを踏みつつも、転びはせずに踏みとどまった。

振り向けば、相手はひげ面のたくましい仕丁だったが、乱暴なやり口にカッとなっていたので、

「あやまったではありませぬか!」

と言い返した。

「なんだとォ⁉」

男は目の玉を剝《む》き出して、いきなり千寿の胸倉をつかんできた。

「生意気な口をきく小僧めが! われらが主様の御前を横切ろうとしただけでも無礼じゃに、どういう了見じゃ!」

見るとたしかに仕丁は、いかにも身分ありげな美々しい直衣姿の若者を守った一行の先供を

務めていたようで、千寿は腹の中で（横切ろうとしたわけではない、気づかなかっただけじゃ）と思いつつも、

「いささかよそ見をいたしておりました。ご無礼の段、なにとぞお許しくださりませ」

と、頭も下げて丁重に詫び直した。

その頭上から、

「どこの家中の者か、名乗れ！」

と浴びせられた。

千寿は困った。名乗るならば「藤原諸兄様の家人、千寿丸」という言い方だが、こんな場面でそれを名乗って、もしも諸兄様にご迷惑が降りかかるならもうしわけがない。

なんとごまかそうかと必死で頭をめぐらせていたところへ、仕丁の主人の直衣姿の若者がすいと進み出てきた。歳のころは十八、九だろうか。

その端正に整った美貌が、自分の顔だちと兄弟のように似通っていることには、千寿は気づかなかった。自分の顔など、髪を結わく時に覗く水鏡で見るぐらいのもので、他人の顔のようにはっきりとは知らないのだ。

若者はすっすっと優美に足を運んで千寿の前に立つと、すいと持ち上げた顎《あご》の先から千寿を見下ろして言った。

「そち、名はないのか」

その口調や顔つきや明らかに千寿を見下している態度に、なぜか思いきりカチンと来た。

「ござりませぬ」

と言ってやった。

「名もなき者がその顔とは、無礼だな」

若者は千寿には意味がわからないことを言い出し、

「あやまれ」

と言ってきた。

「このような僭越な生まれをいたし、まことにもうしわけござりませぬと、そこに膝をついてあやまれ」

つまり土下座して謝罪しろというのだが、いったい何をあやまれと!?

「恐れながら、仰せの意味がわかりませぬ」

千寿は言い返した。

「わしはいったい何をお詫びすればよろしいのでしょうか」

「その顔だ」

若者は口元を隠した檜扇《ひおうぎ》の陰で、いかにもいやそうに眉《まゆ》をひそめながら言った。

「わしの顔がお気に召さぬということでござりまするか」

「目障りだ」

ずいぶんな言いがかりである。当然、千寿は憤慨した。

「寡聞《かぶん》にして『目障り』という罪があるとは存じませなんだ。して、わしにそのようなとがを仰せつけられましたそなた様は、いずれのお役目のどなた様にておわしましょうや」

相手を睨みつけながら、そう尋ね返した千寿の態度は、相手の傲岸不遜《ごうがんふそん》さをそっくり裏返しに真似た慇懃《いんぎん》無礼というシロモノで、若者はたちまち白皙《はくせき》のひたいを朱に染めた。

「者ら、この山猿に礼儀を教えてやれ!」

「ははっ」

さっそく詰め寄ってきた供の男達に向かって、千寿は(来いっ)と身構えた。もっとも、四、五人もいるおとな相手にかなうとは思わないから、二つ三つ蹴飛《けと》ばしておいて、あとは逃げてしまう気でいたのだが。

じゃまが入った。前門の虎どもの動きに注意を凝らしていた千寿の後ろから、

「おやおや、何の騒ぎかな、国経《くにつね》殿」

と声をかけてきたのは、これまた何人もの供を連れた直衣姿の身分ありげな男で、ガツンとやってさっと逃げてしまうつもりでいた千寿にとっては、退路を塞《ふさ》いでくれた後門の狼。

「良門《よしかど》叔父上」

国経という名らしい若者は、恰幅《かっぷく》のいい貴人に向かって親しみのこもった苦笑いを作って見せ、

「無礼者を懲《こ》らしめようとしていただけです」

と胸を張ったが、その拗《す》ねたような口調や叔父とやらに向けた目つきには、目上に甘えようとする媚《こび》が浮かんでいるように見えて、千寿は（なんじゃ、こやつ）と思った。

「ほほう？」

良門とやらが、じろりと千寿を見やってきた。千寿の顔に目を留めたとたん、驚いたように「ほ？」と目をすがめ、「ほほう」ともう一度言った。

「いずこの童《わらわ》じゃ」

「言わぬのです。供も連れずに歩いておりましたゆえ、いずれ卑しき身分の者には違いありませぬが」

「そち、名はなんと申す」

良門が聞いてきた。

なんと返事をしてやろうかと考えながら口をひらこうとした千寿は、桂子様の供の一人が人垣の後ろからこちらのようすをうかがっているのに気づいて、ハッとなった。

これ以上騒ぎが広がって、もしも万が一にも桂子様にご迷惑をおかけすることになっては困る。それに思えば、荒っぽいことになった場合は、またせっかくの戴き物を破られたり汚したりしてしまう危険もある。

決断は早かった。腹の中では（くそっ）と歯嚙みしながら、千寿はその場に両膝をついた。

そろえた膝の前に手を置いて、低く頭を下げた。

「名は山の猿丸と申します。うかと高貴の御方様の御前をお騒がせいたしましたご無礼、何とぞお許しなされてくださりませ！」

「ハッ、猿丸とはまた似合いな」

国経はさぞそっくり返っていそうな調子でせせら笑ったが、叔父の良門のほうは、

「ふむ。親は」

と聞いてきた。

「ございませぬ」

と千寿は答えた。

「親兄弟も寄る辺もない身を、とあるお方にお拾いいただきまして、このように命繋がせていただいております」

「ほほう、誰に拾うてもろうたと？」

「恐れながら、それは申し上げられませぬ。ご無礼のとがは、どうかわし一人に負わせてくださりませ」

「恩人に災いが及ぶのを恐れるか」

「はい」

「聞けぬと言うたらどうする」

「それは……」

手を置いた地面はよく乾いていて、さらさらの土は目つぶしに使うには格好だった。（いざとなったら、供の連中にこれを投げつけて囲みを崩して）と算段しながら、「逃げまする」という返事を言おうとした、ちょうどその時。

ドンッ、ドンッ、ドドドドンッと、太鼓の音が鳴り渡った。

「うむ、騎射が始まるな」

二度三度と同じ打ち方をくり返す太鼓の音は、馬場に射手達を呼び出す合図だったらしく、北の幕屋から次々とあらわれた華やかな姿の騎乗の射手達が、埒内《らちない》をしずしずと進んでくるのが見えた。

「国経殿、余興はこれまでといたそう」

そわそわと足を踏み替えながら良門が言い、甥《おい》の返事を待たずに歩き出した。

御曹司殿は、千寿に向かって憎々しげに「ふんっ！」と吐きかけて、叔父御《ご》のあとを追っていった。

千寿を取り囲んでいた供の者達もぞろぞろと二人に従い、水が流れ去るように人垣が解けたが、見ればあたりには遠巻きに集まっていた野次馬達がいて、土下座から立ち上がった千寿は人々からの好奇の視線を浴びることになった。

「ふんっ」

と肩をそびやかすことで物見高い暇人どもの視線を跳ね返し、戴いたばかりだというのに膝や袂《たもと》に土汚れをつけてしまった袴と水干をていねいにはたいて、（さて、桂子様のお車は）と見まわした。

「こっちだ、こっちだ」

と呼んでくれたのは、さっき顔を見つけた末郎《すえろう》殿。大納言家に仕える若い家人だ。

呼んだなり、背を向けてさっさと歩き出した末郎殿に追いついて、千寿は頼んだ。

「いま見たことは、御方様には内緒にしてくだされ」

「俺は途中からしか見ていなかったんだが、どういう顚末《てんまつ》だったんだ？」

「うっかりよそ見をしておりましたら、国経というお方の供の者と肩がぶつかり合うて」

「詫びを言わなんだのか」

「いいえ、申しましたが。国経というお方が、『その顔が気に入らぬ、土下座して詫びよ』と」

「睨みつけでもしたのか」

「いいえ、この顔だちが気に障ったというのですが。いったいなんで、そんなことを詫びさせられねばならぬのか」

「似過ぎていたからだろうさ」

と末郎殿は言った。

「は？」

「おまえ、生き別れた兄はおらんか？」

「存じませぬ。わしは親もわからぬ捨て子ですから」

「ならば、あの御曹司がじつはおまえの兄だという可能性も、ないことではないわけだな」

「はあっ⁉」

「そのぐらい、よう似ていたのよ。兄と弟にしか見えぬほどにな」

「ええっ⁉」

千寿は思わず自分の顔を触ってみたが、むろん何の確かめにもならなかった。

しかし、高飛車で偉ぶっていて感じの悪いことおびただしかったあの御曹司殿と、顔だちが似ているなどとは不愉快千万だし、血の繋がりがあるのではないか……などという疑いは言語道断、許し難し！　だ。

「おっと、始まったな」

末郎殿がつと立ち止まり、千寿も足を止めて振り返った。

ドドッドドッと馬を走らせてきた射手がヒョッと一の矢を放ち、パンッと音がして、検分役が白幣を振り上げるのが見えた。

「千寿丸ですか？」

と呼んできた桂子様のお声に振り向かされたおかげで、二の矢の首尾を見そこない、

「いったい、いままでどこに行っていたのです！」

と叱ってこられて、三の矢の首尾も見逃すことになった。

よそ見をしながら歩いていたせいで、うっかりはぐれてしまったのだという千寿《せんじゅ》の言いわけを、桂子《かつらこ》様はまるで疑いもせずに信じてくださった。

桂子様の牛車《ぎっしゃ》は、二の的と三の的のちょうど中間あたりという、この上ない見物場所を確保していて、牛の肩代わりに軛《くびき》を預かる榻《しじ》（置き台）の上に立って望見すれば、まさに特等席の眺めだった。

帝《みかど》や公卿《くぎょう》達も御覧の騎射《うまゆみ》は、左右兵衛府《ひょうえふ》の手結から始められた。左兵衛と右兵衛からそれぞれ一人ずつの射手が番を組んでの競い合いが、全部で十番おこなわれる。

射手の武者達は、きらびやかな唐風の武人装束で登場してきた。緋色《ひいろ》の布衫《ふさん》（細袖《ほそで》の上衣）を着込んだ胴には金画絹の甲形《よろいがた》（甲の形に作った布製の胴当て）をつけ、腰に巻いた白布帯に太刀《たち》を佩《は》き、脚には鹿革の行縢《むかばき》をつけ、麻鞋《まさん》を履く。また頭には金画絹の冑形《かぶとがた》をかぶり、頰《ほお》にはキリリと黒緌《くろのおいかけ》。背に負った靫《ゆき》には鷹羽の矢、弓手には錦の握《にぎり》の樺巻《かばま》きの弓。

またその乗馬も、銀面をかぶらせ胸懸《むながい》に杏葉《ぎょうよう》（金属製の飾り物）、鞍尻《くらじり》に八子《はね》（鈴飾り）といった華麗な唐鞍《からぐら》で飾り立てられ、走り出せば杏葉や八子がシャランシャリンと鳴る。

埒《らち》の東側の三か所に的が用意され、騎馬の射手達は北から南へと馬場を駆け抜けながら、次々と三つの的を狙い射る。見ン事当たれば、検分役が白幣を振り上げて的中を証するが、見物人達のワアッという歓声のほうが早い。的に当たった矢数によって勝敗が決まる。

兵衛府の手結は、左兵衛が三番、右兵衛が七番を取り、右兵衛府の勝ちで終わった。

「続いてはー左右近衛府《このえふ》の手結ー！　十番にて競いまするー！」

奏上役の大声が告げて、千寿は（いよいよ業平《なりひら》様の出番だ）と胸を躍らせた。

まずは手結する射手の名などが仰々しく呼び上げられる。

「一番手結ー。先手、左近衛よりはー将監《しょうげん》、在原朝臣《ありわらのあそん》業平殿ー！　乗馬はー、相模《さがみ》の国の一之牧《まき》にて産したる白馬《あおうま》『相模』ー！

後手、右近衛よりはー将監、源　道尚《みなもとのみちなお》殿ー！　乗馬はー、常陸《ひたち》の国の上之牧にて産したる連銭葦毛《れんせんあしげ》『匂墨《におずみ》』ー！

双方、手練の技を万端よろしく披露あれー！」

奏上役の鍛え上げた大声での告げを聞き取って、千寿は口早に、お車の中の桂子様にお伝え申し上げた。

「一番の先手は業平様です。お乗りの白馬は『相模』です」

近衛も馬具は唐様だが、射手が身につけた冑形や甲形は錦で、兵衛よりいっそう華麗だ。また緋布衫の上から勇ましい虎絵の褐衣《かちえ》を着込み、行縢は熊の皮で、背に負う矢入れは平胡簶《ひらやなぐい》。帝のおそばを固める近侍の衛士《えじ》の威儀をあらわした絢爛《けんらん》かつ勇壮な装束は、ほかの武者達と比べると小柄で、たくましさより優美さが勝っている業平様の容姿をも、申し分なく凜々《りり》しく引き立てている。

係の役人の合図で、業平様がダッと『相模』を走り出させ、まるで危なげのない身のこなしで構えた弓に、一の矢をつがえた。地を蹴る馬蹄《ばてい》の響きとシャリンシャランと鳴る飾りの鈴音を、ヒョッという風笛で切り裂いて飛んだ鏑矢《かぶらや》がパンッと的板を射割り、さっと白幣が振り上げられた。続く二の矢も見事に的を割り、千寿の目の前を駆け抜けつつ背の胡簶《やなぐい》から取ってつがえた三の矢も、パンッと的板を舞い散らせた。

「やった！　皆中《かいちゅう》です！」

千寿は思わず躍り上がって叫んだ。

「御方《おかた》様っ、業平様はお見事な皆中です！　皆中ですよっ、御方様！　あははっ、すごいや、さっすが業平様！　すごい、すっご～い！」

自分のことのように興奮した千寿は、興奮しきった気持ちのままに台から飛び降りて、ダッと駆け出した。

「千寿丸!?　これ！」

小糸《こいと》殿の叫び声に、

「すぐ戻ります！」

と返しておいて、見物人達のあいだをひた走りに走り抜けて駆けつけたのは、馬場の南溜まり。

舎人《とねり》に曳《ひ》かれていく『相模』を見つけ、そのかたわらの幕屋に入って行こうとしている人を見つけて、

「業平様！」

と飛びついた。

「ああ、今日は攫《さら》われずに来ていたか」

振り向かれるなり、さっそくそんなからかいを言ってこられた業平様に、

「皆中でござりましたねっ！」

と興奮を吐き出した。

「パンッ、パンッ、パンッ！　お見事でござりました、胸がすきました！」

「やってみたくなった？」

と聞かれて、

「はいっ！」

と答えた。

「教えてやってもかまわないが」

「ぜひっ！」

「諸兄《もろえ》はいい顔をしないだろうね」

「あ……」

「俺は諸兄に嫌われたくないから、おまえがあの硯石《すずりいし》男を口説き落として許しをもらえたら、ということにしよう」

「……はい」

そこへ、番を終えた射手がドカドカと馬ごとやって来た。和成《かずなり》様だ。

「おう、和成、どうだった」

業平様が声をおかけになった。

「皆中は取りましたが、三の的は端切りの当たりでした。将監様のように三つともまん真ん中とは、なかなかまいりません」

「外さなかっただけ感心だ。褒《ほ》めてやる。して相手方は？」

「二の矢をしくじりました」

「よおし、これで二番は取ったぞ。次は誰だ？」

馬を降りられた和成様と話し交わしながら、業平様は、馬場のようすが見られる場所に出て行かれ、千寿もついて行こうとした。

ちょうど来かかった警備役らしい武者に、

「おい、こりゃ童《わらわ》、ここへは立ち入ってはいかん！」

と叱られて、しゅんと足を止めた。

でも振り返った業平様が、

「その子は俺の知り寄りだ、かまわずおいてくれ」

と言ってくださって、武者も「ははっ」と怖い顔を引っ込めた。

「千寿」

「はいっ」

「まだおるなら、俺の小舎人のような顔をしておれ」

そう言っていただいて、「すぐ戻る」と言い置いて桂子様のお車を離れてきたのを思い出した。

「こちらにおりたいのは山々でござりまするが、御方様に『すぐ戻ります』と申し上げてまいったのでござりました」

「桂子様には、千寿がどこにいるかおわかりならご心配はなかろう」

言った業平様が、つと手を挙げて腕ごと二、三度大きく振ってから、深々とお辞儀をなさったので、どなたにそうした挨拶《あいさつ》を送られたのかと見やれば、桂子様のお車が目に入った。つまり、千寿は自分がお預かりしていますと、しぐさでご挨拶くださったわけだ。

お車のほうでも気づかれているふうだったので、千寿も真似て御方様へのお辞儀を送り、あとは安心して業平様について歩いた。

業平様は、手結を終えて駆け込んでくる左近衛の者達を馬場の端で出迎え、それぞれの出来にしたがって、褒め言葉をかけたりチクリとからかったり、「しくじりました」とうなだれさせた肩を「このヘタクソめがっ」と乱暴にどやしつけてやったりした。

そして、褒められた相手は心底うれしそうな顔をし、からかわれたりどやしつけられた相手は、苦笑したり悔しげに唇を嚙《か》んだりと表情はさまざまだが、その顔は一様に（次こそは！）という意気を浮かべる。

（業平様は、この方々に信頼され慕われている、よき『将監』様なのじゃな）

と千寿は思った。うれしく誇らしく、そう思った。

「左右近衛の騎射手結はー、左近衛の勝ち六番ー、右近衛の勝ち四番にてー、左近衛の勝ちにございまするー！」

奏上役が審判結果を告げ、

「やれやれ、どうにか二年続きの負けを雪辱《せつじょく》できたな」

と業平様が笑まれた。

勝った左近衛の射手達は、威儀を正して粛々と武徳殿《ぶとくでん》の階《きざはし》の前に進み出て、それぞれの働きに応じた帝からの禄《ろく》（賞品）を賜った。

業平様が戴かれたのは、鞘《さや》に螺鈿《らでん》細工をほどこした美しい細太刀で、ほかの者達には帛《はく》（絹布）が三反ずつだ。

「俺も帛がよかった」

と、御前から引き下がってこられた業平様がぼやいた。

「帛なら女への贈り物に使えるが、太刀ではなァ」

「取り替えましょうか、将監様」

と和成様がふざけたら、

「おう、替えろ替えろ」

と業平様は太刀を差し出され、和成様は「冗談ですよ」と逃げていった。

「俺は本気だぞ。誰ぞ、この太刀と帛を替えぬか。道豊《みちとよ》、どうだ?」

「ただ替えるというのはおもしろうございませんな。競馬《きそいうま》の賭け代にいたしませぬか」

「そちらは帛を賭けるか?」

「いいでしょう」

二人のやり取りを聞きながら、千寿は、帝からの戴き物を賭け事などに使ってしまっていいのだろうかと首をかしげた。

馬場では、騎射に続いて走馬《はしりうま》がおこなわれた。公卿や富裕な貴族達が、自慢の持ち馬を走らせて見せるもので、奏上役は馬や持ち主の名前だけを紹介し、乗り手のことには触れない。ここでは馬が主役で、騎手は身分の低い舎人などにやらせているからだ。

千寿は業平様のお供という顔をして左近衛の面々のあいだに混じり、武徳殿の北側に設けられた左陣の控え場所で見物をした。桂子様のお車からより、ここからのほうが間近に眺められるし、武徳殿の南庇《みなみびさし》に控えていらっしゃる諸兄様のお姿も見られたからだ。

「藤原《ふじわら》良門《のよしかど》殿お馬ー、『水渡《みわたり》』ーー！　筑紫《つくし》の国は三之牧の産、当年三歳牝馬《ひんば》ー！　ひたいに星ありて四つ白の吉相栗毛ー！」

千寿はムッと眉《まゆ》をひそめた。『良門』と聞いて朝の一件を思い出したのだ。

隣に座っておられる業平様が、千寿の顔つきに気づかれたらしく、「どうかしたか」とお聞きになった。

「良門様とおっしゃいますのは、どのようなお方でございますか？」

と尋ねてみた。

「藤原北家の冬嗣《ふゆつぐ》殿の四男だ」

「え、では良相《よしみ》様の」

「弟だ。それがどうかしたか？」

「いえ……。ではあの、国経《くにつね》様とおっしゃる方は？」

「ほう、国経に会ったのか？」

興を覚えた顔で見やってこられて、

「はあ、まあ」

と千寿は口を濁した。

「あれは良相殿の長兄である長良《ながら》殿の長子だ。いまをときめく右大臣良房《よしふさ》卿の甥《おい》にもあたる」

「はあ……」

「それで？　その顔からして、ただ会っただけではあるまい。何があった？」

「いえ、何も」

千寿はいったんはそう否定したが、思えば理不尽な言いがかりで土下座させられたことには納得できるどころではない。

「うかがいたいのでございますが」

と前置きして、言ってみた。

「生まれつきの顔だちが似ているというのは、無礼だと責められねばならぬことなのでございましょうか」

「ほう……国経にそう言われたのか？」

「名乗れと言われ、詫《わ》びを申し上げさせられました」

「おや」

すっと不快そうに眉をひそめた業平様の表情に誘われて、言わないつもりだった事の次第を打ち明ける気になった。

「諸兄様や桂子様にご迷惑がかかってはなりませぬゆえ、名は『山の猿丸』とごまかして家の名も秘しましたが、なぜ顔が似ているからという理由で土下座をさせられねばならぬのか、得心が行きませせぬ」

「おやおや、国経がそんなことを……叔父達の引きで早くから殿上し、帝の覚えもなかなかにめでたくて、やれ公達《きんだち》一の美しさだの聡明だのとちやほやされてきたせいで、よほど鼻が高くなっていると見える」

業平様はそれを、楽しげにクスクス笑いしながらおっしゃったが、目は笑っておられないことに千寿は気づいた。もしやこの方は、腹を立てておられる時にもこうした笑い方をなさるのか？

「どうか諸兄様や桂子様にはご内密になされてくださりませ」

とお願いしたのは、そんな業平様が腹の中で何をお考えかと、少し怖く思ったからだ。

「そういえば、諸兄はそなたを蔵人所《くろうどどころ》の小舎人童《こどねりわらわ》に推挙していたね」

「はい」

「たしかもう許しは得たはずだから、殿上方にそなたの顔が知れ渡るのは、時間の問題。なればば……ふん、あの人を巻き込んでおくか。賭けにはなるが、放っておいてもどうせ向こうから関わってくるに決まっているからな。こちらが先手に出てやろう」

千寿には意味不明のことをブツブツとつぶやかれて、業平様は「よし」と円座をお立ちになった。

「おいで。国経にしっぺ返しをしてやろう」

「は？」

「衣裳はよし。うむ、童らしく腰に菖蒲《しょうぶ》の太刀を佩こうか。それと、髪に何か……」

ついて来いと頭を振って業平様が歩き出され、千寿は首をひねりながらも従った。

そのころ、蔵人達の控え場所である武徳殿の南庇では、諸兄が、イライラと波立つ心を抑えようと苦心惨憺《さんたん》していた。

千寿がなぜか、業平と一緒に左の陣にいるのを見つけたからだ。二列に座した蔵人達の後列の席にいる諸兄には、左陣のようすは前列に居並ぶ頭《とう》の方々のすき間越しに覗《のぞ》き見るほかはない。おかげで千寿がこちらに気づいているのかどうかもわからなかったが、千寿が供の体《てい》で業平のかたわらに添い、親しげにうれしげに言葉を交わしている姿を見てしまっていた。

(なぜ、あのような場所におるのだ？　千寿は母上のお供をしているはずではないか)

だが諸兄の気持ちを波立たせているのは、千寿が母の供を放棄していることではなく、業平と一緒にいることのほうだ。

業平からは何かにつけてにぶいと評されてしまう諸兄だが、千寿という少年が、書を読んだり詩を作ったりするよりも、馬乗りや狩りなどといった遊びに気を惹かれるたちなのは知っている。そして今日の騎射での業平の射手ぶりは文句なく見事なもので、むろん千寿もそう思ったはずだ。業平の手結のあと、後殿で観覧している女御《にょうご》や女官《にょかん》達が、ひとしきり業平の武者ぶりを夢中で褒めそやし合っているのが聞こえていたが、おそらく千寿もああしたふうで……

左陣に来ている千寿の姿に気づいたとたん、

（まさか、俺より業平殿のほうを好きになってしもうたりは、しておらぬだろうな）

という疑いが湧《わ》いてしまって、諸兄の心を千々に掻《か》き乱しているのである。

その二人が、つと陣所を出ていくのを見て、諸兄は（むうう）と唇を噛んだ。どこへ行くのか、追って行ってでも知りたいところだが、諸兄はいま蔵人としての公用中で、勝手に座を離れるわけにはいかない。

しかし、（業平殿も千寿のことは憎からず思うておるのよな）と考えてしまって、矢も盾もたまらなくなった。小用をもよおしたふりで席を立った。

（後殿の後ろのほうへまわって行ったようだが）

係の舎人を呼び寄せて沓《くつ》を出させ、御殿を抜け出した。（まさか）と（もしや）に気を揉《も》みながら、二人が行ったとおぼしいほうへ向かって、見つけた。

「何をしている？」

という声のかけ方になったのは、業平が奇妙なことをやっていたからだ。

左近将監殿は、後殿の西庇の縁にひじをついて、はしたなく御簾《みす》の奥を覗き込むような格好で、「疾《と》く、疾く」と御簾の向こうの誰かを急《せ》かせていた。

そばに立っていた千寿が、

「あ、諸兄様」

といかにもうれしそうに笑いかけてきたので、諸兄の嫉妬《しっと》心や疑い心はたちまちに雲散霧消したが、いったい業平は何をしているのか。

その業平は、「おう諸兄、よいところへ来た」と振り向くと、口早に言った。

「俺はもう一つ二つ話をつけに行かなくてはならん。頼んである物を受け取って、千寿と一緒に北の幕屋に来てくれ。急げよ」

そしてさっさと行ってしまった。

「千寿、いったい何が始まるのだ？」

「さあ……わたくしにもいっこうに」

顔を見合わせていたところへ、御簾の奥から「もし」と女の声が呼んできた。

「これを左近将監様に」

と、御簾の下から白い指先が差し出してきたのは、一輪の花菖蒲と紫色の比礼《ひれ》（長いスカーフのような薄布で、女性の正装の装身具）である。

「これを？」

何のつもりだといぶかしく眺めていたら、

「疾くお届けくだされっ」

と叱るようにうながされてしまい、

「相わかった」

と受け取った。

千寿をつれて北の幕屋に行くと、業平は待ちかねていた顔で届け物を受け取った。

「よし、首尾は上々だ。諸兄、おぬしはさっさと御殿に戻れ」

「う、うむ」

「それでな、良相殿に『おもしろいものをごらんに入れる』と伝えろ」

「はあ?」

「いいから早くしろ。千寿を小舎人童に使う許しは得られたのだろう?」

「お、おう。今夜そなたに話して、明日から勤めさせるつもりでおったが」

愛らしく見上げてきた千寿の期待顔に向かって、そう教えてやった諸兄に、千寿は「ありがとう存じまする!」と小躍りするふうに笑った。

「諸兄、疾く行け。せっかくの見物《みもの》を見逃しても知らぬぞ」

という業平のうながしに（何を企んでいるのだ?）と怪しんだが、こっそり席を抜け出してきている身でもある。

御殿に戻った諸兄は、自分の席に帰る途中でさりげなく寄り道をして、左中将《さちゅうじょう》参議の良相様に業平からの伝言を伝えた。

「おもしろいもの、とな?」

「はい、そのようにお伝え申し上げてくれとの仰せで」

「ふむ……また何を思いつかれたかな、外柔内剛の朝臣殿には」

「さて、私には見当もつきませぬ」

檜扇《ひおうぎ》の陰でヒソヒソとやり取りした会話は、良相参議の隣に座った小野篁《おののたかむら》参議の耳にも入っていたようだ。自分が立つのを待っていたように、篁参議が良相参議に小声で話しかけるのを見て取りながら、諸兄は蔵人席に戻った。

全部で十五頭の名馬が御覧の栄に浴することになっている走馬も、終わりに近づいていた。

「あと二頭じゃな」

諸兄の前の席に座っている左中弁嗣宗《さちゅうべんつぐむね》様が、あくびを嚙み殺しているような声で言うのが聞こえた。

「次なる名馬はー、高岳《たかおか》親王御領のお馬ー、『雪白《ゆきしろ》』ー！　日向《ひゅうが》の国は霧島之牧の産にて、当年四歳の牡馬ー！　名のとおり混じり毛なく真白の白馬《あおうま》ー！」

高岳親王は業平の叔父である。文武にすぐれていた兄の阿保《あぼ》親王に負けず劣らずの逸材で、ことに馬の目利きとして定評のある方なので、諸兄はおおいに興味を持って『雪白』の登場を待ったが。

北の幕屋から颯爽《さっそう》とあらわれた人馬を一目見るなり、思わず「あっ」と口走ってしまった。

『雪白』に乗っているのは、なんと千寿ではないか！

とっさに腰を浮かせたまま目を剝《む》いて固まってしまっていたあいだにも、千寿は『雪白』を並駆けに走らせて御殿の正面まで乗りつけてきて、ぴたと馬を止めた。馬の姿を帝によくごらんいただくための、馬首を右に返し左に返す上覧披露を、あざやかな手綱さばきで作法どおりにやり終えると、タッと馬腹を蹴って埒の南端まで駆けていき、くるりと馬首をめぐらせた。

「ヤアッ！」

という甲高い叫びが諸兄の耳に届き、応えるように一声いなないた『雪白』が復路を走り出した。大柄でもともと足の速い『雪白』だが、つねの早駆けよりもさらに行き脚が伸びて見えるのは、手綱を握る少年騎手の身の軽さゆえか……力量か。

だが諸兄がそんなことを考えたのは、一幕が済んだあとのこと。

往路は並駆け、復路は早駆けの作法どおり、千寿が「ヤアッ」と返しの馬を駆け出させた時には、心臓がひゃっと裏返りそうになった。

（落ちるなよ、落ちるなよ！）

と、息をするのも忘れてハラハラ見守るうちに、千寿を乗せた白馬は矢のように御殿の前を駆け抜けていったが、その千寿の姿というのは、つややかな黒髪を束ねた元結に菖蒲の花を飾り、杜若《かきつばた》の重ねの水干《すいかん》に紫の比礼のたすきをなびかせた、目に焼きつくような艶《あで》やかさで……キリッと前方に目を据えた真剣な表情の横顔が、またなんとも凜々しく美しかったこと……！

「諸兄殿、いまの乗り手は千寿丸であったな」

前の席から右少将《うしょうしょう》宗貞《むねさだ》様が振り向いて聞いてこられ、諸兄はハッと白昼夢から目覚めた心

地で、

「はい」

と答えた。

「業平殿のしわざであろうが、これはいかい評判になるぞ。なにしろ馬より乗り手のほうが目を引いた。『雪白』の走りぶりもたいしたものだったがな」

「はあ……」

「来年からは、走馬には見目佳《よ》き童子を乗せるのが流行《はや》るかもしれぬ」

「……はあ」

「それにしても、とうてい寺で育ったとは思えぬ元気者だな。ああも駆けさせられる馬術の才というのは、天与のものなのだろうが」

良峯宗貞《よしみね》様は、右中将良相様同様、千寿がらみで幽閉の憂き目に遭っていた千寿の育ての恩人、慈円阿闍梨《じえんあじゃり》を救うための企てに一枚嚙んでくれた人物で、千寿の思いがけない暴れっぷりにいたくご機嫌のようだった。

しかしそれも、千寿が落馬もせずに無事に走り通せたからだ。

「恐れながら、ご感心のお気持ちは千寿丸にはお告げくださらぬようお願いいたします」

と申し入れた。

「ほう？　口止めの理由はなんじゃ」

という聞き返しを食らって（うっ）と思ったが、答えないわけにいかない。内密にしていただきたい思いを込めて、檜扇の陰からヒソヒソと申し上げた。

「じつは……先日あれは、業平殿にねだって競馬をお相手いただきまして」

「ほう！　もしや、勝ったか？」

「うっ、その……業平殿には子ども相手と油断召されたようで」

とたんに宗貞様は、

「ほっほっほ！　お聞きか、方々！」

と大声でおっしゃり、

「ただいまの『雪白』の乗り手は、かの左近将監殿と競って勝ちおった腕前だそうじゃ！　いやいや、顔だち美しい女童《めのわらわ》のような見かけに似ず、なんとも勇ましいことよ！」

そうぶちまけてしまわれた。

諸兄は（ああっ……）と頭を抱えたが、まったくの後の祭りだった。

さて一方の千寿は、見物人からヤンヤの喝采をもらったおかげで、朝の事件以来ずっと胸にわだかまっていた溜飲《りゅういん》がすっきり消えた気分で『雪白』を降りた。

「よしよし、よくやった」

と業平様からお褒めいただいて、さらに気をよくした。

「これで国経もおまえを苛《いじ》めにくくなったろうし、今度そうしたことがあった時には『蔵人所の小舎人童』だと名乗ってやれば、いっそう苛めにくいはずだ」

「はい。でもわしは、土下座などなんでもありません。理不尽に従わされたのが悔しゅうはござりましたが、あのお方とわしとでは身分が違うのですから、仕方のないことです」

千寿がそう返したのは、業平様は、千寿が苛められたことを苦にしていると思っておられるようだったからだ。あんなことぐらい平気ですと言うだけでは、ただの強がりに聞こえるだろうと思って、そういう言い方にしたのだが。

「俺が、いやだ」

業平様はおっしゃった。

「諸兄もいやだと言うぞ。そなたとて、もしも諸兄がそうした侮《あなど》りを受けたりしたら、我慢ならなかろう？」

「むろんです！」

「ならば、諸兄のためにも二度と土下座などするな。この先おまえにそのような真似を強《し》いる者がおれば、俺が相手になる。国経だろうが良門だろうが、たとえ良房だろうがだ。いいな、しかと申しつけたぞ」

業平様は真剣な気持ちでおっしゃっていて、差し出してくださっているご厚意の意味と重さは、千寿にもよくわかった。

「ありがとう存じまする」

と頭を下げながら、千寿は生まれて初めて（親を知りたい）と思った。

もしも自分が身分ある親の子ならば、そんなふうに庇《かば》われなくても、自分の身は自分で処せるに違いないのだ。業平様がおっしゃってくださっているのは、権門の人々との対立も辞さない意気で千寿の味方になってくださるというご決意だが、千寿自身に力があれば、この方を自分のために矢面に立たせるなどという不本意はせずに済むのだ。

だから尋ねた。

「業平様には、わしの親の心当たりがおありでございますか？」

「いや」

宮廷一の美男と言われるお方は、すっと哀しげにされたお顔を横に振ってみせて、言い添えられた。

「たしかに朝臣とは空身分で、ようは六位の蔵人でしかない俺では、頼りに思えと言うても無理ではあろうが」

「違いまする！」

千寿はあわててさえぎった。

「親のことを申しましたのは、そのような意味ではありませぬ！　わしはただ、縁もゆかりも薄いわしの後ろ盾におなりくださることで、業平様に何事か降りかかるのは心苦しくてっ」

そこへ千寿の後ろから、

「お話し中ですが、将監様」

と声を割り込ませてきたのは和成様。

「そろそろお支度なさりませぬと、競馬《きそいうま》が始まります」

「ああ、行く」

千寿の頭越しにうなずいて見せて、業平様は視線を戻してこられた。

「その比礼をもらおうか。俺の女からの借り物だ」

「あ。は、はい」

汚さなかっただろうかと気になりながら、たすきにしていた比礼を解いてお返しした。

「今日はだいぶやきもちを焼かせてやったゆえ、あとは諸兄のそばから観ておれ。西庇の外の庭に控えているぶんにはかまわぬから」

「はい」

「ではな」

「ご武運をお祈りいたしております」

「ああ。勝ってくる」

言い交わして別れた二人のようすは、はたの目には睦まじいというふうに映り、とある噂《うわさ》が独り歩きを始めることになる。

その夜。

宴がはねて諸兄様がお戻りになるのを待ちながら、千寿は何度も何度もため息をついた。やらかしてしまったしくじりへの、悔いても悔いても悔い足りない思いが、ずっしりと心にのしかかって、ハアッと力ずくで吐きださないと、まともに息も吸えない心地でいる。

昼間の競馬で、業平様の剛胆果敢にして華麗な勝利に夢中で喝采を送った時の興奮は、いまは跡形もない。胸にあるのは、身の程をわきまえずに馬鹿はしゃぎして、取り返しのつかない失敗をやってしまった自分への、苦過ぎて飲み下せず喉《のど》に詰まってしまっている苦い苦い悔いだけだ。

広壮な蔵人所町屋《まちや》の中は、節会《せちえ》の宴のお流れを頂戴した飲めや歌えの無礼講の真っ最中である舎人部屋以外は、しんと暗く静まり返り、千寿がつぐんでいる上がり口のあたりも、ひっそりと闇に沈んでいる。上がり口の外には松明《たいまつ》が掲げてあるが、火明かりは千寿のところまでは届いてこない。

ハアッとまた千寿はため息を洩《も》らしたが、胸を塞《ふさ》いだ闇の重みは吐ききれず、

「ひどいしくじりをしてしもうたなあ……」

とつぶやいた。

競馬の十番までしっかり見物し終わったあとで、桂子様のお供という役目を忘れ果てていた

のに気がついて、大急ぎでお車のところに戻ったのだが、思えばあたりまえのことながら桂子様はいたくお怒りで、お詫びを申し上げることさえお許しいただけなかった。

小糸殿から「そなたは業平様の家人《けにん》と見受けるが、御方様に何用じゃ?」と冷ややかに問われ、返事に詰まっていたあいだに、供の者達に「去れ、去れ」と追い払われてしまって……

(やさしゅうしていただいていたことに思い上がって、お役目を放り出すような甘えたふるまいをしてしもうたのじゃから、ああしたことになったのは当然じゃ……わしが悪い)

そしてとぼとぼと諸兄様のところへ戻ってみれば、諸兄様もおかんむりのお顔でいらした。

千寿が戻ったのを見つけて、縁先からお声をかけてくださったのだが、

「帰りは遅くなるが、明日はそなたは初の出仕《しゅっし》となるゆえ、待っていずに早く休むように」

とおっしゃるあいだも、その前もあとも、一度も目を合わせてくださらなかったし、お声も口調も冷たくて、千寿はただ「はい」としか言えなかった。

(御方様に見限られ、諸兄様にも……ああっ、わしは馬鹿じゃ! 大馬鹿者じゃ! なんであのようなウツケたふるまいをしてしもうたのじゃろうっ。うかうかと浮いた気持ちで思い上がっていた。いい気になっていた! 恩に感じるべき立場を忘れ、身分をわきまえることすら忘れるほどに、甘えきってしもうていた。呆《あき》れられても見捨てられても、あたりまえじゃ……当然の報いじゃ)

思うだに自分の愚かさが情けなく、失ってしまったものへの哀惜の気持ちはせつなくつらく

苦しくて、千寿は抱えた膝《ひざ》にひたいを押しつけ嗚咽《おえつ》した。

舎人部屋から聞こえてくるドンチャン騒ぎ、くり返しドッとはじける皆のにぎやかな笑い声が、こうして独りつぐんでいるわが身の侘《わび》しさをいやおうなく際立たせる。

天にも地にもひとりぼっちでいるような心地は、千寿が生まれて初めて味わう孤独感だった。

村にいたころは養い親とは知らなかった父母や家族の情愛に包まれていた。如意輪寺《にょいりんじ》では、慈円阿闍梨様の慈愛のまなざしがいつでも見守ってくださっていた。でも、いまは……

（諸兄様にも見捨てられてしもうたなら、阿闍梨様のもとに戻ろう。業平様にお頼みすれば、お仕えさせていただけるかもしれぬし。村に帰ってとと様の仕事を手伝うという生き方もある）

そう考え、阿闍梨様も業平様も養父母もきっと許してくださると思っても、少しも心丈夫にも安心という気持ちにもなれない。

（……諸兄様がいいのじゃ……諸兄様でなければいやなのじゃ……諸兄様にお可愛《かわい》がりいただくのでなければ、だめなのじゃ……！）

自分の心の中で諸兄様が占めておられる場所は、ほかの誰にも代われない。

はっきりとそう自覚して、そのお方に疎まれてしまった寂しさに千寿はさめざめと泣き出した。

それからやがて、ジャリッジャリッという遠い足音に気づいて、千寿はハッと顔を上げた。

耳を澄ませて、足音がこちらへ近づいて来るのを聞き定めると、膝の横に置いていた手燭《てしょく》を取って、松明からもらい火をしに外へ出た。

手燭の灯芯に火を移らせて燃え立たせると、やって来るのは諸兄様であって欲しいと祈りながら、そちらへ向かって明かりを掲げた。

「千寿か？」

と闇の向こうから聞いてこられたお声は諸兄様のもので、千寿はまた泣きそうになりながら
「はい」とお答えした。

「お帰りなされませ」

「待っていずに寝るよう申したのに」

そんな小言と一緒に明かりの中に踏み込んでこられた諸兄様は、酒《ささ》のせいで少し赤くしておられるお顔は昼間ほど不機嫌なふうではなく、千寿はいくらか安堵《あんど》した。

「まださほど遅うはござりませぬし、諸兄様のお世話をさせていただきますのが千寿の務めでござります」

「その俺がよいと言うたのだから、寝ておればよいのだ」

諸兄様は言い張る調子でおっしゃって、ふらりとよろけながら段をお上がりになった。だいぶ聞こし召しておられるらしい。

手燭で足元をお照らししながら曹司《ぞうし》までお供し、灯明に火を移して部屋を明るくした。

諸兄様はご自分でさっさと束帯《そくたい》を脱ぎ始められ、大帷《おおかたびら》と大口《おおくち》（下袴《したばかま》）という姿にまでく

つろがれると、ドサリとお床《とこ》に腰を下ろされた。

「水をくれ」

と言われて、用意の盆を持ち出し、水差しから椀に注《つ》いだ水を差し出した。

諸兄様はゴクゴクと喉を鳴らして四杯干された。

「襪《しとうず》が暑い」

と言われて、足首をひもで締めてある沓下履きをお脱がせした。

「冠を取る」

と言われて、用意の鋏《はさみ》で紙のこよりの緒をパチリとお切りし、お脱ぎになられた冠は置き台の上に載せた。

「汗をお拭《ふ》きいたしましょう」

と申し上げたが、諸兄様は、

「あとでよい」

とおっしゃられ、千寿の手を握ってグイとお引きになった。あぐらをおかきになった膝の中に抱き込んでくださって、目尻や頬に唇を押し当てながらささやいてこられた。

「この目は、泣いたな?」

「……はい」

「なぜ泣いた?」

「……諸兄様に疎まれてしもうたと思うて、寂しゅうて泣きました」

「たしかに今日はずいぶんと腹が立った。母上にもさぞ叱られたであろう」

ああ、まだお許しではないのだと悟って、千寿はお膝の中で身を固くした。

「いえ……叱ってもいただけませんでした。小糸様から『業平様の家人が御方様に何用じゃ』と言われてしまいまして……」

「そうか。だが」

「はい、そのように言われても仕方ありませぬ。千寿が心得違いをいたしたのでございます。わたくしが悪うござりまする」

「母上のお怒りはもっともだが、俺の腹立ちは妬《ねた》み心だ」

諸兄様がおっしゃって、千寿の頬に当てていたお口を唇の端へとすべらせた。

「ああした場での業平殿の男ぶりは、まさに水を得た魚。そなたが心魅かれるのも無理はないとわかっていながら、業平殿の活躍にはしゃぐそなたが許せなんだ。俺にはあのような華々しい真似はできぬゆえな……業平殿を妬み、憎いとまで思うた。心の狭い男なのよ、俺は」

「そのようなことは」

と言いかけたが、諸兄様は、千寿の声はお耳に入らなかったようにお続けになった。

「だが、どう心を広く持とうと、そなたを譲ることなどできまいなあ。うむ……口が裂けても俺には言えぬ。業平殿はよき友だが、そなただけは譲れぬ。とても譲ってなどやれぬ。だからもしも、そなたがそうした気持ちになってしもうているならば……」

　言いさして、そのまま諸兄様は口をつぐんでしまわれ、千寿は宙ぶらりんに置き捨てられた心地で困ってしまった。待ってみたが、諸兄様は黙ったままでおられるので、

「あのう」

　とおずおず言ってみた。

「おっしゃられた意味がよくわからないのでござりまするが、もしも、わたくしが業平様にお仕えしたがっているようにお疑いなのでしたら、思い違えておられまする。

　千寿はどこへも行きませぬ。諸兄様以外の方にお仕えしたい気持ちはござりませぬ。

　先ほど、お帰りを待ちながらつらつら考えておりました。もしも諸兄様に見捨てられてしもうたら、阿闍梨様のもとへまいるか、業平様にお雇いいただくか、育ての親の家に戻らせてもらうかであろうが、そのいずれにも諸兄様はいらっしゃらないのだと思うたら、悲しゅうて涙が止まりませんでした。誰も諸兄様の代わりにはならぬと知りました。

　ですからどうか、おそばにいさせてくださりませ。至らぬばかりのふつつか者でござりまするが、どうかお見捨てにならないでくださりませ。千寿がお仕えするのは、諸兄様でのうてはならぬのです」

「……それは、俺がそなたに初めてこうしたことをした男だからではないのか」

　おっしゃりながら諸兄様は、千寿の尻を撫《な》でてこられ、千寿はウッと息を嚙んだ。

「ここをこのようにいたした男は、俺が初めてゆえ、それで『俺でのうては』と思うのではないか?」

ツクリと指先を入れられて、思わず帷《かたびら》の腕をつかんだ。

「男でも女でも、初めての相手は特別に思うものだと言う。そなたの気持ちもそれではないのか?」

「わ、わかりませぬ。そのように仰せられても、千寿には」

ツプツプと抜き挿ししつつ、しだいに奥まで指を入り込ませてこられながら、諸兄様はハアとため息をおつきになった。

「そうよな……そなたにわかろうはずがない」

「でも千寿は、抱いていただいたことで諸兄様を好きになったのではありませぬ。諸兄様を好きになったのが先で、ですから、このようにされることもうれしいと……寺では誰にも身を許さなかったのは、誰のことも、こうしたふうにしてもよいと思うようには好きにならなかったからでございます」

「……そうか。うむ、おまえの言い分のほうがまっすぐ胸に通る。俺の考えは卑しく拗《す》ねた考えだな。はは……どうにも俺は小さき男よ。どうか愛想を尽かさずにいてくれ。俺はそなたがたまらなく好きだ。そなたに去られては生きてはゆけぬ」

「では……アイコにしてくださりまするか?　二度と今日のようなふるまいはいたしませぬゆ

え、いままでどおりに千寿を可愛がってくださりまするか？」

「いやだと言うても離さぬと申しておる。おまえは俺のものだ。誰にもやらぬ」

唇に唇をかぶせてこられた諸兄様のお口は、強く酒の匂いを薫らせていて、結び合いを急《せ》くようにまさぐってこられたしぐさからも酔っておられるのは確かだったが、おっしゃられたことは真《まこと》のお心から出たお言葉だということもまた、ひしひしと感じられた。

「うれしゅう存じまする……うれしゅう存じまするっ」

感極まる思いでぎゅうとお首に抱きついた。

諸兄様もしっかと千寿の背を抱きしめてくだされて、袴をお脱がせになり、お膝にまたがる格好におさせになって……

「あっ、あっ」

「快《よ》いか？」

「あ、あの、少し」

「痛いか」

「は、はい。でも」

「……む、う……」

「あっ……あ、あ」

「もうよいか？　突いてもよいか？」

「は、はい。あっ、あっ、ああっ」

「ふう……ふう……快いぞ……快いっ」

「あっ、あんっ、んんっ、んんっ！　んううっ、ん〰〰っ！」

「千寿っ、千寿っ」

「諸兄様っ……」

たがいに熱を吐き合うとすぐに、諸兄様はごろりと横になられてたちまち寝入ってしまわれた。千寿はお起こししないように気をつけながらお体をお拭きし、脱ぎ捨てられたままだった束帯を、明日のお勤めのためにきちんとたたみ整えた。

（わしの水干も）と思って、ぢくりと胸が痛んだ。桂子様からいただいたこれは、やさしくしていただいた思い出の形見ということになってしまったから。

（いつか償いをさせていただける日が来るとよい）

と、もの寂しい気持ちで思いながら、床に入った。

それでも枕に頭をつけるや、夢も見ない眠りに落ちていたのは、諸兄様と仲直りできた安堵のおかげだったのだろう。

翌暁。夜番の者の声に目覚めると、千寿ははりきって起き出した。

今日から『小舎人童』という身分をいただいて、蔵人所での諸兄様のお仕事をお手伝いするのだ。

水干を着込み、髪を調《ととの》えて、顔を洗いに井戸へ向かった。

昨夜の無礼講で皆々飲み過ぎたのだろう、町屋の朝はいつもより遅れて始まるようで、厨《くりや》番《ばん》もまだ仕事を始めていない。暁闇を払うために夜番が灯していった松明が、とぼりとぼりとむなしく燃えているだけだ。

戸口から見やった井戸端は真っ暗なままだったので、松明を一本燃やしつけて持って出た。釣《つる》瓶《べ》柱《ばしら》の掛け具に松明を差し込もうとして、千寿はぎょっと立ちすくんだ。

井戸の向こう側に人が倒れている。それも雑色《ぞうしき》や仕丁ではない。あの虎絵の褐衣の武人装束は……まさか？

松明を掲げて近づいて、水を飲もうとしたまま酔い倒れたようなぐあいに地面に横臥《おうが》している人の顔を覗き込んだ。

「業平様！」

装束から（もしや）と思ったとおり、倒れているのは業平様で、しかも酔いが過ぎて寝込んだのではないようだった。松明の灯では顔色はよく見透かせないが、苦しげな表情を浮かべたお顔がてらてらと光って見えるのは、尋常ではなく汗をおかきになっているからだ。

「もし、業平様！　いかがなされましたか、業平様！」

大声で呼びかけると、業平様はうっすらと目をひらかれた。

「ただいま人を呼びますゆえ、しっかりなされてくださりませ！」

声でのお返事はなかったが、業平様はかすかにうなずいてお見せになり、またすうっと目を閉じてしまわれた。

千寿は走った。こうした場合、誰を呼べばいいのかわからないが、とにかく戸口に飛び込んだ。むすっとした渋面を下げて奥から出てきた厨司《くりやつかさ》に怒鳴った。

「井戸のところに業平様がお倒れです！」

「な、なに？」

「ご病気だと思われます！　わしは諸兄様をお呼びしてきます！」

「お、おう」

「お目覚めくださりませ！」

諸兄様はまだお休みだったので、

と揺さぶり起こした。

「な、なんだ？」

「業平様がご病気です、井戸のところにお倒れで！」

「なにっ!?」

「あっ、単衣《ひとえ》をお召しください！」

二人で取って返した井戸端では、厨司と仕丁が二人、おろおろと業平様を覗き込んでいた。

「病だと!?」

「さ、さあ」

「業平殿、聞こえるか!?　俺の声が聞こえるか!?　俺がわかるか!?」

肩をつかんで揺さぶりながら怒鳴った諸兄様に、業平様は薄く目を開けて、

「……揺するな、痛い」

と呻《うめ》かれた。

「痛い!?　腹か、胸か、頭か!　よもや怪我《けが》をしておるのか!?」

「う……む。ちと……な」

しぼり出すようなお答えを聞かれるなり、諸兄様はすっくと立ち上がって怒鳴った。

「戸板だ!　どこぞの戸を外して持ってまいれ!

それと誰ぞ、安福殿《あんぷくでん》へ走れ!　薬殿《くすどの》にまいって侍医を呼んでまいれ!」

仕丁二人は「戸板を!」と飛んでいき、残った厨司は言われたことが理解できないのか、うろうろと進退に窮しているふう。

「わしが行ってまいります!　安福殿の薬殿でございますねっ?」

「安福殿はわかるか?」

「はいっ、校書殿《きょうしょでん》の南の」

「薬殿は西の母屋《もや》だ、頼むぞ!」

「はい!」

薬殿の朝はまだ始まっていなくて、夜番の者も居眠りをしていたのをたたき起こした。

「なんじゃ、何事ぞ!」

「左近将監業平様が一大事にございまする! どうかお医師のお出ましを願いまする!」

「ああ、待て待て。方々はまだお休みなれば」

「お起こししてください! お命に関わるやもしれぬひどいお怪我です!」

「じゃから、ちと待てと」

「待てませぬ! お取り次ぎいただけぬなら、わしが自分でまいります、ご無礼!」

「わっ、こ、こら!」

そこへ諸兄様が駆けつけてこられ、業平様を載せた戸板も運んでこられた。

「蔵人の藤原諸兄だ。侍医殿を一人お起こしまいらせてくれ、火急の怪我人だ」

「は、ははっ!」

薬殿は、寺などで設けている診察や治療のための施療院とは違って、本来は患者の受け入れはしない。内裏《だいり》の侍医方の町屋(官舎)を兼ねた薬種の管理保管所といった場所である。

業平様は、たたき起こされてきた若い医師の曹司に運び込まれて、手当てを受けた。

「ははあ、これは肋骨《あばらぼね》が折れておりますな。これとこれが二本折れております」

「いつやったのだ! 競馬でも落馬はせなんだぞ!?」

「血は吐かれましたか」

「業平殿、どうだ？」

「……いや。酒は吐いたが……」

「そういえば、この体で宴に出ていたのか？　呆れた男だっ！」

「血を吐いておられぬなら、臓腑《ぞうふ》には障りなかろうと存じます。一月《ひとつき》ほど動かずにおられれば自然と骨は接《つな》がりましょう。お屋敷に下がられて養生なさいますよう」

「薬はいらぬのか？」

「腫《は》れに当てる湿布薬と、解熱の薬を処方いたしますが、ようは痛みが引くまでお静かになされて動かれぬことです」

　淡々と言われた医師様が、

「女人《にょにん》とのこともおひかえなされますよう」

とつけくわえ、千寿は（業平様の評判をご存じなのだな）と可笑《おか》しく思った。

「……地獄だな」

　弱々しく冗談を仰せられた業平様に、諸兄様が、

「これまでの悪行の報いと思え」

　とやり返された。

「それにしても、まさか闇討ちを受けたとかではあるまいな」

「いや……馬笞《うまむち》に鉄芯が仕込んであった」

「競馬の相手のか⁉　あの右近衛の東　夷《あずまえびす》めかっ！」

「し……言うな。食ろうた俺の未熟よ」

「しかしっ」

「……それでも俺が勝ったのだ」

「さては懲《こ》りておらぬな」

「おうよ……これしきの傷」

「減らず口を」

諸兄様が呆れ顔でおっしゃったのへ、陰陽　寮《おんみょうりょう》で打つ『刻《とき》の太鼓』の響きがかぶった。

「おう、いかん。出仕の支度をせねば」

「ああ……世話をかけた。面倒ついでに、屋敷に使いを……」

「任せろ」

「それと……な」

「勤めのことは心配するな。俺が『不参解《ふさんげ》』（休暇願）を書いて出しておく」

そう先回りされた諸兄様に、業平様は（そんなことではない）という顔をされ、おっしゃったのは、

「……見舞いに来てくれ」

千寿には冗談のように聞こえたのだが、諸兄様はまじめなお顔でうなずかれた。

「ああ、わかった。ではな。大事にしろよ」

「見舞いの品は……千寿でよい」

こんどの冗談には、諸兄様は、

「知るかっ！」

とそっぽを向かれた。


屋敷から迎えが来るまでのあいだ、業平様は医師様がお預かりくださることになり、千寿は諸兄様と一緒に町屋に戻った。

「さあて、急ぎ支度するぞ」

「はい」

「業平殿が一月も欠けるとは、手痛い。六位蔵人は五人いるが宿直《とのい》番もあるし、五人と四人では大違いだ。しばらく朝議の予定がないのは助かるが」

冠と束帯をおつけになるお手伝いをし、汲み直してきた清水を喉湿しに差し上げて、沓をご用意した。

そのあいだに、話を聞きつけた六位蔵人の方々が入れ替わり立ち替わりにようすを聞きに来られたので、お出かけはあわただしいものになった。

「おっと。千寿、文机《ふづくえ》の中にそなたの任命状が入れてある」

「取ってまいるのでございますか？」

「うむ。殿上方に顔を覚えていただけるまで、懐に持ち歩け」

「はい」

蔵人所に上がるのは初めての千寿は、階を上がるあいだにもおおいに緊張したのだが、諸兄様について部屋に入ってみれば、おられた六人の方々のうち面識のないお方は、お二人だけ。六位蔵人の紀《き》家のお三方は町屋での顔見知りだし、蔵人頭《くろうどのとう》のお一人の良峯右少将様は如意輪寺騒動でご一緒いただいた方で、ずいぶんホッとした。あとのお二方についても、お名前だけは教えていただいている。

諸兄様は、初対面になるお一人の、お年寄りのほうの方の前に千寿を伴った。

「左中弁様」

という諸兄様の呼びかけで、蔵人頭筆頭の左中弁・藤原嗣宗様だとわかった。

「本日より小舎人童を務めます千寿丸を連れまいりました。なにとぞお見知りおきくださいませ」

「お、さようか」

しょぼしょぼした目で見やってこられた左中弁様を（たいそうなお歳のようだ）と思いながら、千寿はうやうやしくご挨拶を申し上げた。

「千寿丸と申します。ふつつか者でございまするが、心して務めさせていただきまする」

「うむ、利発そうな男児《おのこ》じゃ。よう働けよ」

「千寿丸は、嵯峨《さが》の如意輪寺の門主であられた慈円阿闍梨に書を学んでおります」

「ほほう、当代三筆の一人である慈円殿の弟子か。それは頼もしいの。うむ、よう働け」

少し阿闍梨様に似ておられるかな、と思いながら、

「精励いたします」

とお答えして、引き下がった。

次はもう一人のお若い方のほうで、お歳は三十四、五だろう。蔵人頭右少将・橘《たちばなのま》真直《すぐ》様だ。

諸兄様は、「橘右少将様」と呼びかけた。なるほど良峯宗貞様も『右少将』だ。

左中弁様に申し上げたのと同じ紹介をおっしゃった諸兄様に、実直で癇性《かんしょう》そうなお顔だちをなさった橘右少将様は、

「馬での伝令を飛ばす機会はあまりなかろうが」

と顔をしかめられ、ジロッと千寿を見やってこられて、

「ほかの用なら山ほどある」

と、にっこりお笑いになった。

「だが殿上では、自慢の足は隠しておくほうがゆかしいぞ」

え？　と思った千寿の疑問を、

「は？」

と口に出された諸兄様に、橘右少将様は、ぱらりとひらいた檜扇で口元を隠しておっしゃられた。

「袴の裾《すそ》を膝でくくると、せっかくの杜若重ねの水干上下も軽々しゅう見えてしまうのだよ。脛《すね》は見せぬように袴の裾は下ろしたがよい」

「なるほど。ご教示ありがとうございます。私はそうしたことにはまったく疎くて」

「そのようだな。ま、諸兄殿らしいが」

「恐れ入ります」

橘右少将様はすでに千寿のことはご存じのようだったし、お二人のやり取りに口をはさむ隙《すき》もなかったので、諸兄様が頭をお下げになったのに合わせて深いお辞儀をすることで、口上抜きのご挨拶とさせていただいた。

諸兄様は、千寿とは顔見知りの良峯右少将様や紀家のお三方にも、同じようにして千寿を紹介し、引き合わせを終えた千寿を縁の端に連れていった。

「用のない時はこのあたりに控えているようにしなさい」

「はい」

「目と耳をよく働かせ、口はごく慎重に動かすように。内密事が多い部署だというのを、けっして忘れてはいけない」

「心得ました」

それから諸兄様は、頭の方々に業平様の欠勤を報告されたが、皆様もうご存じだったようで驚いた顔をなさった方はいなかった。

（つい先ほどの出来事が、いつの間にお耳に入ったのか）と千寿のほうがびっくりしたが、諸兄様に連れられての殿上の間その他への挨拶まわりでさらに驚くことになった。会う人会う人が皆、諸兄様に、業平様のくわしい容態を尋ねたり、見舞いの言葉を言《こと》づけたりなさるのだ。

「いったいなぜ皆様もう業平様のお怪我をご存じなのでしょう」

ヒソヒソとお尋ねしてみた千寿に、諸兄様は苦笑なさっておっしゃった。

「内裏では『噂は千里を走る』のことわざどおりのことが起きる。人の耳目を惹くような話は燎原《りょうげん》の火のごとく、あっという間に広がるのだ。ましてや業平殿は、ふだんから何かと噂を提供している男だし、昨日の派手な活躍ぶりもある。いまごろは帝のお耳にも届いていようし、女官達はその話で持ちきりだろうな」

それから、ふと表情を変えてつけくわえられた。

「そなたのことも相当な噂になっていると知っておきなさい」

「わたくしが、ですか!?」

「そういえば、業平殿は何を思うてそなたを走馬に出したりなどしたのか、昨夜はとうとう聞き出しそこなった。見舞いに行った時に白状させてこよう」

「……あれはいけませなんだか？」

千寿はおずおずと聞いてみた。いまさら遅いのではあるが、気にはなっていたのだ。

「走馬を誰に乗らせるかは特に決まりはないから、その意味ではかまわぬことなのだが」

諸兄様はおっしゃりながら、なにやら考え込むお顔になられ、

「まあ、高岳《たかおか》親王様のお馬を選んだのも、あの男の悪戯《いたずら》心で乗り手を入れ替えられる馬というのは、ほかにはいなかったからだろうしな」

そうご自分に言い聞かせるようにつぶやかれて、千寿に目を戻された。

「あの件は、そなたが心配することはない。ただ、『蔵人所に仕えて業平殿の引きを得ている千寿丸』は、内裏ではすでに誰もが知る人間になっていると心得ておけばよい。一挙手一投足を必ず誰かに見られていると思うて、立ち居ふるまいに気をつけなさい」

「はい」

「そうそう、女官達に袖を引かれてもかまわぬがよいぞ。うっかり捕まると、業平殿への文を懐いっぱい詰め込まされることになろう」

「はい。心して逃げまする」

「そうしてくれ」

にこりと笑まれた諸兄様が、不意に笑みを消してすっと威儀を正されながら、

「俺の後ろに」

とささやいてこられた。

すばやく従者の位置に引き下がりながら見れば、廊下を浅紫色の袍《ほう》をお召しになった貴人がやって来られるのだった。

あと五歩ぐらいの距離に来られたところで、諸兄様が静かに腰を折って会釈の体に頭を下げられ、千寿も見倣《みなら》った。貴人は通り過ぎようとして、気を変えたように足を止められ、

「諸兄殿」

と声をかけてこられた。

「在原の左近将監殿が負傷したという噂を聞いたが」

諸兄様は会釈の形に腰を折ったままお答えになった。

「たいそうのお早耳、恐れ入ります」

「よく養生されるよう伝えあれ」

「かしこまりました」

「して、その童は？」

「本日より蔵人所の小舎人童を務めます千寿丸と申します」

「昨日の『雪白』の乗り手に似ておるが、あちらは高岳親王家の家人であったのじゃろうな」

「千寿丸は元如意輪寺門主・慈円阿闍梨の仏縁養子にて、わが家人でございます」

「ほう。では書をいたすか」

「直弟子にて、なかなかの字を書きまする」

「出家をいたす道もあったであろうに」

「僧では馬に乗れぬと、嫌いましたようにございます」

「ほっほっほ、なるほどの。ほっほっほっほ」

ちっとも可笑しくなさそうな笑い声を立てながら貴人は歩き出し、五歩向こうへ行かれたところで、諸兄様は頭を上げられた。貴人はシュルッシュルッと衣ずれの音を立てながら、ゆったりと廊下の角を曲がって行かれた。

「いまのお方は従二位右大臣の藤原良房様だ」

と教えられて、千寿は（あの方が！）と思いながら、貴人が立ち去ったほうを見やった。

あれが、あの小憎らしい国経が後ろ盾にしている叔父御か……

「お妹の順子《じゅんし》様はいまの帝の妃で、順子様がお産みになった御子がいまの東宮《とうぐう》様だ。東宮が皇位に即《つ》かれれば、あの方は帝の外戚の祖父ということになる」

「それはずいぶんと……偉いお方なのでございまするね」

「まあな。飛ぶ鳥を落とす勢いの、偉いお方だ」

「ではわたくしは、土下座でお対しせねばいけなかったのでしょうか」

諸兄様に倣って顔を伏せていたので、そうだったのかどうかはっきりとはわからないが、どうも睨《にら》まれているような気がしていたのだ。あれが（無礼な）という意味だったのなら、次からはきちんとせねばならない。

「何か言上《ごんじょう》する時には、むろん立ったままではいかぬが、いまのように行き合うただけの時はそこまでせぬでいい。われら蔵人とおなじく、そなたも懐にどのような物をお預かりせぬともかぎらぬ。帝のお文でも持っている時には、土下座などはできぬからな。俺がしたより少し早めにかしこまるぐらいでよかろう」

では十歩ぐらいまで近づいたらだな、と千寿は算段した。

その日は、殿上にまで昇ったのはその時だけで、あとは内蔵寮《くらりょう》に料紙を取りに行ったり、書類を書かれる皆様のおそばで墨をすってさしあげたり、喉湿しの白湯《さゆ》をお運びしたりという雑用に駆けまわって過ごした。

午《うま》の刻（午前十一時）に入ったあたりで「本日はこれまでとしよう」という左中弁様のお声がかかり、今夜の宿直番が確認されて、退出となった。

諸兄様と二人で蔵人所町屋に帰る道々、

「どうだ、疲れたろう」

と聞かれて、

「いえ、だいじょうぶでござります」

とお答えしたのだが。曹司に戻りついたとたん、急に体がへなへなと力を失って、腰が抜けたようになってしまった。

「え……わあ、どうしたのじゃろう」

自分で自分のさまに驚いた千寿に、諸兄様が笑いながらおっしゃった。

「気づかないまま緊張しきっていたのだよ。その疲れだ。俺も蔵人に上がった最初のころは、一日終えると物も食えぬほど疲れていたものだった」

「さようでござりますか……ではわたくしも、このように腹はすいておりましても物は食べられぬのでしょうか」

情けない気分で空きっ腹をさすった瞬間、グウッと腹の虫が鳴いて、千寿は赤くなった。

「う～む、そなたは俺よりよほど度胸があるゆえ、力が抜けたは気疲れではのうて、空腹のせいかもしれぬな」

諸兄様がまじめなお顔でおっしゃった。


食事を終えた昼下がり。諸兄《もろえ》は一人で蔵人所町屋《くろうどどころまちや》を出て、業平《なりひら》の屋敷に向かった。約束の見舞いに行くためだが、千寿《せんじゅ》を供に連れていかなかったのは「見舞いの品は千寿でいい」などと言ってくれた業平への面当てではない。千寿はやはり気疲れもしていたらしく、腹がくちくなるなり、箸《はし》を握ったまま居眠りをし始めるありさまだったので、休んでおれと置いてきたのだ。

屋敷の中でもいちばん涼しく風が通る、北庇《きたびさし》に病間をかまえていた業平は、今朝に比べるとだいぶ顔色も戻り、容態は落ち着いているようだった。

「見舞いに来たぞ。おぬしが聞きたいのは局《つぼね》での評判だろうが、あいにく今日は女官《にょかん》と話す機会はなかった」

部屋に踏み込むなり言ってやった諸兄に、業平は身を横たえた床《とこ》の上で「ははは」と笑い、

「おぬしにしてはよく穿《うが》ったが、あいにく見当違いだ」

とうそぶいた。

「ほう？　だが蔵人所での仕事の進みぐあいなど、気にするおぬしではないだろう。取り急ぎ見舞いに来いと言うから、てっきり女がらみの件だと思うたが」

「いや。俺のほうから話があるのさ」

業平は言って、

「千寿は来ているのか？」

と聞いた。

「いや。いくらおぬしが所望の見舞い品でも、あれはやれぬからな」

「ならばいい。この話はな、千寿には聞かせられぬのだ」

「ほう？」

諸兄は興味を引かれて膝《ひざ》を乗り出した。

「大きな声を出すと傷が痛む。もそっと寄ってくれ」

と言われて、「おう」と枕辺近くに膝を進めた。

「そのあたりに誰もおらぬだろうな」

「うむ？　おう、誰もおらぬ」

「では聞け」

そう前置きして、業平はごく低い声でしゃべり始めた。

「じつを言うと、この件はおぬしにも聞かせたくないことだった。だが俺がこうした始末になって、おぬしに打ち明けるほかなくなった。千寿の親のことだ」

「ほう……」

諸兄はにわかに緊張感を覚えた。業平の態度からして、相当に重大な話を聞くことになると悟ったからだ。

「あれの母御は、あれを産んですぐ花の盛りのお歳で虚しゅうなられたが、いまの帝《みかど》と血筋のお近い女性であられた」

「う……まことかっ」

「さらに父御はな……おい、耳を貸せ」

「お、おう」

差し出した耳に、唇が触れそうな近さでヒソヒソとささやかれたその名は、業平がそうして秘中の秘としてあつかったのも当然なものだった。

聞くなり諸兄は「まさか……っ！」と絶句し、業平も真剣な顔で「洩《も》らすなよ」と念を押した。

「まことに、まことのことなのか？」

信じ難い……というより信じたくない思いで聞き返した諸兄の背や腋《わき》には、じっとりと冷たい汗が湧《わ》いていた。

もしもそれが本当ならば、自分は首一つ飛ぶだけでは済まぬかもしれぬ大僭越《だいせんえつ》を犯していることになる。

そして業平は言った。

「俺の調べではまったき真実だが、そう青くなるな」

「ししし、しかしだなっ！　そそそのような御方をおお俺はっ」

「毎晩よろしく可愛《かわい》がっていた」

「ま、毎晩ではないがなっ」

「では今日からは心して」

「お、おうっ、むむろん二度と」

「毎晩いたしてさしあげろ」

「なにっ⁉」

「いままでどおりでもいいが、とにかく、これからも睦まじゅうしろということだ」

「なっ！　い、いや、俺には」

「無理でもそうしてもらうぞ。御方には、ご自分の身の上を悟らせてはならぬのだからな」

「あ……？」

「そのほうが御方の御為《おんため》であると、俺と小野《おの》参議、慈円阿闍梨《じえんあじやり》、藤原大納言《ふじわらのだいなごん》は衆議一決した」

「な、なにっ⁉」

「その煮えくり返っている頭が冷えてからでいいゆえ、よく考えてみろ。そのようなご身分の御方の存在が知れたら、何が起こるか。

　御方は、出世には縁のない藤原《ふじわら》諸兄が寵愛《ちょうあい》する小舎人《こどねり》『千寿丸』として生きるのが、お幸せなのだ。というより、御方に非業の死など遂げまいらせないためには、親もわからぬ千寿丸として生きていただくしかない。それも御方ご自身も何もご存じないまま、だ。わかるか？　わかるな？」

「……うむ。うむっ」

「おぬしが器用な男でないことは知っておるゆえ、このことはおぬしにも明かさぬままでいようと決めていたのだが、事情が変わった。俺としては運を天に任せるがごとき、まことにおぼつかない心地だが、頼む、どうかうまくやってくれ」

「う、うむ」

業平の言ったとおり、頭の中がぐつぐつと煮え立っているような混乱しきった気分の中で、諸兄は必死に頭を働かせようとした。

「事情が変わった……と言うたな。どういうことだ」

「俺のこのざまで、俺がやるはずだった庇《かば》い立てを、おぬしに代わってしてもらわねばならぬということさ」

「……それだけか?」

「それだけだ」

「……俺が思うに、存在を秘さねばならぬ御方は、なるべく目立たぬようにお暮らしいただくべきではないのか? だがおぬしは、昨日の走馬《はしりうま》で……あれは思いきり目立ったぞ」

「おぬしを隠岐《おき》あたりにでも追いやることで、御方に京《みやこ》からお離れいただこうという案もあった。おぬしが行けば御方もついて行かれるだろうから、そのまま一生、二人で隠岐で暮らしていただけばよかろう、という」

「うむ……よい考えではないか」

「大納言が猛反対した。父上はまだ一人息子の出世をあきらめていないぞ」

「それだけの理由でか」

諸兄は呆《あき》れ、業平は笑った。

「大納言自身に御方排除の急先鋒となられても困る」

「う〜む……あり得ぬ、とは言えぬか」

「小野参議がおぬしらの隠岐流しに反対した理由は、よくわからん。

まあともかく、しばらく現状のままようすを見ることになっていたのだが、思えば、梅檀《せんだん》は幼木にてもかぐわしいものであることを甘く見ていた。昨日、見物席でたまたま御方と出会った国経《くにつね》が、御方の顔だちを見咎《みとが》めてな」

「ほう？」

「御方に『自分と似た顔をしているのは無礼だ』と絡んで、土下座で詫《わ》びさせたそうな」

「なっ！　まことか!?　俺はそのようなこと、聞いておらぬぞ！」

「ああ。おぬしや桂子《かつらこ》様には言うてくれるなと、御方は俺に口止めをされた。だからこの件も知らぬ顔でおれよ。御方がそうした無体を呑んだのも、桂子様やおぬしに迷惑が及んではならぬと考えたからのようでな」

「うむ、うむ、そうした心映えの子だ。あ、いや、御方だ」

「おぬし、もう『御方』はやめろ。俺も『千寿』と言う。でないと御」

と言いかけてウッと止め、業平は苦笑いした。

「そらな、こうした言い間違いを、うっかり千寿の前でやってしもうたらまずい。『千寿』で話を進めよう」

「わかった。千寿だな、千寿」

諸兄はしっかり頭に刻み込もうと五、六度もつぶやいた。

「さて、そうした話を聞いてだ、俺は北家の小せがれの偉ぶったやりようにカッとした。千寿が小舎人童《こどねりわらわ》として昇殿することも決まっていたし、どうせなら華々しく顔見せをさせてやろうと思うたのが、あの走馬のわけだ」

「……それだけではあるまい。殿上方に顔が知れるほど、千寿の秘密は危うくなる。それはおぬしも考えたことだろうし……」

ふむ。もしや千寿のことは公然の秘密というぐあいにしてしもうて、千寿を利用した陰謀は企てにくくさせる狙《ねら》いか？」

「ははは、よく読んだ、よく読んだ。なるほど、おぬしも出世できる芽は持っているのだな」

カラカラと笑って、業平はひらひらと手を振った。

「話はそれだけだ。俺は疲れた、もう帰れ」

追い払われる格好で屋敷を出た。

内裏《だいり》へ戻るつもりで歩き出したが、まだ混乱している頭で聞いた話を反芻《はんすう》しながら足を運んでいて、ふと気がつけば、目の前にはサワサワと風に波立つ草の海……いつの間にか京の外れまで来てしまっていたのだった。

だが、すぐさま取って返す気にはなれず、諸兄はその場にしゃがみこんだ。

遠くに見える山の形からして、ここは京の西の外れ。如意輪寺《にょいりんじ》がある嵯峨野《さがの》に続く原だ。

「千寿が……なあ。千寿は……か」

誰も聞く者はいないつぶやきでの独り言にも、その言葉を声にするわけにはいかない。それほど重い身分を血の中に秘めている千寿……

「いまさら言うても詮《せん》ないことだが……俺は知りたくなかったぞ、業平殿……」

小声でそっと吐き出して、諸兄は抱えた膝にひたいを押しつけた。

状況を考えて、千寿のもっとも身近にいる諸兄にすべてを打ち明けた、業平殿の判断は正しい。それはよくわかっている。

そして自分の取るべき道が一つしかないのも明らかだ。

（しかし……俺にやれるだろうか……）

いままでどおりにふるまえと、業平殿は言った。むろん、そうするべきであり、そうせねばならない。千寿自身にこのことを伏せておくためには、それしかない。

（だがなあ、俺は……俺は業平殿のように器用ではない。すべてを知って知らぬふりなど、いつまで続けられるだろうか……俺には、まるで自信がないぞ……）

しかも『すべてこれまでどおりに』という意味は、つまりああしたことも変わりなくするということだが、（はたして俺は勃《た》つだろうか）と諸兄は思った。知らずにしてきたことの畏れ多さに身も縮む思いだというのに、知ってしまったうえで同じようにできる自信は、まるでない。なにせ千寿のあの体には、系譜からすれば東宮《とうぐう》に立てて当然の、とびきり高貴な血が流れているのだ。

ぼんやりと見開いていた目の前を、星のような小さな光がふわりとよぎって、諸兄はハッと自失から覚めた。

見ればあたりはもうとっぷりと暮れかけていて、かすかに夕焼けの色を残した空の下を、蛍《ほたる》が飛び始めていた。

「戻らねば」

と、諸兄はつぶやいた。

「千寿が心配をする。戻らねば……」

だが腰を上げる決心がつけられなくて、結局、諸兄は夜半近くまで、そこでうずくまっていたのだった。


蔵人所の小舎人童として働き始めてから十日目。

千寿は初めて、大切なお使いをすることになった。右大臣様のお屋敷まで、蔵人頭宗貞《くろうどのとうむねさだ》様からの書状をお届けするのだ。

「右大臣様のお屋敷はわかるな?」

「はい、諸兄様」

わかるも何も、諸兄様のお屋敷の北隣りである。

「手形（身分証）は持ったな？」

「はい、ここに」

「訪問の手順は？」

「西門を訪ねて蔵人所からの使いじゃと申し上げ、取り次ぎを頼みます。書状はわたくしが直接にお渡しするよう言いつかっているとも申します。お通しいただけましたら、お庭からおうかがいし、右大臣様かお付きのお方に文箱《ふばこ》をお渡しいたします。その時に、お返事をいただいて戻るよう言いつかっておりますことを申し上げ、その場で返書をお待ちいたします」

「うむ。そなたのことゆえ粗相などするまいが、挙措、言葉遣いはくれぐれもていねいにな」

「はい」

「夕刻までには戻れよ」

「そのことなのでございますが、夕刻までお待ち申し上げてもご返書をちょうだいできぬ時には、ご催促申し上げてもよいものでしょうか」

　千寿の質問に、諸兄様は困ったお顔をなさった。

「そのようなことはまずなかろうが、そうだなあ……あまりあからさまに言うてはまずいな。暗くなるまでそなたが戻らぬ時は、誰ぞ迎えに行かせよう」

「そのようなお手間はおかけせぬよう、できるだけ早く戻れるようにいたします」

「ああ、そうしてくれ」

「では行ってまいります」

「頼むぞ」

階を下りて藁草履《わらぞうり》を履き込み、まだ縁《えん》におられる諸兄様にもう一度「行ってまいります」とお辞儀を送って、千寿は東三条にある右大臣良房《よしふさ》様の邸宅へと出発した。

武徳門《ぶとくもん》から内裏《だいり》の外郭へ出て修明門《しゅうめいもん》をくぐり、八省院《はっしょういん》（朝堂院＝中央政庁）の塀の横を通って、大内裏の十二の門の一つである美福門《びふくもん》に向かう。美福門は京《みやこ》を東西につらぬく二条大路《にじょうおお》路《じ》に面していて、千寿は門から東に向かった。二条大路の北側が東二条、南側が東三条で、どちらも高級貴族の大邸宅が綺羅星《きらぼし》のごとく立ち並ぶあたりだ。

大内裏の東側を走っている大宮《おおみや》大路との四つ辻を渡り、西洞院大路《にしのとういんおおじ》との辻を南に折れた。道の左手の築地塀《ついじべい》は、訪ねようとしている右大臣様のお屋敷のそれだ。

西門に着くと、門番の者に手形を見せ、来意を告げて取り次ぎを頼んだ。

門番は千寿を門の中に請じ入れてから、奥に使いを走らせ、使いはすぐに戻ってきて、

「こちらじゃ」

と案内に立った。

諸兄様のお屋敷よりも棟数が多く、それぞれの規模もひとまわり大きい感じの建物のあいだを、あっちへ曲がりこっちへ曲がりしながら案内されて、正殿と対屋《たいのや》のあいだとおぼしい壺庭《つぼにわ》に着いた。

「これにて待ちあれ」

「はい」

いまをときめく右大臣様の住まいだけあって、庭のすみずみにまで気が配られ、美しく整えられている。

やがて正殿の庇の御簾《みす》を上げて直衣《のうし》姿の人が出てくるのが見えたので、千寿はその場にひざまずいた。届け物の文箱は立てたほうの膝の上に置いて両手で支え、ご下問に備えて頭を低くした。

「蔵人所からの使いというのはそちか」

高い縁の上から降ってきた高飛車な調子の若い声に、（ん？）と思いながら、

「蔵人所小舎人童、千寿丸と申します」

とお答えした。

「書状をこれへ」

と返してきた声に、（やっぱり!!）と思った。

「恐れながら、右大臣良房様にじきじきにお渡し申し上げるようにと、蔵人頭宗貞様よりきつく仰せつかっております」

「叔父上には俺が取り次ぐ。疾《と》く渡せ」

うるさそうにうながしてきた声は間違いなく、あのいやみったらしい国経だった。

千寿はことさら丁重な言葉を選んで反駁《はんばく》してやった。

「恐れ入り奉りまするが、右大臣様のお手以外にはお渡しせぬよう申しつかっておりまする」

「使い走りの小者の分際で、叔父上を縁先まで呼び出すと申すか？　呆れた僭越者だな！」

「恐れ入りまする」

「四の五の言わずに、さっさと寄越せばよい！」

「大事なお役目にござりますれば、仰せつかりましたことをおろそかにはいたしかねまする。なにとぞ右大臣様にお取り次ぎくださりませ」

「なぜ叔父上が、そちのごとき小者が届けに来る程度の書状を、みずからお受け取りにならねばならん！　右大臣とはそう軽々しい身分ではないわっ」

ガミガミと怒鳴られて、いっそう反発心がはりきった。

「書状の趣の軽重は、ただの使いのわたくしには測りかねまするし、わたくしが心得るべきはお言いつけを忠実に果たすことじゃと存じまする。

いたし方ござりませぬので、書状は持ち帰りまする」

「なんだと!?」

いかにも目を剥《む》いていそうな調子で言ってきた国経に、腹の中でアカンベーをしてやりながら、千寿は四角四面にまじめくさって言葉を続けた。

「わたくしのような軽輩が使いにまいったのは無礼じゃと、甥御様からお叱りを受けました旨を復命いたしまして、改めてお使者をお立ていただきますよう宗貞様にお願いを」

「待て待て！」

「ご無礼つかまつりました」

ばか丁寧に深々と頭を下げてみせて、立ち上がった。貴人を前にした礼法どおり、顔は伏せたまま後ろ歩きにソソソと退き下がろうとした。

その人は、とうから話を聞いていたようすで縁先に踏み出してきた。

「これこれ待ちや」

と声をかけられて、千寿は「ははっ」とその場にひざまずいた。腹の中では（どうじゃ、国経サマ。してやったりじゃ）と思っている。

「身が良房じゃ。書状をもらお」

おっとりとした口調でのお言葉をいただいても、千寿は動かなかった。最上級の貴人に対する、直答《じきとう》ご遠慮の作法を守ってみせたのだ。

「これ、叔父上のお言葉だ。書状を持ってまいれ」

胸の中ではチッと舌打ちしていそうな国経サマのお声をいただいてから、うやうやしく小腰を屈めた姿勢でするすると縁の近くまで伺候した。

「国経」

「はい」

というやり取りを耳に、ひざまずいて平伏した頭の上に高く差し上げる格好で、文箱を渡した。受け取ったのは国経の手に違いないが、右大臣様ごらんの前でのただの手代わりだから、問題はない。

「恐れながら、おそばのお方様に申し上げます」

と言ったら、

「なんだっ」

と尖《とが》った返事が返ってきて、千寿は笑いを嚙《か》み殺した。

「蔵人頭様より、ご返書をちょうだいして戻るよう仰せつかっております。その旨、なにとぞ右大臣様にお取り次ぎくださりますよう、お願い申し上げまする」

「だそうですよ、叔父上」

という粗雑な取り次ぎぶりは、国経と叔父の間柄を如実に示していた。すなわち国経は、叔父御様に気に入られている親しい仲だということだ。

「さてさて、どのような用件を寄越したのかな」

言いながら、良房様は縁に腰を下ろされたようだった。

千寿はひざまずいて頭を下げた姿勢のまま、じっと次の展開を待った。

「ふむ……なるほど。国経、硯《すずり》を持て」

「はい」

「ああ、紙はよい」

「はい」

届いた書状の空きに返事を書き込むという略式の方法で書き上げられた返書が、文箱に収められたのを聞き取って、千寿は腹に力をためた。

返書の入った文箱を受け取るには、顔を上げなければならない。あの時『無礼だ』となじった顔と再会した国経サマが、どんな反応をするか……見逃せない見物だ。

「これ」

と声をかけられて、笑ってしまいそうになった顔を引き締めた。

「返書だ、受け取れ」

「ははっ」

答えてすっくと顔を上げ、文箱を差し出していた国経と目が合った。

ぎょっとなった顔をしっかりと目に収めながら、せいぜいうやうやしく国経の手から文箱を受け取り、「たしかにお預かりいたしまする」と平伏の姿勢に戻った。中腰に立ち上がって後ろ歩きでソソソソソと退き下がり、もう一度ていねい至極に深々と頭を下げて右回りに踵《きびす》を返し、歩き出そうとした瞬間だった。

「ま、待て！」

と言ってきたのは、国経の声。

千寿は踏み出しかけた足を引き戻し、ふたたび右回りに踵を返して、いまだ生々しい屈辱感を嘗《な》めさせてくださった忌《い》ま忌《い》ましい御曹司《おんぞうし》サマと正対した。むろん顔は上げたままでだ。

「ほお?」

という間の抜けた声を出したのは、右大臣様。

だが千寿にとっては、右大臣はもう用を済ませた相手で、関係ない。

「何かご用でしょうか」

と答えた目には国経しか見えていなくて、頭も心も国経との第二回戦に集中しきっていた。

「そち、名は何と言うた?」

「千寿丸でございます」

「五月六日の騎射《うまゆみ》の時に出会うた童《わらわ》よな」

「はて、とんと覚えませぬが」

「とぼけるなっ、『山の猿丸』やらと名乗りおったであろうが!」

「さあて……」

千寿は小首をかしげて心底困惑している顔を作った。

「わたくしはそのようなこと、いっこうに存じませぬ。このとおり、よくある顔でございまするゆえ、どなたかとお間違えなのでございましょう」

「いいや、そなたじゃ!　あのあと走馬に乗ったであろうが」

「はい、走馬には乗りました。けれど『山の猿丸』とは、はて何のことやら」

あくまでもとぼけてやったのは、国経をからかってやる所存。おたがい、相手が誰かは重々承知している。

「その猿丸とやらが、いかがかしたか？」

右大臣様がおっとりと口をはさんで来られ、国経は（うっ）と返事に詰まった顔をした。

「いえ、些細《ささい》なことです」

とごまかした。

ほう……と千寿は思った。自分に似ていて無礼なので土下座させたやつですと、正直に言わないのは、ああしたことは貴族達にとっても、必ずしも理にかなっているとは言えないおこないなのか？　あの時、良門《よしかど》というお人は国経を味方したが、右大臣様の受け取り方は違うということか？

……自分のふるまいを咎められると、国経は判断している？

ならば、あの時のことは反撃の材料に使える？　こちらは国経の弱みを握っていることになるのか？

（もしそうならば愉快じゃ！）

「ところで千寿丸とやら」

右大臣様がおっしゃり、

「あ、よいよい、直答許すぞ」

とつけくわえてから、聞いてこられた。

「小舎人童への取り立ては、どなたの引きであったのかの」

「六位蔵人の藤原諸兄様でござりまする」

「ほう？　してまたどのような縁じゃ」

「わたくしは諸兄様の家人《けにん》で、これまで蔵人所町屋の曹司《ぞうし》にてお仕えしてまいりましたが、お心にかないまして、このたび小舎人童にお引き立ていただきました」

「うむ、いかにも利発な働きをいたしておろう」

「恐れ入り奉ります」

「それで親はどなたじゃ」

またそれか、と思いながら千寿は答えた。

「生みの親は存じませぬ。育ての親は、ご門前にうち捨てられておりましたわたくしをお拾いくだされた、元如意輪寺門主の慈円阿闍梨様でござりまする」

「ほほう……」

右大臣様のお顔は、ぽってりとした下ぶくれの上品なお顔だちだが、目は（なんだかムジナに似ている）と千寿は思った。肉の厚いまぶたのあいだから物を見るのに、ときおり目の玉をきょろっというぐあいに動かされるので、そんな感じがするのだ。

「ところでそなたは、業平殿とも親しいようじゃな」

千寿はチクッと胸が痛むのを覚えながら、「はい」とお答えした。

じつは諸兄様がこのところずっと、そのことが原因らしいおかんむりの最中で、千寿はまだ怪我《けが》のお見舞いにも行けずにいる。どうにも言い出せない雰囲気なのだ。

「容態はいかがなのであろうか」

と聞かれてしまって、うつむいた。

「ようないのか」

と誤解されて、あわてて「いえっ」と顔を上げた。

「御用繁多で、わたくしはまだお見舞いに参上しておりませぬので、お答えに詰まりました。順調にご快復に向かっておられると、洩れうかがっております」

右大臣様は千寿に向けておられた目をきょろっと逸《そ》らし、

「そうか、そうか」

とうなずかれたが、それは千寿の言葉にというより、自分の頭の中での考えに向かってそうしたように千寿には思えた。

「さてさて、大事な用の足をだいぶ引き止めてしもうた。宗貞殿によろしゅうな」

会見は終わりということだ。

「かしこまりました」

と頭を下げて、壺庭から退出した。

が……しかし。ご門はどちらだろう？

たしかこちらから来たはず、と思うほうへ歩き出したら、

「おいおい、どこへ行く気だ。そちらは北の対《たい》だぞ」

と声をかけてきたのは、渡殿《わたどの》までお出ましになった国経サマだ。

「帰るのだろう？　西門はあちらだ」

国経は千寿が行こうとしたのとは反対のほうを指さし、千寿は（わざと迷わせようという意地悪じゃろうか）と思ったが、（その時はその時じゃ）と決めた。

「恐れ入ります」

と頭を下げて、教えられたほうへ向かった。もしも入ってはいけないところへ入り込んで怒られたなら、「国経様がこうおっしゃられましたので」と言えばいい。

ところが、また国経が呼び止めてきた。

「千寿丸」

と名を呼んで、

「わかった、わたしが悪かった。そちらが北の対へ行く道だ」

などと手のひらを返したような態度に出てきて、しかも、

「教えても迷おうゆえ、門まで送ろう」

と。

当然、千寿は警戒した。そんなことを言い出した国経の意図がわからない。意味のわからない親切は、親切を装った企みである場合が多いことは、如意輪寺での色ぼけ僧達にあの手この手で狙われた経験で知っている。

しかし同時に、何か仕掛けられてもこのお人が相手なら逃げおおせる、とも判断した。すらりとした中背の体格は、たくましいというよりなよやかといったふうだし、そもそも御曹司様は腕ずくでの乱暴などはやり慣れていないだろう。

そこで「ありがとうございまする」と申し出を受け入れた。

国経は「誰かある！」と召使いを呼んで沓《くつ》を持って来させ、渡殿の踏み石から庭に下りてきた。千寿の先に立って歩き出しながら、

「驚いたぞ」

と言ってきた。

「走馬に出てきた時も驚いたが、今日ここで会うたのにも驚いた」

それから、何やらクスッと思い出し笑いをして、つけくわえた。

「顔だちに似合わぬ気の強さにも驚いた。叔父上の前でああまで堂々とふるまう小舎人というのは、そなたぐらいだろう」

恐れ入ります、と返すべきところだったが、千寿は知らぬふりで黙っていた。愛想よく相づちを返す必要などない。

「ふふ」

暇つぶしのそぞろ歩きのように優雅にゆったりと足を運びながら、国経が笑った。

「怒っているな。そなたはあの時のことに怒って、わたしを嫌うておる。そうだろう?」

これまた黙殺してやろうと思ったのだが、やり返したい気持ちを抑えられなかった。

「滅相もございませぬ」

皮肉を込めた精いっぱいの慇懃《いんぎん》さで、千寿は言った。

「わたくしのような取るに足りぬ身分の者が、高貴なご身分の御曹司様を悪しざまにお思いいたすなど、許されることではございませぬ」

「あのようにわたしを睨《にら》みつけておいて、よく言う」

「お気に障りましたなら土下座してお詫びを」

「あれは鄙《ひな》(田舎)の里長《さとおさ》のようなむくつけきふるまいだった」

「『笞杖《しもと》取る里長の声』ほどには、お声は恐ろしゅうございませんでしたが」

「はは、憶良《おくら》の貧窮問答歌を存じておるか。では、『心頭を滅却すれば火もまた涼し』という結句で終わる詩はわかるか?」

「杜荀鶴《とじゅんかく》先生の《夏日《かじつ》　悟空上人《ごくうしょうにん》の院に題す》でございますね。

『三伏　門を閉ざして一衲《いちのう》を披《き》る。兼ねて松竹の房廊を覆う無し。安禅《あんぜん》は必ずしも山水を須《もち》いず。心頭を滅却すれば火もまた涼し』」

すらすらと披露してやった千寿に、国経は「ほう、さすがさすが」と感心しきった顔をしたが、どうにも作り物臭かった。

(この人は、わしをおだてて懐柔する気でいるな)と読んだ。

ところが、

「褒《ほ》めたのは、そなたを懐柔しようなどというつもりからではないぞ」

と国経のほうが逆に千寿の内心を読んできた。

「そなたはツンツン尖っているほうが、つつくおもしろ味がある」

これには少々ならずぐっと来た。そう思われてしまっていては、こちらは尖る甲斐《かい》がない。それどころか、尖るほど相手の思うつぼでは、玩《もてあそ》ばれるオモチャあつかいではないか。

「では、わしはもう国経様とはお話し申しませぬ」

「おやおや、なぜかな？　わたしを嫌うてはおらぬのであろう？」

言われて、前言どおりに無視すればいいものを、つい負けん気で答えてしまったのは、千寿の子どもっぽさだろう。

「国経様をおもしろがらせるのは悔しゅうござりまするゆえ」

言い返したとたん、国経はアハハハと声を上げて笑い出し、千寿は(しくじった、さっそくおもしろがらせてしもうたっ)と唇を噛んだが、後の祭り。

「うむ、気に入ったな。そなたのような才気煥発《かんぱつ》の者ならば、誰ぞからわが弟かと疑われても腹は立たぬ。いや。むしろこちらから欺いてやるほうがおもしろかろうか。どう思う?」

「存じませぬ」

プイッと横を向いてやって、でも気になったので聞いてみた。

「わたくしの顔ですが、そんなにあなた様に似ておりまするか?」

「そなたは鏡を覗《のぞ》いて見たことはないのか」

呆《あき》れている調子で言われたそれは皮肉のようだったが、千寿は正直に答えた。

「ござりませぬ」

「寺には鏡はないのか?」

「見たことがござりませぬ。月を『明鏡』と喩《たと》えますゆえ、おおよそ丸くて輝く物とは存じますが」

「驚いたな、地下《じげ》とはそうしたものなのか?　では、まったく一度もおのれの顔を見たことがないのか」

「水に映った顔は存じておりますが、まじまじと見たことはござりませぬ。女童《めのわらわ》のようじゃと侮られる、いと腹立たしき顔でござりまするゆえ」

「そうか?　わたしは自分の顔は好きだが」

「国経様は女人には見えませぬから」

そもそも権門の御曹司にそんなひやかしを言う者などいないだろう。

「寺というのは、いささか妙なところのようだな」

国経様はそんなことを言い出した。

「宮中《きゅうちゅう》では男も女も、美しいことが第一だ。しぐさふるまいや言葉つきはむろんだが、顔だちとて美しいほうがよいのだぞ。寺では違うのか?」

「経を読む声や所作が美しいことは大事でございまするが、目鼻だちはべつだん……」

稚児《ちご》にとっては容姿が第一のようなものだったが、そのことは言いたくなかった。内裏の中には、元稚児と知って千寿にいやらしい言葉を投げてくる雑色《ぞうしき》などもいるのだ。

およそ世間では、稚児といえば男に媚《こ》びて色を売る遊び女と同列に考えられているようで、千寿のようにそうした経験はない稚児もいるということは、風聞には乗っていないらしい。おかげで、「銭どれほどで抱かせるのか」などという無礼千万な口説き方をされたりもする。

上流の人々のあいだでは、色めかしさは風流の一種として趣を賛美するふうに捉《とら》えられているようだったが、雅《みやび》や趣には縁がない階層の男達にとっては、『色』といえば即物的に魔羅《まら》で味わう愉しみであり、彼らの下品な猥談《わいだん》は千寿には聞くに耐えないものだ。

そうした何度かのいやな経験から、千寿は自分が稚児であったことは、人柄に信用が置けそうな人にしか話さないようになっていた。

「おう、門まで来たな」

国経様が言い、千寿はほっと肩の力を抜いた。御曹司様はのんびり歩かれるので、ずいぶん長々と話につき合わされてしまったが、やっと解放されるのだ。

ところが番人に門扉を開けさせると、国経様は自分も門の外へ出た。

「あのう、内裏への道はわかっておりまするが」

と言ってみた。このうえ内裏までも、牛のようなのんびり歩きとおしゃべりにつき合わされるのはたまらない。

「うむ、ここまでだ。わたしの住まいはそれだから」

国経が顎《あご》で指したのは、堀川《ほりかわ》が通る西洞院大路をはさんだ向かい側に、右大臣家とおなじぐらい遠くまで築地塀を延ばしている大邸宅だった。

「そのうち何かの折を見つけて屋敷に招いてやろう。約束だ」

という藤原北家の御曹司様のお言葉は、権門に取り入って出世の道をつかみたい人間だったら三拝九拝でありがたがっただろうが、

「どうかお忘れくださりますようお願いいたしまする」

と千寿はそっぽを向いた。ほんとうに来たくない、本音の本心である。

「では諸兄殿を招いて、そなたをおびき寄せよう」

「その時にはわたくしはお供いたしませぬ」

「おやおや、嫌われたなあ。おかげでますます呼びたくなった。いずれ言い逃れられぬ罠《わな》を仕掛けて、そなたを捕まえてみせるゆえ、楽しみにしておれ」

「いやでござりまするー」

鼻にしわを寄せ、口をにゅーんと尖らせた悪たれ顔で言ってやったところに、供を連れた身分ありげな青年が通りかかり、千寿はあわてて顔つきを直した。

それを見てプッと吹き出した国経様に、青年が足を止めて声をかけてきた。

「やあ、国経殿。このような往来で何を愉しげにされておるな?」

「これは為康《ためやす》殿、ちょうどよいところで行き合うた」

いまが逃げ出す好機と見て、千寿は「ご案内まことにかたじけのうござりました」と頭を下げると、とっとと駆け出した。

「おや、逃げられた」

国経様が言うのが聞こえたが、笑い声だったので無視して走り、二条大路に出た。

大内裏へ戻るには大路を横切る堀川を渡らなければならないが、橋のところで数人の地下の男達が何やら揉《も》めていた。荒々しい剣幕で怒鳴り合う男達はいまにもつかみ合いを始めそうなぐあいで、橋はしばらく通れそうもない。

三方を石組みした人工の水路である堀川は、二間(一間=約一・八メートル)ほどの幅で、向こう側までの距離は、少年の気を惹き、小さな冒険を敢行してみたい悪戯《いたずら》心をくすぐるのにちょうどいいぐらいだった。

千寿はちょっとだけ迷い、文箱の安全についてはじっくり考えてみて、懐に入れることにした。水干《すいかん》の脇は開いているので単衣《ひとえ》の下に入れ込んだら、孕《はら》み女のようなぽってり腹になったが、軽く跳んで試してみたところ動きに不自由はなさそうだ。

「うふっ」

と舌なめずりして、適当な距離まで下がった。草履は脱いで手に持ち、あたりを見まわしてじゃまが入らないのを確かめてから、タッと駆け出した。充分に勢いをつけて、「エイッ！」と跳んだ。

その瞬間、

「わっ！」

と思わず国経は叫んだ。

その凝視の先で、鳥のように大きく袖《そで》を羽ばたかせた少年は、ひらりと見事に堀川を飛び越え渡り、余った勢いをトトッと二歩で踏みとどまって、（やった！）というように小柄な体をぴょんと飛び上がらせた。遠目にもそれとわかるほどの、うれしげで得意げな笑みに顔を輝かせながら、すたすたと歩き出した。歩きながら懐から文箱を引っぱり出して、小脇に抱え直しつつ、国経の視野から消えた。

「はは……はははは……女童のような顔をして、とんだ荒《あら》し男《お》ではないか」

「な、なんだ？　あの童は。よもや鹿の化身か？」

為康が、まだ抜かれた度胆が戻っていないらしい腑《ふぬ》抜けた声でつぶやいた。

「大納言家の諸兄殿の家人で、蔵人所の小舎人童だ」

教えてやりながら、国経はいま見た小気味よい光景を脳裏で反芻した。

タタッと走って、ひらりと飛んだ。そうよな、まるで若鹿のような跳躍ぶりだった。ああ……あのように跳べるなら、さぞや心地よかろうよ。うれしく得意に心躍ろうよ……

「欲しいな」

とつぶやいて、(欲しい！)と思った。

初めて出会ったあの時は、こちらは最悪に虫の居所が悪かった。とある女性と、ここ半年ほど文を通わせ合って、国経としては気持ちが通じたと思っていたのだが、いざ忍んで行ってみたら手のひらを返されて、情けないやら悔しいやら……といった失恋をしたのが、あの前夜。召使いから供の者にまで当たり散らしてもまだ足りない、八つ当たりのとばっちりが、偶然出会った千寿丸にも降りかかったというわけだ。

空が晴れ晴れと青いのに腹を立て、騎射見物の人々が浮き浮きと楽しそうなのに腹を立て、とにかく何を見てもむかむかと苛立《いらだ》つばかりだった国経にとって、自分によく似た弟のようなどこぞの馬の骨は、怒りを爆発させるのに好適な相手だった。

言いがかりをつけて苛《いじ》めてやった少年が、業平朝臣《あそん》の縁者だと知った時には、少しばかりの冷や汗を覚えたが、在原《ありわら》家の勢力など、自分が後ろ盾とする藤原北家の権勢に比べれば何ほどのこともない。そう思えば気に病むほどの冷や汗でもなく、国経は早々に少年との一幕もその存在も頭から追い払ったのだった。

それが、まさかの再会。

蔵人所からやって来た、やたらと生意気に盾突く使いの童が彼だと知った時は、驚くよりもむしろあわてた。あの時の復讐に来たと思ったからだ。

だが少年は、単純に告発する気はないことを示して、国経に（ほう？）と思わせた。しかし顔にはしっかり内心が出ているくせに、口ではとぼけを言い張る、頭隠して尻隠さずのなんとも幼稚な陰謀家気取りで、腹立ちはすぐに可笑《おか》しみに取って代わった。

叔父《おじ》との怖けないやり取りでの、いっぱしにおとなぶっているが端々に幼さが見え隠れする応答ぶりに、これはからかって遊んだらおもしろそうな子どもだと思っていたところへ、良房叔父からささやかれた。

「あの童、手なずけておけ」

「は？　あれが何ぞお気を引きましたか？」

「引かいでか」

と叔父が言ったのは、もちろんあの顔だちのことだ。赤の他人にしては国経と似過ぎていて、しかも出自のわからない捨て子だという身の上話を持っていては、気にかからないはずがない。ほんとうの話なのか作り事なのかを確かめる必要があるし、作り事ではなかった場合は、一門にとって重大な意味を持つ可能性がある。生まれた子を捨てるには、それなりの理由があったはずだからだ。

「何があったかは聞かぬが、揉め事も縁のうちじゃ。多少とも有縁である仲を使うて、うまくやれ」

それは一門中でもすぐれて権謀術数に長《た》けた、やり手の右大臣『良房卿』としての命令で、国経も諜報《ちょうほう》任務として拝命する気持ちでうなずいた。

この少年の謎は、解明せねばならぬ。

そうしたつもりで、体《てい》よく手のひらを返したと思われるのは承知で近づきになり、手なずけへの第一歩として無駄話を交わしてみたのだが……話すほどに、千寿丸の打てば響く聡明さが気に入り始め、たいそう負けず嫌いらしい気性も好みだった。

だから、屋敷へ招いてやると言ったのは、叔父から命じられた任務のためだけではなく、国経自身の興味として、もっと親しくなりたいという気持ちを見せてやったのだが。

あの「いやでござりまするー」と、国経が見ているとは知らなかったのだろう堀川飛びのヤンチャぶりで、国経の興味は強い関心に変わった。

(あれがわたしの手元にいたら、きっと毎日がおもしろおかしかろう)

と思うと、さっそく諸兄との交渉に出かけたくなるほどに、気を惹かれた。

(叔父上は手なずけろとおっしゃられたが、手なずけるだけではなく手に入れてしまうても、

かまわぬよな）

そんなことを考えていた国経は、いるのを忘れていた為康から、

「ところで話の途中だった例の件だが」

と話しかけられて、白昼夢からハッと目覚める心地を味わった。

「うむ、そうだった。どこまで話したかな」

「おいおい、しっかりしてくれ」

「ともかく続きは屋根の下でしようではないか。ここは暑い」

言ってやって、先に立って歩き出しながら、国経は（そういえば、あれは涼しげにしていたな）と思った。連れ歩けば美しい兄弟のようで見映えがしようなと考えて、楽しくなった。

藤原諸兄といえば、いまの大納言の一人子の嫡男だが、父親は一門の中でそう重い地位にいるというわけではない。また本人も、堅物なのが買われて蔵人所では重宝がられているようだが、位階はまだ正《しょう》六位上という、五年もかかって蔭位《おんい》（貴族の子息が生まれつき与えられる位）から二階級しか上がっていない出世下手だ。国経にとって怖い相手ではない。

もっとも位階の点では、国経も同じところにいる身だから（ただし、こちらはまだ十八だ）、身分差を利用して千寿丸を召し上げるのはむずかしい。むろん良房叔父から鶴の一声をもらえば簡単だが、それではおもしろ味に欠ける。

（ふふ……さてさて、どのようにしてそなたを手に入れようかな）

わが家の門をくぐりながら、腹の中でニンマリしたところへ、為康が言った。

「そうか、あの童、どこかで見た顔と思うたが」

「わたしに似ているというのだろう?」

「いやいや、そうではない。あの走馬に乗った童だ、と言いたいのだ」

「うむ、それはわたしも気がついた」

「ではこれは知っているか? 『雪白』を走らせた美童は、寺の稚児だったのを在原業平が攫《さら》い盗ってきて寵愛している者で、蔵人所町屋では毎夜のように、かの曹司から艶《えん》なる忍び泣きが洩れ聞こえるという噂《うわさ》」

「まことか?」

眉《まゆ》をひそめて問い返した表情がどう見えたのか。為康はあわてた顔で、

「噂だ、噂」

とくり返し、ためらいながら聞いてきた。

「まさか、おぬしの縁者というのではないよな?」

「千寿丸か? あれは、わたしの弟……」

「なんとっ!?」

「……にしたいと思うている」

「な、なんだ、おどかすな! しかし、弟にしたい、とは?」

「見目よく賢くて、キャンキャンと元気のよいところがおもしろい。手飼いにしてみたいと思うている」

「ああ、そういうことか」

為康はこれ見よがしにほっとしたようすを作った。連れだって国経の住まいがある東の対に上がったところで、蒸し返しを言ってきた。

「俺はまた、おぬしも稚児好みに走るのかと、ぎょっとしたぞ」

「あのような節操知らずの色好み殿と一緒にしないでくれ」

国経はそう笑ってやったが、胸の中は奇妙なふうにざわめいていた。

千寿丸は諸兄の家人だというから、業平とどうのというのはおそらくただの噂だろうが……

（いや、わからぬか。町屋住まいで同じ屋根の下にいるのだ）

だが千寿丸には、寺の色稚児どもが化粧にまとっている媚びなどは、かけらも見受けられなかった。あれが、女のように男に抱かれることを知っている体だとは思えないが……

（しかし品よきふるまいの中に、そこはかとなく色香のようなものが漂ってはいなかったか？そこいらの童とはまるで違うて見えたのは、そのせいではなかったか……）

「おい、国経殿、おぬしの曹司に上げてくれるのではないのか？」

言われて気づけば、うっかり部屋の前を通り過ぎようとしていた。

「すまん、少し考え事をしていた。入ってくれ」

為康を曹司に請じ入れて、仕《つか》え女《め》に酒の支度を命じた。

だが盃を交わしながらも、ついつい思いは千寿丸へと流れて何度かとんちんかんな返事をやり、為康に「まるで上の空だな」と評されてしまった。

「こんどの相手は誰だ」

「ん？　なんのことだ」

「とぼけるな、ここにはあらぬ心の行方だ。新しい恋を見つけたのだろう？」

「ばかなっ」

と言下に否定した国経の頬《ほお》が、さっと赤みを深めたのは、為康の言葉で千寿丸と『恋』という言葉が結びつき、（まさか⁉）と動揺したせいだ。

「手元で飼うてみたいあれを、どうすれば諸兄殿から巻き上げられるかと考えていたのさ」

「う～む、巻き上げると来たか。おぬしらしいな。成り行きを見物していよう」

為康はすっかり酔いがまわった顔でニヤニヤと笑い、国経はふと不快になった。

この為康という友人は馬が合うところもあるが、そうでないところも多い。宮中に出入りする立場の処世術として、誰ともほどよくつき合っておくのが一番面倒がないので、この男にもこうして友人面をさせてやっているが、時としてそれが我慢ならなくなることもある。

いまがまさにそれで、そうなると国経は辛抱などしない。

「眠くなった、帰ってくれ」

と追い出した。

為康も、国経の気まぐれには慣れていて、すなおに腰を上げていったが、去りぎわに捨てぜりふを置いていった。

「敵は音に聞こえた美男のうえに、百戦錬磨は馬術弓術のみにあらず。色事に関しては、左近《さこん》将監《しょうげん》殿は手強いぞ、国経殿」

「おいおい誰の話だ」

とやり返しはしたが、国経は（なるほど）と気づかされてもいた。

もしも千寿丸が噂のとおりに業平の寵童ならば、巻き上げる企みの相手は、業平ということになる。そして業平は、十年ほど前の承和《じょうわ》の変で火付け役を務めた阿保《あぼ》親王の子であり、あの変で権勢を揺るぎないものにした良房叔父達には、在原家へのいささかの遠慮がある。さらに左近将監業平という人物そのものも、なかなか油断のできない曲者なのだ。

「うむ、おもしろいな」

国経はつぶやいた。

藤原北家を藤原氏の中でも抜きんでた一門へと押し上げた祖父冬嗣《ふゆつぐ》の、嫡流《ちゃくりゅう》の血を引いていることを誇りとする国経には、みずからへの強い自負がある。自分では充分に持っていると感じている陰謀家としての才能を、どこかで発揮してみたいという思いはかねがねからあった。

そして、ただ実直な堅物というだけの諸兄では、あまりおもしろ味は期待できないが、相手取るのがあの業平殿となれば、妙味がぐっと違ってくる。

「まずは噂の真偽だな」

どういった方法で探り出そうかと考え始めた国経は、はたの目にも、いと楽しげに機嫌よく見えて、この十日ほど若主人の荒れ模様に閉口していた仕え女や召使い達は、ほっと胸をなで下ろしたのだった。


千寿が蔵人所に帰り着いたのは、申《さる》の一刻（およそ午後三時過ぎ）で、校書殿《きょうしょでん》の西庇には誰もいなかった。そこで、預かってきた返書をどうしたらいいか諸兄様にうかがおうと、文箱を持ったまま蔵人所町屋に向かった。この足で宗貞様のお屋敷まで行くことになるだろうと思ったので、町屋には上がらずに縁の外から声をかけた。

「諸兄様、ただいま戻りました」

真夏の日ざしを避けるために御簾《みす》を下ろした曹司の、几帳《きちょう》を立てた奥から「おう」とお返事があり、だがお出ましには暇がかかった。直衣を解いて休んでおられたらしい。

「おう、そのようなところでいかがした」

几帳の陰から出てこられるなりそうおっしゃった諸兄様は、千寿が庭で待っているとは気づいておられなかったらしい。驚いているお顔で御簾をくぐってこられた。

「蔵人所へ戻りましたところ、どなたもおいでになりませぬので、お預かりしてまいった返書はいかがいたせばよいか、お尋ねにまいりました」

「ああ、そうか。まだ宿直《とのい》の方々も上がられてはおらぬか」

諸兄様は烏帽子《えぼし》のきわを指先でかきながら苦笑され、

「では蔵人所で宗貞様をお待ちしてくれ」

とおっしゃった。

「その書状は右大臣様と宗貞様との個人的なやり取りゆえ、ほかの方々には関わりない。宗貞様がおいでになられるのを待って、じかにお渡ししてくれ」

「かしこまりました」

「だいぶ汗をかいたな。文箱は預かるゆえ、顔など洗うてまいってはどうか」

「あ、はい」

仰せにしたがって井戸端へ向かいながら、千寿は（まだご機嫌が直っていない）と悲しく思った。不機嫌をお顔に出されはしないのだが、おかんむりでおられるのはわかる。なにせ千寿にものをおっしゃる言葉つきや態度のすべてが、あれ以来ずっとよそよそしいままなのだ。

（どうして、こういうことになってしもうたのじゃろう）

井戸端でざぶざぶと顔を洗いながら、千寿はもう何百回もやっている自問をまさぐった。

……諸兄様のようすがおかしくなったのは、お怪我でお屋敷に引き取られた業平様をお見舞いに行かれたあの日から。

あの日、まだ日が高いうちにお出かけになられた諸兄様は、夕方になっても夕餉《ゆうげ》の時間になってもお戻りにならず、お帰りになったのは、心配しいしい深夜までお待ちしていた千寿が、眠気に負けてついに眠り込んでしまったあとのことだった。

「これ、出仕《しゅっし》の支度をする時刻だぞ」

と呼び起こされてハッと目が覚め、あわてて飛び起きながら、(お眠りになっていないな)と思った。見るからにお疲れのようすだったからだ。また、お召しの直衣は、しっとりと露に濡《ぬ》れていて、どうやら夜通し外におられたらしい。

しかし、「心配いたしておりました」と話しかけたとたん、

「ああ、すまなんだ」

と、うるさそうに返されてきたお返事は、夜露に濡れた直衣よりも冷ややかで、千寿は二度と口をひらけなかった。

その日一日、諸兄様は用件をおっしゃる時しか千寿に口をおききにならず、お役目を済ませられるなり床にお入りになられて寝てしまわれ、とうとう話らしい話は何もできなかった。

翌朝にはお顔色はお元気になられ、お口数も昨日よりは増えていたが、どことなく千寿と話すのを避けたがっておられるようすが見られて、千寿は自分から話しかけるのは遠慮するようにした。

二日三日とそうした日々を辛抱するうち、諸兄様もしだいに以前のようにお話しくださるよ

うになったが、いまだにお口ぶりにはどこか無理をなさっている感じがあり、お胸の中にわだかまらせておられるものが解け去るには、まだしばらくかかりそうだった。

千寿はもちろん、こんなぎくしゃくした関係が続くのはいやだったから、いったい何が諸兄様をこんなふうに変えてしまったのかを知ろうと努力した。ごようすからして、どうも自分が原因らしいので、何がいけなかったのか、どこがお気に障られたのかを何とか知ろうとして、お言葉には端々まで耳を澄ませ、二度はこちらからお尋ねしてもみた。

「千寿はふつつか者にて、自分の至らなさもわかりませぬ。どうかお教えくださいませ」

だがそのたびに諸兄様は、

「そなたは何も悪くない」

と千寿の問いをかわしてしまわれて、しかもひどく悲しそうなお顔になられる。だからいままだ三度目の問いは言えていない。

諸兄様の態度は、一歩引いた距離で千寿と対することに落ち着いていて、千寿はそうした諸兄様に合わせるよう心がけているが、寂しい気持ちは否めない。

またこの十日のあいだ、千寿に指一本もお触れにならない諸兄様に、ある悲しい予感を持ち始めてもいた。

すなわち、諸兄様は心移りをなさって、もう二度とああしたふうに千寿をお可愛がりくださることはないのだろう、と。

あの夜露に濡れてお帰りになられた日。諸兄様はたぶん女性《にょしょう》のところへお行きになられて、夜半までその方と過ごされ、暁が近づき露の下りた夜道をお戻りになられたのだ。

そして相手のお方は、このあいだの節会の前にお机のところに落ちているのを見つけた、あの結び文の送り主に違いない。中はもちろん見ていないが、香を焚《た》き染めた薄様《うすよう》（薄く漉《す》いた紙）をていねいに折って美しく結んだようすを見れば、女性からの恋文だというのは一目でわかるというものだ。

もっとも、好きな女性がおできになられたからといって、千寿との仲をなかったことになさらなくてもよいのではないか、と千寿は思うのだが……業平様はいつも四、五人以上の通う相手をお持ちらしいし、それはまあいささか多過ぎる特別としても、ほかにも複数のお相手をお持ちの蔵人方はいる。

（諸兄様は一途なお方じゃというから、一度には一人しかお好きにおなりになれないということなのじゃろうか。そうじゃとしたら、わしは……このままおそばにいてもよいものじゃろうか）

そんなことまで考えてしまったのは、あれ以来の諸兄様の態度というのは、自分といるのを苦痛に感じておられるせいではないかと思いついたからだ。

（もしもそうならば、わしは、ここを出て行ったほうがよいのかなあ）

汗みずくだと注意された身じまいを済ませて曹司に戻ると、諸兄様は縁先で、文箱をあぐらの膝の上に抱き込んだ格好でぼんやりとしておられた。

「ただいまより蔵人所に行ってまいります」

と声をおかけすると、ハッと夢から覚めたようなお顔をなさった。

女性のことをお考えになっていたのだなと思って、千寿はきゅうっと胸が詰まるように悲しくなったが、諸兄様のお心は諸兄様のもので自分にはどうすることもできない。

「お預かりいただきありがとう存じました」

と申し上げて文箱をいただき、とぼとぼと蔵人所へ向かった。

もしも千寿がその時、チラリとでも後ろを振り向いていたら、千寿の心に生まれていたあれこれの思い込みは氷解していただろう。

だが千寿は振り向かず、そんな自分の後ろ姿を諸兄様がどんなにせつなげなお顔で見送っておられたかは知らずじまいだった。


翌日、千寿《せんじゅ》はお役目を終えて戻った町屋《まちや》で、諸兄《もろえ》様に外出の許可を願い出た。

「ふむ、どこへ行く？　業平《なりひら》殿の見舞いなら、俺もそろそろ顔を出さねばと思うていたところだが」

「北野《きたの》の阿闍梨《あじゃり》様の庵《いおり》をお訪ねしたいのです」

「おう、そうか。そう申せば無沙汰をさせてしもうていたかな。馬で行くのがよかろう。頼直《よりなお》に言うて『淡路《あわじ》』でも『霧島《きりしま》』でも、そなたの好きなほうの馬に鞍《くら》をつけてもらえ」

諸兄様は一緒にはおいでくださらないのだ。

「では『淡路』を拝借させていただきまする」

寂しい気持ちを抑えてそうお答えし、「行ってまいりまする」と曹司《ぞうし》を出た。

慈円《じえん》阿闍梨様は如意輪寺《にょいりんじ》をお出になられたあと、北野に小さな庵を結んでお住まいになっている。庵は、西洞院大路《にしのとういんおおじ》から北に抜けて近江《おうみ》に向かう往還のほとりの、もう上賀茂《かみがも》社に近いあたりで、歩いていくにはかなりの距離がある。

ありがたくお借りした『淡路』にまたがると、千寿は西大宮大路《にしおおみやおおじ》から一条大路《いちじょうおおじ》へたどって、近江往還《おうかん》へと向かった。

近江道に入ったところで、後ろからもう一頭やって来るのに気がついた。どこかの役所が出した使いの者らしい、ひげ面の武者を乗せた栗毛の駒だ。千寿は『淡路』を並駆けで行かせていたが、ひげ武者も急ぐ使いではないらしく、一町ほど後ろを『淡路』の足取りに倣《なら》うように並駆けで馬を進めてくる。

やがて千寿は庵へのわき道に折れ、ひげ武者はそのまま往還を北に向かっていった。

阿闍梨様のいまのお住まいである庵は、草庵というほど粗末でもないが、小寺といえるほど立派ではない。小野《おの》参議様ゆかりのご出家が住まわれていた家だそうで、造りは寺の方丈《ほうじょう》に似ている。

柴垣《しばがき》に馬を繋《つな》いでいたところで、戸口から青頭の若い僧が顔を出した。

「阿闍梨様、千寿です！」

と家の中に向かって叫んでおいて、うれしそうに走り出てきた僧は、如意輪寺の稚児《ちご》仲間で得度《とくど》（僧になること）して『円空《えんくう》』となった百合丸《ゆりまる》である。

「わあ、百合、ではなかった円空殿！　すっかり元気になったのじゃな！」

歓声を上げた千寿を、円空は飛びついてきてギュッと抱きしめた。

「ああ、このとおりじゃ。元どおり、いや元より元気じゃ」

慈円阿闍梨様が幽閉された事件の時、百合丸は千寿を逃がす手伝いをしたせいで、悪人一味のひどい責めに遭い、一時は命も危いほどだったのだ。

「よかった、ほんによかった。このあいだはまだ足腰がよろけておったじゃろう？　ちゃんとよくなるのじゃろうかと心配していた」

「阿闍梨様や皆様のおかげじゃ。篁《たかむら》様からは十日ごとに薬や米をお届けいただくし、良相《よしみ》様や宗貞《むねさだ》様や大納言《だいなごん》家からもさまざまにお心遣いをちょうだいしてな」

「それは阿闍梨様へのご寄進じゃろう？」

「あっはは、もちろんじゃ。だがわしもそのおかげで」

剃《そ》り上げた跡の青々した頭をかきながら言いさした円空に、千寿はぺろっと舌を出して見せた。

「冗談じゃ。円空殿が元気になって、阿闍梨様もさぞご安心なされたじゃろう」

「ああ、わしにはそれが一番うれしい。ご自分のご老体よりも、わしなどの身を大事がって、寝ずの看病までしてくだされた阿闍梨様のご恩に報いるために、どうあっても元気な体を取り戻したかった」

円空は心からうれしそうに涙ぐみ、千寿も「うん、うん」と気持ちを分かち合った。

「こりゃ、ご老体とは誰のことじゃ」

家の奥から阿闍梨様のお声が飛んできて、二人はクスッと笑い合った。


囲炉裏《いろり》を前にしてのよもやま話は、千寿の近況報告が中心になった。

千寿は、競馬《きそいうま》の荒事だの宮中《きゅうちゅう》の華やかな節会《せちえ》の話題は、この静かな庵の暮らしにはそぐわないと思って、ごく控え目に「馬の腕前が上がりました」とか「盛大な節会で驚きました」といった報告で終わらせようとしたのだが、阿闍梨様のほうからいろいろ話を引き出されて、とうとう全部お話ししてしまった。

また阿闍梨様は、千寿が小舎人童《こどねりわらわ》に上がったということにおおいに興味をお持ちになられたので、右大臣家にお使いに行ったことや国経《くにつね》様のことも、みなくわしくお話しした。

「ふむふむ、そうか。宮中での暮らしはうまく行っておるのじゃな」

「はい。皆様によくしていただいております」

「では、そなたのその憂い顔は、どうしたわけじゃろうかのう」

阿闍梨様に言われて、千寿は「え？」とひたいをこすった。

「うむ、そのあたりじゃ。煩悶《はんもん》の思いが暗雲のごとくわだかまっておるのが見えるぞ」

「はあ……」

やっぱり阿闍梨様には隠しおおせはしないのだなと思いながら、千寿は口をひらいた。

「お暇をいただきました時には、ここへまいりましてもよろしゅうございましょうか」

阿闍梨様は真っ白な眉《まゆ》をひそめて、じっと千寿を見つめてこられた。

「暇をもらう、とは？　諸兄殿の家人《けにん》は辞めるということか？」

「……はい。そのほうがよいかもしれぬと……たとえ疎まれましても千寿はずっとお仕え申し上げたいのですが、そうすることが諸兄様をお苦しめするならば、わしは去るべきであろうと思いまする」

「ふむ……何があったのか、話してくれるかの？」

「それが、お話しするほど何があったというのではないのですが」

そう前置きして、千寿は、諸兄様が冷たくおなりになったようすをお話しした。話しているうちに涙がぽたぽたと膝《ひざ》にしたたったが、ここでは泣いてもよいのだ。阿闍梨様の前なのだから、心のままに悲しんでいい。

「千寿は女人《にょにん》ではありませぬが、愛しいお方に抱いていただくのは心地よく……でも、こうしたことになるのでしたら、あのように可愛《かわい》がってはいただかなければよかった。

諸兄様はきっと女性《にょしょう》に遠慮なさってわしをお抱きにならないのでしょうが、わしに対してもご自分のお気移りを心苦しゅう思われておられるようで……

わしはもう、おそばにもいられませぬ。ただお仕えするだけの間柄に留めておけばよかったと、いまさら悔いても間に合わず……悲しゅうございます。おそばを去るのは寂しゅうございまする！　けれど、ほかにいたし方はございませぬ。

今日戻りましたら、お暇をくださるようお願いいたしまする。諸兄様はきっと……お聞き届けくださると思いまするっ」

きっと引き止めてはくださらない。そのことが悲しくてわっと泣き伏した千寿を、阿闍梨様はお膝を貸すように抱え込んでくださり、お膝に抱きすがって泣きむせぶ千寿の背を「よおしよおし」と撫《な》でさすってくださった。

「うむ、うむ、そうか、そうか。わしが恋をしたのは遠い昔のことで、もうすっかり忘れてしもうたが……そうさのう、人の心が移ろうものであることはわかる。おまえがそう決めたのなら、ここへ来るがよい」

「お待ちくださいっ」

と円空が割り込んだ。

「千寿、早まってはいけない。おまえはたぶん何か思い違いをしているんだよ。諸兄様というお方は、そんなに簡単に心変わりをするようなお人なのかい？」

「……わしにはわからぬ」

　千寿は言った。

「諸兄様のお心はわからぬ。何を思っておいでなのか……百合丸は自分以外の人の心がわかるか？　わしにはわからぬ！　だって心は見えぬし、聞こえもせぬのだものっ！」

「じゃから、人は言葉を使うて語り合うのだがな。まあ、聞けぬこと、言えぬことというのもあるわ」

　阿闍梨様がおっしゃって、ぽんぽんと千寿の背をたたいた。

「まだ気は済まぬじゃろうが、そろそろお帰り。内裏《だいり》に戻る前に寄り道をしてもらいたいところがあるでの」

「はい、阿闍梨様」

　すんっと鼻をすすって身を起こした千寿に、阿闍梨様は包み込むようなほほえみをくださりながら、手で頰《ほお》をぬぐってくださった。

「用というのは、業平殿にわしからの見舞いを届けてほしいのじゃ。円空、裏の庭からムクゲを取ってきておくれ。ちょうどよう咲いている枝を選んでの」

「かしこまりました」

「千寿は墨をすっておくれ。一筆書いて花に添えようほどに」

「はい」

円空は小刀を手に外へ出ていき、千寿は言いつけどおり墨をすり始めたが、やがて一束の花枝を手に戻ってきた円空が、外を気にしながらヒソヒソと言った。

「阿闍梨様、垣根の外にみょうな男がおりました」

「みょう、とは？」

阿闍梨様がふだんと変わらないお顔で聞き返された。

「垣根の陰に隠れて、庵の中をこっそりとうかがっていたようなのでございます。わしが気づいたと知ると、そそくさと立ち去りましたが、野盗《やとう》ではございませんでしょうか」

「えっ？」

それはたいへん、と千寿は腰を浮かせ、阿闍梨様がおっしゃった。

「もしも野盗ならば、狙《ねら》いは千寿が乗ってまいった馬であろう。庵の裏に繋がせればよかったが、道を通りがけに目をつけられたのであろうな」

「いかがいたしましょうっ」

庵は野中の一軒家で、誰に助けを求めたらよいのか！

「三十六計逃げるに如《し》かず、じゃ」

阿闍梨様は飄々《ひょうひょう》とおっしゃられた。

「円空、もう一度花を採りに行っての、ついでに怪しいやつが近くにいるかどうか見てきておくれ」

「はいっ」

円空が出ていくのを見送りながら、千寿は懸念を言ってみた。

「逃げるのは賛成でございまするが、阿闍梨様は馬にお乗りになれますか？」

「わしと円空はここにおるよ」

というお返事に仰天した。

「危のうございます！」

「なに、わしらは心配ない。このあたりの野盗どもは、わしに恩があるでの。だが、あのような立派な馬を見逃がさせるのは、ちとむずかしい。じゃから、馬をつれて逃げてもろうたほうが面倒がない」

「でもっ」

そこへ円空が尻から戸口を通って戻ってきた。

「近くには誰もおりませんが、あちらの林の中から人声が聞こえたような気がいたします」

「さては野盗どもめ、ここへ押し込んで来るのはばつが悪いゆえ、暗くなるのを待ってこっそり馬を曳《ひ》いていく気だろう」

阿闍梨様は可笑《おか》しそうにおっしゃり、

「なればいまのうちじゃ。それ、花は懐に入れて行け、文もよいな？　あとはやつらがあれよと言うている間に京まで駆けてしまえばよい。走馬《はしりうま》やら競馬やらとヤンチャをいたす腕前は、こういう時に役立てねばの」

ソレソレと千寿を急《せ》き立て、戸口まで追い立てて、

「おっと、言い忘れるところじゃったわ。これじゃから年寄りはいかん」

と、しわ首をたたいてお見せになった。

「恋のことはな、わしよりもその道の達人に聞いてみよ、と言うてやるつもりであったのよ。わしの見舞いを届けるついでに相談してみい。もっとも頼りになるご仁かどうかは知らぬが」

おっしゃっているのは業平様のことだ。千寿は考えてみて、うなずいた。

「諸兄様にお暇をいただきますならば、その旨ご挨拶《あいさつ》せねばならぬお方でござります」

「ではな、気をつけて行け」

「どうか阿闍梨様や円空殿に何事もありませぬよう」

「ああ、ないない。こんなしわ首や青頭に用のある人間などおらぬわ。それ、さっと行け」

どこまでも強気な阿闍梨様のお言葉に励まされて、千寿は円空が外を見張ってくれていた戸口からすべり出ると、『淡路』のところへ駆けつけて手綱《たづな》を解き、すばやく鞍にまたがった。

「千寿、人声がした林はあれじゃ」

「わかった。『淡路』、京まで早駆けじゃ、頼むぞ！」

馬腹を蹴《け》ると、『淡路』は危急の時だとわかっているかのように勇んだ勢いで飛び出し、カ

カッカカッとたちまち野道を走り抜けて近江往還に出た。

「それっ、京はあちらじゃ！」

円空が教えてくれた林は、野道から一町（約一〇九メートル）ほど先で往還のきわまで迫っている。とにかくあそこを駆け抜けてしまうことだと思い決め、「ヤッ、ヤッ！」と馬を駆り立てた。

往還が林に沿う場所に来たところでだった。道の前方に突然、数人の騎馬の男達が飛び出してきた。千寿が逃げ出したのを見て、そうはさせじと待ちぶせていたらしい。

一瞬『淡路』がひるんだのを感じて、千寿は「行け！」と力いっぱい尻に笞《むち》を入れた。牝馬《ひんば》はヒヒ～ン！　と悲鳴を上げ、尻に火がついたような駆け方で、いましも道を塞《ふさ》ごうとしていた騎馬の群れに突っ込んだ。

「うわっ！」

「わわっ!?」

ヒヒ～ン！

仰天の叫びを上げて思わず手綱を絞った人馬と人馬の、わずかな間隙を駆け抜けた。

「チ、チイッ！」

「なんてむちゃな小僧だ！」

「追え、追え！　逃がすな！」

男達の叫び声は、すぐ後ろで怒鳴ったように聞こえた。振り向けば敵もさる者、たちまち馬首を立て直したと見えて、先頭を来る追手との距離はわずか五馬身ほどしかないようだ。

(すまぬ、『淡路』、ここはおまえの脚だけが頼りじゃ！)

千寿は容赦なく笞を当てて、さらに『淡路』の行き脚を引き出そうとしたが、チラッチラッと振り返るたびに、追手はじりじりと距離を詰めてくる。小柄で華奢《きゃしゃ》な『淡路』に比べて、相手の馬は見るからに大柄でたくましい。その馬体の差があらわれてきているのだ。

(ええいっ、『霧島』ならば！『霧島』に乗ってきておれば！)

だが、いまこの場面で、そんな繰り言は無意味だ。

(競馬だと思え！)

千寿は自分を叱咤《しった》した。

形相もすさまじいひげ面の追手との距離を横目で見測りつつ、『淡路』を全速力で走らせていたが、ふと、すぐそばまで迫っている馬蹄《ばてい》の響きは一頭分なのに気がついた。さっと振り返って、残りの追手達は半町ほども引き離しているのを見て取った。

がぜん希望が湧《わ》いた。この男さえ討ち取れば、逃げおおせるかもしれない。

やるならば、業平様に勝った時に使ったあの手だ。

真後ろから追ってきていた追手が少し左に寄った。左側から寄せてくる気だ。

千寿は笞を握った右手をそっと鞍前に引き寄せ、左手に笞を持ち替えた。追手の馬の鼻面が

『淡路』の尻の横に並んだところで、ごくわずかに手綱を引いた。疾走に疲れ始めていた『淡路』は敏感に手綱を感じ取って、ありがたいとばかりに行き脚をゆるめた。

並んで走る一方が不意に速度を落とせば、もう一方は前に飛び出す格好になる。この場合は追手が千寿の真横に来ることになって、千寿はその瞬間を待っていた。男のひげ面に向かって「ヤッ！」と笞を振った。

笞は狙いどおり男の頬骨のあたりに当たり、男は「うおっ!?」とのけぞったが、次の瞬間、はっしと笞をつかんできた。あっと思った時にはもぎ取られていた。

「はっはあ！」

男が大口を開けて獰猛《どうもう》に笑った。ぬっと腕を伸ばしてきて、千寿の襟首《えりくび》をつかもうとした。千寿を救ったのは、ムクゲの花枝だった。とっさに懐からつかみ出した一尺（約三十三センチ）ほどの長さの花枝の束を、振り向きざまに男の目のあたりにたたきつけた。

バッと白い花がちぎれて飛び散り、

「ギャアッ！」

と悲鳴を上げて目を押さえた男は、疾走する馬の背からドッと転げ落ちた。

「やった！」

振り返れば、残りの追手達は一様に足取りを動揺させている。

「いまのうちじゃ『淡路』！」

花は散らしてしまったムクゲの枝で『淡路』の行き脚を励まし励まし走らせて、どうにか無事に一条大路まで駆けきった。振り向いても追手達の姿は見えず、どうやらあきらめてくれたようだ。

「ようし、あとはゆっくりでいいぞ。無理をさせたな、よう駆け抜いてくれた」

ぽくぽくと並足で歩かせて西洞院大路を下り、三条大路を西に折れて、業平様のお屋敷に着いた。

「もうし、お頼み申しまする！　慈円阿闍梨様より業平様への、お見舞いの使いでございまする！　なにとぞご開門くださりませ！」

門はすぐにひらかれ、千寿は『淡路』を曳いて門内に入った。

「おうおう、この馬はひどい汗じゃ。いったいどこから駆けてきた」

目を剝《む》いて言ってきた門番に、

「北野からまいりました」

と答えた。

「途中、騎馬の野盗どもに追われまして」

「逃げてきたのか！」

「『淡路』にはたいそう無理をさせました」

「なんだって？」

門番の後ろから聞いてきたのは業平様だった。

「あっ、もうお動きになられてよろしいのですか!?」

「折ったのは脚の骨ではないからな」

烏帽子《えぼし》はつけておられるが、お召し物は単衣《ひとえ》の上に女の袿《うちぎ》をはおった格好で立っておられた業平様は、眉をひそめた憮然《ぶぜん》とした表情で千寿をねめつけてこられながらおっしゃった。

「誰から逃げてきたのだと?」

そこへ屋敷の中から中年の仕え女が走り出てきて、業平様に向かって叫んだ。

「君《きみ》様！　またそのようなお姿で外に出られて！　疾《と》く疾く曹司にお戻りくださりませ！」

「わかった、わかった。すぐ入る」

しかめっ面で答えて、業平様は門番に『淡路』の世話をするよう言いつけると、千寿には「おいで」とお命じになって、門から近い対屋《たいのや》に上がられた。

おあとをついて行きながら、千寿はそっと懐を覗《のぞ》いてみた。一本だけ残ったムクゲの花はどうにか無事で、ほっとした。

「では北野へは一人で行ったのか？　諸兄は共には行かなんだのか」

お渡ししたムクゲの花枝を玩《もてあそ》びながら、業平様は咎《とが》める表情でおっしゃった。

「はい。わしだけ行かせていただきました。諸兄様は何かご用事がおありだとかで」

「はんっ！　いったいどんな用事だかっ」

業平様はいたくご機嫌が悪く、千寿は丸めた肩をさらにちぢこめた。

「それで、野盗はどんなやつらだった？　何人だった」

「あー……六人じゃったと思います。たぶん、六人です。着ておりましたのは柿染め色などの水干《すいかん》で、それぞれになかなかよい馬に乗り、中でもわしが捕まりそうになった男は見事な黒毛に乗っておりました。『淡路』では追いつかれてしもうたような馬です」

「太刀《たち》は持っていたか」

「うー……はい。それぞれ野太刀を佩《は》いていたようです」

「水干は襤褸《ぼろ》というほど襤褸ではなかったな？」

「はい」

「顔は覚えているか？」

「討ち果たした男の顔ならば、たぶんわかると思いますが……でも、ひげ面のお方はみな似たように見えてしまいますので、あまり自信は。ほかの男達は、駆け抜けた一瞬と、追われながらの遠目にしか見ておりませぬので、顔まではわかりませぬ」

「いい、およそ見当はついた」

唸《うな》るようにおっしゃって、業平様はフウッと息を吐かれ、少しやさしいお顔になられた。

「それにしても、よく逃げきった。また荒くれ者の野盗を花の一枝で退治するとは、風雅にして艶なる武勇伝だ。いよいよそなたの名は挙がるぞ」

「わしは阿闍梨様のお身が心配でござりまする」

千寿は最前にも申し上げた言葉をくり返した。

「わしと『淡路』を逃がしてくださったことに、仕返しされるやもしれませぬ」

「その心配はなかろう」

業平様は、さっきはくださらなかったお返事をおっしゃって、続けられた。

「そなたが出くわした野盗は、かねてから噂《うわさ》になっていた馬盗人と人攫《ひとさら》いが専門の一味のようだ」

「はあ……」

「うまくそなたを捕らえておれば、やつらとしては、ほどほどの名馬と売り頃の美童の一挙両得で、さぞほくほくしおっただろうがな」

千寿はゾッとなって思わず両肩を抱いた。『売り頃』の意味は、遊び女商売の大夫《たゆう》にあやうく売り物にされそうになった事件で知っている。

「では円空は、百合丸だった円空は危ういかもしれませぬっ」

「ああ、念のために、使いをやって道豊《みちとよ》を走らせておいた」

「あ、ありがとう存じまする！　これで胸のつかえが取れました」

心底ほっとして胸をなで下ろした千寿に、業平様がお尋ねになった。

「それで？　諸兄とはいつから諍《いさか》いをしている？」

「諍いというようなことでは……」

千寿は目を伏せ、うつむいた。

「いつからかと申せば、諸兄様がこちらへお見舞いに上がられた翌日からでございます」

「ほう……あの日ではなく、次の日から？」

「あー、それは……あの日は夜半過ぎまでお戻りになられず」

「そうか。わかった」

ひどくきびしいお声に、千寿はおずおずと上目遣いで業平様を見やった。

端正な美貌《びぼう》は、お声とおなじ険しくきびしい表情を浮かべていて、急いで目を伏せた。

「そなたには今日からしばらくこの屋敷で暮らしてもらう」

「……どういうことでございましょうか」

「野盗に目をつけられたかもしれぬそなたは、諸兄には任せておけぬということさ」

「あー……でも、わしのお役目は？」

「そんなものは腰抜けの大馬鹿者に二人分やらせておけ!!」

雷のような声で怒鳴って、業平様は「くうっ」と前屈みにお胸を押さえられた。

「だいじょうぶでございますかっ!?　お人をお呼びいたしましょうか!?」

おろおろと取りついた千寿に、業平様はお骨の折れたお胸をつかみ締め、ひたいには脂汗《あぶらあせ》を浮かべながら、食いしばった歯のあいだからおっしゃった。

「使いを出せ……諸兄を呼べ！　俺のはらわたが煮え熔けてしまわぬうちに、あの根性なしの卑怯者《ひきょう》を一発でもいいから殴らせろっ。俺はっ、俺はっ……！　う、うう〰〰っ」

「どなたか！」

千寿は叫んだ。

「どなたか疾くおいでくださりませ！　業平様がお苦しみでございまする！」

バタバタとさっきの仕え女が駆けつけてきて、あぐらに座った体を海老のように丸めて唸っておられる業平様を、

「大きな声など出されるからです！」

と怒鳴りつけた。すばやく布団を引き出してくると、業平様のお肩をつかんでエイッというぐあいに横向きに寝かせ、ゴシゴシと音がする勢いで背中をこすり始めた。

「はいはい、すぐに治まりますよ〜。息はそろそろとなさいませよ〜そろそろと〜、はいはいそうです。は〜い、は〜い、は〜い……ん、もうよかようじゃね。ん？」

最後は地下《じげ》の言葉つきで締めくくった女に、業平様は「ああ」とお答えになり、千寿は固くしていた体の力を抜いた。

「使いは出しておくで、君様はしばらくお寝《よ》り。ちいとようなったと思うて動き過ぎだわ」

女は袂《たもと》から出した紅絹《もみ》で業平様のお顔の汗をぬぐってさしあげながら、ブツブツと小言をこ

ぼし、千寿を振り向いて言った。

「おまえ様もちいと寝たほうがよいようでござります。こちへおいでなされ」

「俺の乳母《めのと》だ」

業平様がおっしゃった。

「頼りになる母だ」

「お世話になりまする」

千寿は両手をついて頭を下げ、乳母様は「まああ」とうれしげに頰を押さえた。

「見目よい童子が美しくふるまうのは、なんともうれしき目のご馳走でございますよお」

「恐れ入りまする」

と答えると、「おほほほほほ」と身をよじって両手でバタバタ床をたたいた。

変わった乳母様じゃ、と千寿は思った。

「月見殿が涼しかろう」

と業平様がおっしゃり、乳母様が「ささ、こちへ」と立ち上がった。

案内されたのは、対屋とは長い渡殿《わたどの》で結ばれた、池のほとりの釣り殿のような建物だった。池はこぢんまりした規模だが、周囲に趣よく石や草木を配して風情よく整えられ、水は小さな瀬滝を作っている流れ込み口からサラサラと池に流れ込み、同じような造りの出口からサラサラと流れ出している。町屋の曹司二つ分ほどの広さの月見殿は、その流水の池の上に縁を張り出すようにしつらえられていて、入ったとたんひやりと感じたほどに涼しかった。

ぎらぎらとまぶしく暑い西日は、ちょうどよい場所に美しく梢《こずえ》を広げているモミジの枝葉にさえぎられて、池に突き出した縁先は心地よい日陰になっているのだ。

乳母様は耳盥《みみだらい》と拭《ぬぐ》い布を運んできて、かわいらしい釣瓶《つるべ》で池から水を汲み上げ、千寿に顔や手足を洗わせ背や胸の汗を拭《ふ》かせてくれた。それからイグサを織った薄べりを敷いて、

「夕餉《ゆうげ》までお寝《よ》りなさい」

と勧めて千寿を寝ころがらせた。

対屋へ戻っていく乳母様の足音が聞こえなくなると、離れ屋はサラサラと水が流れる音だけが聞こえる静かな場所になり、千寿は気持ちが落ち着くのを覚えた。眠たくはないと思っていたのだが、眠れぬ夜が続いて自覚はなしに疲れていた体は、やさしい瀬音に憩わされて知らず知らずに眠気を誘われ、いつしかぐっすりと寝入っていた。


業平に呼びつけられ、さんざんに罵詈雑言《ばりぞうごん》を浴びせられた諸兄が、月見殿へやって来た時。あたりはもうとっぷりと暮れて、水音の聞こえる高殿にはすい〜すい〜と蛍《ほたる》が舞っていた。

恐ろしい災難から逃げ延びてきたという千寿は、蛍が飛びかう縁先に敷かれた褥《しとね》ですやすやと眠っていて、だが手燭《てしょく》をかざして覗き込んでみたその寝顔はどこか悲しげだった。

「俺のせいなのだなあ」

部屋のすみに行って風の当たらぬあたりに手燭を置き、千寿のかたわらに戻って腰を下ろすと、諸兄は両手で顔をおおって深々と息を吐いた。

耳の奥では、まださっきの舌鋒するどい苦言の数々が響いている。

「おぬしがそこまで度胸に乏しく度量狭く、根性も思う心も脳みそもない男だとは知らなかったぞ！」

業平殿は諸兄の顔を見るなり、荒々しい口ぶりで罵倒してきた。

「千寿を恋し泣きさせるのはまだしも、なんで北野の外れの庵までうかうか一人で行かせた！野盗を装った連中が襲撃に成功していれば、いまごろ千寿は野辺の骸《むくろ》になっていたかもしれないのだぞ、わかっているのか！」

千寿が会いに行った慈円阿闍梨が、業平殿に寄越したという詩文も痛かった。

『暗夜　月を頼りて長行に出ず。しかれども月は雲井に隠れて、旅人　道を失う。惑い泣きつる愛し子の声や哀れ』

阿闍梨のもとで千寿は泣いたのか。暗夜の月と頼んだ俺に、見放されたと思うて……だが千寿がそう誤解したのも無理からない。千寿の身の上を知ってしまったあの日以来、俺はどうしても以前と同じようには接しられない。

「いいか、諸兄、血などというのは重くも考えられるし軽くもある。帝《みかど》も乞食も死ねばおなじく蛆《うじ》の餌食《えじき》で、蛆にとっては帝の玉体も乞食の醜体もおなじことだ。先年、鴨の河原に転がっていたのを取り片づけた何千という髑髏《しゃれこうべ》の中には、高貴な血を引く者のなれの果ても混じっていたかもしれんが、誰にそれがわかる!? しょせん血筋などとはそんなものよ」

業平殿はそんなむちゃな論で、諸兄のためらいを打ち破ろうとし、

「俺にだって皇統の血が流れているが、めしを食い糞をひり女に恋するのは、むくつけき地下の男らと何ら変わらん。俺が自分で言うのだから間違いない」

という、諸兄にも理解できる論拠を持ち出して、

「どんなに尊い血が流れていようと、人間であることに変わりはない以上、喜怒哀楽も人並みなのだ。千寿も同じだ。それをわかれ!」

と説破して諸兄をうなずかせてくれたが、しかし頭でわかれば心や体も従うかといえば、なかなかそうはいかない。

諸兄は情けない思いで、あれ以来まったく不全のわが身を罵《ののし》った。いまにしても、もう十日以上も触れていない千寿の、いかにも諸兄の愛情を待ち望んでいる寂しげな寝顔に、愛おしさは胸苦しいほどかき立てられているのだが、その熱は心のみを虚しく燃え焦がすばかり。体はまったくの静粛《せいしゅく》を保ってしまっているのだ。

スイと飛んできた蛍が、眠る千寿の水干の胸の菊綴《きくとじ》(房飾り)に止まった。

ほうっほうっと明滅する光は、千寿の胸の鼓動を映しているように思われて、諸兄はやるせなくため息を吐き出した。

あの胸の中でコトコトと鳴る愛らしい鼓動を、あのなめらかな胸肌に耳を押しつけて愉しんだ夜の思い出は、遠い夢のようだ。

鼓動する光を魅入られたように見守っていた諸兄は、ふとそれが飛び立とうとしたのを見て、とっさに手で伏せ籠《こ》めた。

「だめだ、行くなっ」

かそけく息づく蛍の光が、千寿の魂を移したもののように思えたのだ。

そして諸兄は、この愛しい魂をもしかすると永遠に見失っていたかもしれない今日の出来事を、ありありとした身の毛もよだつ想像として実感した。

「ああっ……なるほど俺は大馬鹿者だ。何が大事で何はどうでもいいことか、まるで考え違いをしていた。とんだ愚か者だっ」

手の下に伏せ籠めた蛍がもぞもぞと手のひらをひっかき、諸兄はクスリと肩を揺らした。

「『わたくしは、蛍はただの虫じゃと思いまする』、か……。たしかにこれは、そなたの魂などではないな」

つぶやいて、諸兄は伏せていた手をどけた。

「そら、光り虫よ、飛んでよいぞ」

スイと舞い上がった蛍が、光の緒を引きながら仲間達の群れる水辺に戻っていくのを見送って、諸兄は「さて」と立ち上がった。

千寿を起こして連れ帰る前に、手を打っておかなくてはならないことがある。

業平は、諸兄の意を決した告白に、一瞬「は?」と目を丸くし、プッと吹き出しかけたのをぐっとこらえて、まじめくさった顔を作った。

「それが千寿を泣かせた理由か。勃《た》たない、というのが?」

「笑いごとではない、一大事だ」

「まあ、男としてはな。愛しんでやりたい相手がいる男にとっては、何よりの一大事だ」

「笑いたければ笑え」

諸兄は言ってやった。

「無理にこらえておると傷に障ろう」

「いや」

言ったが業平はニヤニヤッと相好《そうごう》を崩壊させ、だがすぐにまじめな表情に戻った。目だけはまだキラキラと可笑しがっていたが、笑っていいと言った以上仕方がない。

「おぬしの融通の利かなさは重々わかっているつもりだったが、閨事《ねやごと》の融通の仕方まで教えてやらねばならぬとは思わなかった。だがまあ、そうよなあ。色事は『イ』までしか知らぬ堅物であったよなあ」

頭をかきながらボソボソと独り言のようにつぶやいて、業平は居ずまいを改めた。

「よし、聞け」

「うむ」

「まず閨事の快《よ》さというのは、男にとっては魔羅《まら》の抜き差しに終始するようなものだが、女や稚児にとっては必ずしもそうではない。つまり、挿《い》入れて突くばかりが可愛がり方ではないということだ」

「う、うむ」

「ではどうするかは、相手しだいゆえ、千寿の体と相談しながらやれ。あれが悦ぶようにしてやればいいということだ」

「……うむ」

「問題は、勃たぬ理由をどう説明するかだが」

「そうそう、それよ！」

「おぬしに恋して文をくれた女を振ったところが、女が口惜しがっておぬしを呪詛《じゅそ》している、というのはどうだ」

「はあ!?　またとんでもない作り事を思いつくものだな、おぬしは」

目を剝いた諸兄に、業平はしゃあしゃあとした顔でうそぶいた。

「男冥利《みょうり》の『理由』だろうが。おぬしに振られた女が、こう髪など振り乱して『わらわ以外の女など抱かせてなるものか、ええい萎《な》えよ萎えよ、アビラウンケンソワカ』とな」

女の声色を使っての実演に、諸兄はむむと顔をしかめた。

「やめろっ、気味が悪い」

「だが千寿は納得するぞ」

「う……かもしれぬな」

「かもではなくて必ずだ。ただし、『女の名は』と問われたら、『言えぬ』で言い通せよ。男として女の名誉を重んじてやらねばならぬからだとでも言い抜けろ」

「嘘の名を言うのはだめか」

「おぬし、千寿の気性をどう見ておる？　たとえ嘘でも名を知れば、あれは、おぬしのためにその女を見つけ出して呪詛を解かせようと、大はりきりにはりきるぞ」

「あっ……うむ、考えそうだな、いかにも」

「おまけに、おぬしが言うた嘘の名を真名《まな》に持つ女がいないともかぎらん。千寿がそれを見つけてしもうたら？」

「大騒ぎだ」

「ああ。そしておぬしは大恥をかくうえに、勃たぬまことの理由を白状するしかなくなる」

「わかった。ようわかった」

二度三度四度と納得のうなずきを返して、諸兄は立ち上がった。

「では、千寿はもろうて帰る」

「二、三日貸しておけ。俺が工夫した早書き文字を教えてやるのだ。朝議の筆記をやるのに役立つぞ」

「ほう?」

「馬鹿者、気を引かれるなよ。仕事と千寿の気持ちとどっちが大事か、時と場合を考えろ」

この朴念仁《ぼくねんじん》めがと苦笑されて、諸兄は「うむ」と頭をかいた。

「千寿は連れて帰るが、その早書きの工夫というのには興味がある。俺が宿直《とのい》の時にでも習いに来させよう」

「それはいいが、内裏からここまでのあいだでも独り歩きはさせるなよ。わかっているかどうか怪しいものだが、敵は内裏にありだぞ」

念を押されて、諸兄は改めて(そうなのだな)と胸に刻み込んだ。

千寿には野盗と信じさせてあるそうだが「明らかに刺客《しかく》だ」と業平は言う、千寿を襲った騎馬武者どもが、誰の手のうちから放たれたものか。馬に乗らずとも人は襲えることを思えば、町屋の曹司と蔵人所《くろうどどころ》の往復についても気を配っておくべきなのだ。

月見殿に戻ろうと渡殿を渡っていた諸兄は、高殿の縁の下にひそんでいる人影を見つけてぎょっとした。

「誰だ!」

諸兄の誰何《すいか》に、人影はハッとしたように身じろぎ、次の瞬間すっくと縁の下から立ちあらわれたのは、靫《ゆき》を負い太刀を佩いた武者姿の男。

　しかし諸兄が（すわ！）と駆け出す前に、武者はこちらに向かって丁重なしぐさで頭を下げた。

「もしや衛士《えじ》か？」

　と声をかけると、

「ははっ」

　という応えが返ってきた。

「業平殿のお手配か」

「さようでござりまする」

「そうか。大儀であった」

「ははっ」

　業平は自分の屋敷内にいる千寿に、陰ながら護衛する武者をつけてくれていたのだ。

　それは翻《ひるがえ》せば、業平はそこまでの用心が必要だと考えていること。

　ウ〜ムと諸兄は腹の中で唸った。どうやら自分はよくよく袴《はかま》の緒を締め直す必要がある。

「これ、起きよ」

　と揺り起こしてやった千寿は、

「迎えにまいった。戻るぞ」

　という諸兄の言葉に、まるで泣き出すのかと思うように顔を引き歪《ゆが》めた。泣きそうになったところを無理に笑ってみせようとして、そんな顔になったらしい。

諸兄は千寿を引き寄せて胸に抱き込み、自分には泣き顔が見えないようにしてやった。

「阿闍梨はお元気であられたか」

「はい」

「帰り道に、またヤンチャをやったそうだな」

「『淡路』を盗られてはならぬと思いまして」

「馬など盗られてもかまわぬが、人攫いも業とする輩《やから》だったと聞いて肝が冷えた。無事に逃げきってくれてよかった」

髪を撫で撫で言ってやって、もうよかろうと顔を上げさせた。顎《あご》に手をかけてそっと上げさせた顔は、滂沱《ぼうだ》の涙に濡《ぬ》れていて、諸兄は胸もつぶれそうな愛おしさに襲われた。

「もう泣くな。俺が悪かった」

言って、涙に濡れた頬にくちづけた。頬から目元へと唇で涙をぬぐってやって、もう片方の目元から頬へと唇で涙の濡れをたどって、行き着いた唇に唇を重ねた。千寿の唇がわなわなと震えているのを感じ取って、こらえがたく愛しさがつのった。

舌を差し入れると、千寿は、待ちかねていた母の乳房に吸いつく赤子のような無心の激しさで、ちうと諸兄の舌を吸ってきた。胸にすがらせていた手を背にまわしてきて、ぎゅうと抱きついてきた。

「千寿、千寿、寂しがらせてすまなかった。心細い思いをさせて悪かった。許してくれ、許してくれ」

しっかりと抱きしめた千寿の耳に唇を押し当て、心の底からの詫《わ》びをかき口説いた諸兄に、千寿は「はい、はい」とうなずいて涙声で尋ねてきた。

「ではわしをお捨てにはならないのですね？　これからも可愛がっていただけるのですね？」

「むろんだ。むろんだとも」

「う……うれし……いっ」

感極まった声でしぼり出されたその言葉は、千寿がどんなに寂しく悲しかったか、そしていまどれほどうれしい気持ちでいるかを如実に伝え、諸兄は（ああ……）と胸の中で嘆息した。

（どんな高貴な血の持ち主でも、人としての喜怒哀楽は同じなのだという業平殿の言葉が、改めて腑《ふ》に落ちたぞ……身に沁みるぞ……）

だが、そうしたことを考えたのは失敗だった。体を勃《たか》ぶりに向かわせようとしていた熱情が、すうっと萎えたのだ。

（くそお）

腹の中で毒突いて、諸兄はこの場を円満に取り納めるべく頭を絞った。だが、うまい言いまわしなど浮かばなくて、

「さて、帰ろうぞ」

などという武骨な言い方になってしまった。

千寿がうれしそうに「はい」と答えてくれたので、ほっと胸をなで下ろした。

業平が牛車《ぎっしゃ》を用意してくれていたので、『淡路』は供に曳かせて行くことにして、二人で車に乗り込んだ。

千寿は身を寄せ合っていたいふうだったので、あぐらの中に抱き込んでやり、ギシギシと間断なく軋《きし》む車の中は他には洩らせない密談をやるには格好であることに気づいたので、例の『理由』を含めてその件を打ち明けた。

千寿は驚き、憤慨し、それから懸命になぐさめてくれた。

「そのようなこととは露知らず、浅はかにもお心をお疑い申しましたこと、まことにまことに恥じ入りまする」

そうしおれる千寿に、諸兄は「なに、こうしたことでも、そなたを可愛がってやるのに不自由はない」と宣言してやり、帰り着いた曹司でさっそく実践してみたところが、なるほど千寿を快《よ》くさせて達《い》かせてやる手はいくつもあって、おおいに安堵《あんど》した。

千寿はそうした仕方を、「わたくしだけ快いのは心苦しゅうござりまする」としきりにもうしわけながった。だが、そうした遠慮から「いやでござりまする」「おやめくださいませ」とあらがうふりをする千寿は、もっと言わせてやりたくなる愛らしさで諸兄を楽しませ、交歓は満足の行くものだった。

（これならば、これでもよいな）

と、腕の中の安心しきった寝顔を眺めながら、諸兄は思った。

ふつふつと滾《たぎ》りはするがほとばしる道は失った熱が生む、えも言えぬもどかしさは不快ではあるが、千寿とこうしていられる幸福感に比べたら、このぐらいの犠牲はどうということもないではないか。

後日、業平にそのことを話したら、呆れ返ったという顔で、

「いっそ出家してしまえ」

と言われた。

「色欲を解脱したおぬしには、仏僧が似合うぞ。出家してしまえば、跡継ぎを作る責任はなくなり、妻を持てと強《し》いられることもない」

考えてみようと諸兄は思った。かなり真剣に。

毎夜沸くように蛍が飛ぶ盛夏は、梅の実がもぎ頃になるのに合わせて梅雨の時期に入り、京《みやこ》は毎日のように雨に降り籠められる日々が続いた。

家の中の物は、敷き畳も衣服も書物も紙もみなじめじめと湿気を含み、油断をするとあっという間にカビが生え出す。

陰鬱《いんうつ》な天気が続く日々は、人の心も憂鬱にさせるものだが、蔵人所町屋の舎人《とねり》や雑色《ぞうしき》といっ

た下役達や、年季で勤労奉仕に来ている仕丁《しちょう》達にとっては、雨は実際的な憂鬱だった。

厨番《くりやばん》達は、雨の中での薪《たきぎ》割りや、燃えつきの悪いかまどや燻《くすぶ》って煙ばかり出す湿った薪にイライラしていたし、外の仕事で濡れた着物は乾かない。

舎人達も、蓑《みの》をつけての仕事は暑いし、蓑がじゃまではかどらぬと不平たらたらで、さらに濡れた烏帽子の型崩れに四苦八苦している。

また曹司仕えの小舎人達にとっては、主人が着物に作ってくる泥はねの汚れは悩みの種だったし、じっとり湿っぽい着物が主人を不機嫌にさせるのにも閉口だった。

日に干せない衣にこもる汗の匂いを消すために、つねより頻繁《ひんぱん》に香を焚《た》き染めなくてはならず、筆やら文箱やらといった主人の自慢の品だったりする持ち物に、うっかりカビを生えさせたりしないよう、細かく気も配らなくてはならない。

誰も彼もがうんざりしていて不機嫌で、口に出しても仕方のない雨への文句千万を腹にもらせているせいの、陰気に苛立《いらだ》った雰囲気の中。

千寿だけは元気だった。

「おはようございまする！」

という挨拶の声は、しとしとと気の滅入る雨音に塞ぎ込んでいる厨や廊下や庇《ひさし》の間に、元気よくほがらかに響き渡り、男達のうち沈んだ気分をいくぶんか明るくさせる。

歩く代わりにパタパタと駆けまわり、きびきびと仕事をする元気にあふれた働きぶりは、口と一緒に腰も手足も重くなっていた者達にも、多少なりともやる気を取り戻させる。千寿の元気は、蔵人所の面々にも影響を与えていた。気鬱に任せてだらだら仕事をしているわけにいかなくなったのだ。正確には、千寿と諸兄のおかげで、と言うべきだが。

梅雨にもめげずいつもどおりにてきぱきと仕事をしているのは、諸兄も同じことだったが、彼の黙々とした仕事ぶりはみなもう見慣れていて、刺激にはならない。だがそこへ千寿がくわったことで、ようすが変わった。

前の用事を終えた千寿が足取りも軽くパタパタと戻ってきて、まだ女児《めのこ》のようなかん高さの残った声でさえずるように報告を言う。諸兄がきびきびと次の用事を言いつけ、千寿は元気よく承って仕事にかかる。

「水滴（硯《すずり》用の水入れ）に水がない」

「はい」

パタパタパタ……パタパタパタ……

「お待たせいたしました」

「刀子《とうす》（ペーパーナイフ）の切れ味が落ちた。研いできてくれ」

「はい」

パタパタパタ……シャコシャコシャコ……パタパタパタ……

「墨が切れる。そちらの硯ですっておいてくれ」

「はい」

「この書状を中務省《なかつかさしょう》の源《みなもとの》　舒《のぶる》に届けてくれ。ついでに薄様と鳥の子（どちらも紙の種類）を一帖ずつ頼む」

「はい、行ってまいります」

パタパタパタ……パタパタパタ。

「ただいま戻りました。書状は舒様にお手渡しいたしました」

「ん」

「橘《たちばなの》右少将《うしょうしょう》様。橘成光《なりみつ》様よりお文をお預かりいたしました。何とぞお目通しくださりませ」

「お、おう、大儀」

「千寿、白湯《さゆ》を」

「はい」

そうしたまめまめしい働きぶりにくわえて、千寿は、諸兄の水滴に水を足したあとは、ほかの方々のは足りているだろうかと見てまわる。諸兄の刀子を研いだあとは、ほかの面々のもやってくれる。墨もそうだし、諸兄に白湯を運ぶ時には、ほかの面々にも配ってくれる。

そうした千寿の気配りは、むろん「気が利く」と褒《ほ》めるべきことなのだが、諸兄以外の蔵人達にとっては、仕事人間の諸兄と同じペースで働かざるを得ない状況はいささかならず苦しい。

そこで彼らは一計を案じた。すなわち、千寿にはなるべく使いの仕事を言いつける。それも戻ってくるのに時間がかかるような用件に行かせる。

みな千寿を嫌っていたわけではない。ただ十四歳の元気さにはつき合いきれないので、それとなく自衛策を取ったのだ。

そうして千寿に使いの用事が増えて、困ったのは諸兄だった。

千寿は、たとえ雨の中を大内裏の外まで出かけていくような用事でも、嬉々《きき》として承る。たしかに活動的な少年にとっては、蔵人所の片すみで墨をすっているより、よほど気が乗る仕事だろう。だが諸兄にとっては、千寿が無事に戻ってくるまでの、(襲われていはしまいか)(攫われてはいまいか)と心配でいたたまれない心地というのは、針のむしろに座っているようなもの。

しかし、官人《かんじん》としては序列外の身分である、ただの使い走りの小舎人童に、供をつけるというわけにもいかない。

そこで諸兄は、千寿が大事にしている慈円阿闍梨から譲られた独鈷杵《とっこしょ》を、いつも身につけさせておくことにした。首に掛けておけるひもをつけた錦の守り袋を調達してやり、つねに持ち歩くよう言い聞かせた。

「そなたの容姿は、木の間の花のようにどうしても人目を引く。使いの用事で大内裏から出ることも増え、いつ不埒《ふらち》な輩の 邪《よこしま》な目に留まらぬともかぎらん」

理由はそう説明した。

「それを持っておれば、籠められた阿闍梨の法力とそなたへの親心が、必ずや御仏《みほとけ》の加護をもたらすに違いない」

千寿はすなおに「はい」とうなずき、それ以来肌身離さず持ち歩いているが、胸に提げた守り袋が用事のじゃまにならないよう水干の下に入れ籠めていることで、また別の問題が持ち上がった。

そのことを最初に指摘したのは、書状を届けるご用の途中でばったり出会った、あの国経だった。

内裏の外郭の外、内裏の南向かいに、陰陽寮《おんみょうりょう》と東西に軒を並べて中務省がある。千寿はその日、左中弁《さちゅうべん》様から中務卿《なかつかさきょう》（中務省の長官）への書状をお預かりし、緊張した気分で中務省の建物に入った。

今日も雨で、胸に抱えた大事な文箱を濡らさぬよう、雨避《よ》けにかぶった藺笠《いがさ》を深く傾けて軒下に踏み込み、ぽたぽたと水の垂れる笠を早々に脱いだところで、声をかけられた。

「おや、誰かと思えば千寿丸ではないか」

言った声にはいやな聞き覚えがあり、千寿はムッとしかめそうになった顔を、手で撫でて直してから振り向いた。ここで会ったということは国経も公務中ということで、私的な感情はどうあれ、公的な礼儀は守らなくてはならないからだ。

ところが振り向いたとたんに、

「おやおや、そなた女童《めのわらわ》であったのか」

とかまされた。

せっかく顔を直したのも忘れてムッと睨みつけた千寿に、国経は手にした笏《しゃく》の陰でクスクスと笑って言った。

「その顔だちで、そのように胸がふくらんでいては、そう間違えられても仕方がないよ」

「え？」

千寿は自分の胸を見下ろした。水干の胸はたしかにこんもりふくらんでいる。独鈷杵を入れた守り袋を提げているせいだ。

「何を入れているのか知らないが、ちょうど乳房のふくらみのように見えるのだよねえ」

言われて、（あっ！）と思った。

「す、水干を着る女人はおりませぬっ」

とやり返しつつ、守り袋は水干の上から掛け直そうと決めた。だがいまは手がふさがっていて、どうしようもない。

「これは守り袋でござりまする」

とりあえず、そう言いわけをした。

「なんだ、残念」

国経様はみょうな目つきで千寿を流し見てきながらおっしゃった。

「じつは女だったというのなら、忍んでいってわたしの妻にしようと思うたに」

そのからかいに、千寿がカアッと赤くなったのは、憤慨したせいではなく、『妻にする』という意味を知っている心身が、とっさに羞恥《しゅうち》したせいだ。

そして国経様は、

「おや、そのような愛らしい顔をするとは、脈があると思うていいのかな?」

などと、さらにからかってきて!

「みゃっ脈などござりませぬっ」

役所の中で大きな声など出せないので、ヒソヒソ声にひそめて怒鳴り返した。

ところが国経様は何やらうれしそうな顔になりながら、すっと一足寄ってきた。千寿は思わず一歩下がった。その距離を国経様がまたすっと縮め、千寿は寄られまいと下がり……背中がとんと何かにぶつかって、気がつけば壁に追い詰められてしまっていた。あと一歩寄られれば、胸と胸が触れてしまう。

如意輪寺にいた時は、こうした展開になった場合は、隙《すき》を突いて股蹴《またげ》りか頭突きで突破口をひらき逃げるべし!　だった。

だがここは大内裏の役所の中で、相手は権門貴族の御曹司様。殴って逃げても申しわけが立つ場合かどうか、相手の意図がはっきりしないかぎり、うかつな行動には出られない。

　だから千寿はとりあえず言ってみた。

「な、なんでございまするかっ」

　国経様はいかにも意味深長な笑みをうかべて、近々に向かい合った頭一つ半ほど小柄な千寿をじっくりと見下ろしてから、やおら顔を近づけてきた。

（わ、わ!?　何をなさる気じゃ!?）

　行動方針が決められずにあわてふためく千寿を、

「しっ」

　という叱声で制して、耳元まで口を寄せてくると、

「女でなくてもよい気になってきた」

　とささやいた。

「こ、困りますっ」

「やはり文《ふみ》を遣わすところから始めるべきなのだろうか？」

「そっ、そんなっ」

「それとも、いきなり忍んでいってもよいのかな？　稚児の口説き方というのは、まだ知らなくてね。教えてもらえまいか」

　いまや国経様の意図は明らかだったが、千寿は手も足も出しかねていた。国経様は、千寿に指先すらも触れさせてはいないからだ。肩でもつかまれるなら振り払えるし、抱きついて来ら

れたりすれば突き飛ばすことができるが、相手はこちらに触れてもいないのにそれをやったら、言いわけの立たない過剰防衛になってしまう。

「わ、わしはもう稚児ではございませぬゆえ、どなた様の口説きもお受けいたしませぬっ」

精いっぱいきつい口調で言ってやったが、『カエルの面に水』のようだった。

「もう稚児ではないから、ではなくて、もう業平殿のものだから、だろう？」

国経様はそんなとんでもない勘ぐりを言ってきて、

「いいのさ、誰のものでも。わたしはそなたが気に入った。必ずわたしのものにする」

千寿の耳に生温かい息を吐きかけながら、そうねっとりとささやいた。

思わずゾゾッとなったせいで間髪を入れないやり返しに失敗した千寿から、すっと離れていったと思うと、笏の陰でフフッと笑った。

「ところで、その文箱はどなたへの届け物かな？」

そう聞いてきた国経は、口調も表情も、一瞬のあいだに公務中の官人らしい威儀あるようすにすり替えていて、千寿は公務中の小舎人童としての返事を言うしかなかった。

「中務卿・源融《みなもとのとおる》様へ、左中弁蔵人頭《くろうどのとう》・藤原嗣宗《ふじわらのつぐむね》様よりの書状でございまする」

「わたしが預かってもよいものかな？」

「恐れながらあなた様は、いかなるご身分のお方でございましょうか」

顔見知りではあるが、中務省での立場は知らないのだから、この聞き返しは非礼にはならない。

そして国経様も四角張ってすらすらとお答えになった。

「正《しょう》六位上・中務省内舎人《うどねり》の藤原国経です」

ならば長官への書状を預かれる立場だ。

「こちらの書状を中務卿様にお取り次ぎいただけますでしょうか」

「預かりましょう」

「恐れ入りまする」

こうした場合、書状は文箱ごと取り次ぎに渡し、書状が相手に渡った証拠の空の文箱を受け取って戻る。

文箱を渡す時に、千寿は手を握られたりなどするのではないかと警戒したが、国経様は作法どおりに受け取っただけだった。

シタシタと降りつのる雨音を聞きながら、出入り口の三和土《たたき》のすみで待つことしばし。

文箱を手に廊下の奥からやって来る国経様の姿を見つけて、千寿は板張りの上がり框《かまち》の前まで進み出た。

「書状はたしかに中務卿にお渡しした」

「ありがとうございます」

「ご苦労でした」

「恐れ入ります」

渡された文箱を受け取った。文箱を離した国経様の手が、するっと頬を撫でた。

とっさのことに反応できず、ウッと固まってしまった千寿に、国経様がささやいた。

「また会おう」

「御免蒙《こうむ》りますっ」

と言い返したが、そうは行かないだろうことは目に見えている。

千寿は向かっ腹のあまりに笠を忘れて雨中へ飛び出し、蔵人所へ戻り着いた時には髪も着物もすっかり濡れしょびれてしまっていた。

おまけにその午後、忘れてきた笠が薄様に書きつけた文を添えて届けてこられて、文の中身は麗々しく飾り立てた口説きの漢詩。

文は丸めて厨のかまどに投げ込んでやったが、『千寿が懸想文《けそうぶみ》を受け取った』という噂は、その日のうちに町屋の中を三巡りぐらいもしたようで、翌日には、知らぬは諸兄様ばかりというぐあいになっていた。

千寿はもちろん鋭意抗弁に励んだが、こうしたことは否定すればするほど下世話な興味をかき立てて、おもしろ半分の穿鑿《せんさく》との果てしない攻防戦という泥沼にはまるものだ。

幸いだったのは、抗弁には耳を貸さずに「浮気はいかんぞ」などと千寿をからかってくる者達は、そうした人の悪い玩びに慣れていて、秘密は厳守してこそ楽しめると心得ていたこと。

そして、千寿へのからかいを成立させる架空の三角関係の、一方の主役である諸兄様は、こうしたことにはまったくもってとことん鈍かったこと。

そしてそうした諸兄の性格は、その後の三人の関係に大きく影響することになる。

それは暦が水無月《みなづき》（現代の七月中～下旬）に入ってすぐのことだった。

今日はどうだ、明日はそれかと、ここ数日のあいだ期待を持って待ち望まれてきた梅雨明けが、いよいよの訪れを前触れするかのような、すばらしい夕焼けが見られた日の夜。

舎人《とねり》部屋での夕餉《ゆうげ》でも久しぶりに陽気なばか話が出て、笑いで沸き立つ雰囲気が楽しかったので、千寿《せんじゅ》もつい長居をしてしまった。諸兄《もろえ》様は宿直《とのい》でご不在の夜で、明日は卯《う》の刻（午前六時ごろ）までに起きればいいという気持ちもあって、だいぶ遅くなってから曹司《ぞうし》に戻った。

寝支度をする前の習慣として、曹司の片づきぶりを点検していた千寿は、文机《ふづくえ》の上に懐紙《かいし》があるのに気づいて（うわ）と思った。

宿直にお渡りになられた諸兄様が、懐にお持ちになられたはずの品だったからだ。

だがそういえば、諸兄様が懐にお入れになるのを見たという記憶はなく、懐紙はお持たせするべく用意していた物だった。うっかり忘れていかれたのだ。

「しもうたなあ」

千寿は困惑した。蔵人《くろうど》は帝《みかど》の秘書官であり、ほかの部署以上に紙と筆とが大事なお役目だ。

宿直という、帝のお寝間をお守りする夜番の際でも、もしも帝からお声があればすぐに紙を取り出して筆記ができなくてはならない。

だから蔵人達は、殿上人が装束の形式を調えるために持つ帖紙《たとう》ではなしに、実用の筆記具である懐紙の束をつねに持ち歩くのだ。

その大事な御用のお品を、諸兄様はお忘れになっていかれた。宿直所にも多少の紙の用意はあるのかもしれないが、もしかするとお困りかもしれない。

だが、いまはもう戌《いぬ》の刻で、清涼殿《せいりようでん》へ渡るには遅過ぎる時間だった。帝のお住まいであるだけに警護は厳重で、おそらくこんな時刻には中へは入れてもらえないだろう。

「でも、ともかくお届けに行ってみよう。どなたかにお頼みしてお渡しできるかもしれない」

千寿はそう決め、懐紙を取って懐に入れると曹司を出た。空には細いながらも月が出ていて松明《たいまつ》なしでも行けそうだ。

町屋《まちや》を出て、校書殿《きようしよでん》の北側にある清涼殿に向かい、殿上の間への上がり口に行ってみた。

案の定そこは板戸が閉じられていて、期待した衛士《えじ》の姿もなかったが、左手の張出屋の前には篝火《かがりび》が焚《た》かれ、夜番の武者達が立っているのが見えた。

千寿は近づいていって衛士に声をかけた。

「夜中《やちゆう》のお勤め、ご苦労様でござりまする」

「おう、何か用か」

と答えてきた衛士の声には、するどい緊張感はなかった。じつのところ内裏《だいり》の警備ぶりというのは、厳重なのは形式のみというところがある。内紛は多々あっても外敵を受けたことはない長年の平和は、帝の御座所の警備さえ形式主義的なものにさせているのだ。

「わたくしは蔵人所にお仕えいたします小舎人童《ことねりわらわ》の千寿丸と申します」

そう名乗りを言ったら、

「おう、そなたの顔は知っているぞ」

と返ってきた。

「こんな夜中にどうした」

その横から仲間の衛士が、

「俺に会いに来たのだろう」

などとからかってきて、千寿はむうと口をとがらせた。一般に武者達には下品な者が多い。だがつんけんすればおもしろがって、なおからかってくると知っているので、冗談には取り合わないことにしている。

「あいにくとそのような用向きではございませぬ。宿直に上がりました主人が曹司にお忘れ物をなされておりましたので、お届けできぬものかと持ってまいりました」

行儀よく四角四面な調子で用向きを告げた千寿に、衛士達は顔を見合わせた。

「う〜む、それはちとむずかしい。われらは御殿には上がれぬし、取り次ぎの者もおらぬと思うぞ」

それでは夜中に緊急の使者でも来た時にはどうするのだろう……

「大事な物なのか？」

さっき千寿をからかった男がそう聞いてきて、千寿は「はい」とうなずいた。

「では渡せるかどうか行ってみるか」

「あの？」

「庭づたいに行くぶんには奥へ入れる。来い」

「ありがとう存じまする」

男は松明は手に取らず、南庭のほうへ向かう神仙門《しんせんもん》の前に行った。門を固めていた衛士達とボソボソ小声で話をつけて、門内の衛士に合図を送り、かんぬきを開けさせた。門の向こうも軒庇《のきびさし》のうちで、すなわち太柱で支えた屋根の下は、土足で通れる石畳の床になっていた。

門を入った北側は清涼殿、南側は校書殿の建物で、どちらも蔀《しとみ》が閉じきられている。突き当たりにまた門が二つ並んでいて、千寿はあのどちらかを通っていくのだと思った。

門と門のあいだの軒庇を警備しているのは三人の衛士達で、案内を買って出てくれた衛士とは顔見知りのようだった。東側と西側のそれぞれの門の前に篝火が焚いてある以外、あたりは暗い。

四人の衛士達はちょっとのあいだ頭を寄せ合って小声で話をし、それから案内の男が千寿を振り向いて言った。

「こちらだ」

「はい」

と答えて、三人から離れて歩き出した男に続いた。

二、三歩行った時だった。いきなり後ろから口をふさがれ、首に太い腕を巻きつけられたと思うと、別の男に足を攫《さら》い上げられた。三人がかりで丸太のように抱えられて、あれよという間に篝火の光が届かない暗がりに連れ込まれた。

「よおしよし、おとなしくしておればすぐに済む」

千寿の口をふさいでいる男が、興奮に息を荒らげただみ声でささやき、ほかの男の手が袴《はかま》のひもを乱暴に引き解いた。

「ああ、たったの四人じゃ、すぐ済む」

別の声が意地悪く笑いながらささやき、千寿は必死で頭をめぐらせた。

何かないかっ、何か手はないかっ、思いつけ！

口は大きな手で要領よくふさがれ、両手はそれぞれ別の男にがっちりと押さえつけられている。懸命に足をばたつかせても、男達は動じない。袴を脱がされた。ガサガサと荒れた手がむんずと尻肉をつかんだ。このままでは犯《や》られる。諸兄様のものである体を汚されてしまう。

(不動明王《ふどうみようおう》様！　矜羯羅《こんがら》童子様、制吒迦《せいたか》童子様！　どなたかっ、お救いくだされ！)

「つきたての餅《もち》のような尻だ」

尻肉をいやらしく揉《も》みながら男が言い、固い指先が諸兄様しか知らぬ場所をグイと左右にこじ開けた。

「おい、早くしろっ。あとがつかえておるぞ」

「まあ待て待て。そら稚児《ちご》殿、太いのがズブリとまいるぞ」

その瞬間、ギャッと声を放ったのは男のほうで、右目のあたりを押さえてのけぞり倒れたのは、不動明王の仏罰か!?

「ど、どうした!」

「おいっ!?」

「ぎゃっ!」

「うわっ!」

何が起きたのかはわからないが、男達の手がゆるんだのを幸いに決死の力ずくで身をもぎ離し、自由を得るなり脱兎《だっと》の勢いで篝火のところに走った。とっさの判断で篝の薪《たきぎ》を武器にしようと思ったのだったが、

「こっちじゃっ」

低い声がするどく呼んできて、ハッと振り返った。清涼殿の上がり檀の脇に人影がうずくまっていた。迷わず千寿はそちらへ走った。直感が（味方じゃ）と告げたのだ。

人影は千寿のその動きを見ると、さっと立ち上がって二つ並んだ門のほうへ走った。門扉を背にして振り向いて、かがめた腰の前に組んだ両手を突き出した。

（傀儡《くぐつ》じゃ！）と悟りながら、千寿は駆けつけた勢いのままタンッと男の手を踏み、男は千寿の息に合わせてグイと腕を振り上げて、千寿の跳躍を助けた。その補助があまりに巧みだったので、門の冠木《かぶき》に飛びつく予定だった千寿の体は、高蹴《たかげ》りされた鞠《まり》のように冠木を飛び越えてしまった。

「うわわっ」

とあわてつつ、どうにか足から着地したが、勢い余って転げたところへ、男がひらりと飛び降りてきた。

「すまんすまん、あんなに軽いとは思わんで勘が狂った」

ささやき声で言ってきた男は、もう四十に近いようだったが、身のこなしは恐ろしく軽い。

「傀儡の方ですね」

「おう、山城《やましろ》の以蔵《いぞう》という」

「お助けありがとう存じました」

「礼はまだ早い。やつらが来るぞ、そこの屋根へ上がろう」

以蔵が指さしたのは清涼殿の庇屋根で、さっきと同じ要領で組んだ手に片足を乗せさせ、

「セイ、ノッ」

と投げ上げてくれた。

それから自分もひらりと屋根の端に跳びつき、猿のような素早さで千寿の横に登り上がって来ると、「伏せていろ」とささやいた。

篝の薪を松明代わりにかざしたさっきの衛士達が、さっき千寿が飛び越えた門から出てきたが、みんな一様におどおどとしたへっぴり腰だった。燃えている薪を腕いっぱいに突き出しながら、あたりを形ばかりに眺め、「おらぬな」「うむ、おらぬ」と言い交わすと、そそくさと門の中に戻っていった。

ぱたりと門が閉まり、ゴトゴトとかんぬきがかかったのを聞き取って、千寿はほっとしながら横を見やった。

「え？」

以蔵は消えていた。

「どこへ？」

きょろきょろと見まわしていたところへ、庇屋根を伝って戻ってきた。

「それ、穿《は》け」

と寄越してくれたのは、脱がされた袴だ。

「取りに行ってくだされたのか!?」

「西王母《せいおうぼ》の庭の桃の実のような尻は、俗人には目の毒だ。うっかりかぶりつくと天狗ツブテが降るしな」

なるほど先ほどの男達のようすは、ツブテ撃ちに襲われたのだったのか。

しかしそうなると、ツブテを撃ってくれた以蔵はあの場面を見ていたということだ。

「かたじけのうござりまする」

赤くなりながら、ごそごそと袴を穿き込んだ。

「よいか？　行くぞ」

「あの？」

「ここで夜明かししても仕方あるまい？」

それはそうだ。こうなっては届け物どころではないし、町屋へ帰るほかない。

ところが男が向かったのは、清涼殿の母屋《もや》のほうだった。

「あのお、わしは蔵人所町屋に」

「しっ。用を済ませたら送ってやる」

「はあ」

ともかくついて行った。

清涼殿の東側の紫宸殿《ししんでん》との渡殿《わたどの》の屋根を乗り越え、あたりに衛士はいないのを見澄ますと、以蔵はひらりと地に飛び降りた。千寿も続いたが、以蔵ほど身軽にはやれなくてドシンと足音を立ててしまった。

「修行が足らんな」

と以蔵に笑われた。

「さあて、おまえはここで待っていろ。人に見つかるなよ」

言い置くなり、以蔵はすばやく闇の奥に消えて行ってしまい、一人残された千寿は困った。

成り行きでこんなところへつれて来られてしまったが、ここは帝のお住まいの庭先といった場所で、誰かに見つかったらただでは済まない。また以蔵という男がどこまで助けてくれる気でいるのか、皆目見当がつかない。

しかし蔵人所町屋へ戻ろうにも、いったいどうしたらいいのか。

「まさに窮地というものじゃぞ」

細い月は出ていたが、あたりは闇に沈んでいて、両側に聳《そび》えている御殿のようすも闇の中の影といったぐあいでよくわからない。また清涼殿のほうには、御簾《みす》の中のところどころに灯が灯っていて、まだ起きている人がいる。

(諸兄様にお会いできれば!?)

と思いついた。あの灯のある場所のどれかが宿直所ならば、こっそり諸兄様とお会いすることができるかもしれない。お会いできれば、お助けいただける。

そこで千寿は、御殿の縁のそばまで行こうと、身を屈めてそろそろと進んで行ったのだが、あやうく溝に落ちかけた。縁に沿って、水を通した溝が作られていたのだ。

「危ないではないかっ」

溝に向かってヒソヒソ毒突いてやったところが、

「おう、これは涼しい」

という男の声が耳に飛び込んできて、ぎょっとして頭を伏せた。

シュルッシュルッという衣ずれの音が近づいてくるのが聞こえ、さらに首を縮めた。

「うむ、ここが涼しい。来られよ、来られよ」

さっきの声が言い、縁に腰を下ろす物音。千寿が伏せている場所のすぐ上あたりだった。

「やれやれ、夏のあいだはこのあたりを宿直所にできるとよいですなあ」

つれの男が言うのが聞こえ、どうやら二人は宿直を抜けて涼みに来たらしいと知れた。

どちらかが諸兄様ならよかったのに、と千寿は思ったが、いずれ諸兄様も涼みにお出ましになるかもしれないと考え、それに期待することにした。二人は御殿の奥からやって来たから、宿直所は母屋なのだろう。庇《ひさし》の間《ま》を覗《のぞ》いて歩いても諸兄様には行き当たれないということで、ならばここで待っていてみよう。

声からすると幾分若い、つれの男も腰を下ろしたようすで、（これは、しばらくいる気じゃなあ）と千寿は胸の中でため息をついた。

「それで？」

年かさのほうの男が、ぐっと低めた声で言った。

「首尾は上々とのこと」

若いほうの男も低めた声で答え、どうやら二人は誰もいない場所に秘密の話をしに来たらしい。

「そうか、では効き目があらわれたか」

「はい。道康《みちやす》はこのところ頭痛に悩まされていて、夜もあまり眠れないようすとか。食も進まず日に日に窶《やつ》れておるそうです」

「ほほう」

「侍医の薬も効かぬそうで」

「ふふふ、さもあろう。呪詛《じゅそ》の病に薬が効くものか」

「もともと体の弱い道康ですから、うまく行けば秋までに片がつくやもしれませぬ」

「ぜひそうなって欲しいものよ」

そのあと二人は声高に戻って、このあいだの大雨で屋敷の池があふれて大変だったとか、私の屋敷でも池に放ってあったフナに逃げられた、とかいうおしゃべりをし始め、やがて神輿《みこし》を上げて奥へ戻っていった。

(恐ろしい話を聞いてしまった……)

千寿は喉《のど》に詰まっていた固唾《かたず》をゴクリと飲み下した。

道康という人が、あの二人に呪詛をかけられて病死させられようとしている。

（どうしよう……）

道康とはわずかに聞き覚えがあるような気がする程度の名で、千寿にはどこの誰ともわからないが、聞き流しにはできなかった。

（諸兄様にお話ししよう。諸兄様はご存じの方かもしれない。呪詛のせいの病なら、呪詛さえ破れば助かられるはずだ）

しかしその前に、まずは自分自身の窮状をどうにかしなくてはならないのだが。

以蔵はなかなか戻って来なくて、もしかすると戻ってくる気はないのかもしれない。

そもそも、以蔵が見せた体術はたしかに傀儡の者達が使うものだったが、千寿とはまったく面識のない男で、千寿の知り合いの傀儡の頭領の仲間ではない。いったいどういったわけで、あの男はあの時あの場に居合わせてくれたのか。考えれば考えるほど謎だ。

ふと、縁の上を衣ずれの音が近づいてくるのに気づいて、千寿は耳に注意を集めた。もしも諸兄様ならうれしいのだが……

さっきの二人と違って衣ずれもかすかなら、足音もヒタ、ヒタ、ヒタと忍ぶような足取りでやって来た人は、これまた下には千寿が隠れているあたりで立ち止まり、「う〰〰っ」と洩《も》らしたのは伸びの声か？　だがその声は、諸兄様のお声に似ていて、千寿はドキドキとまたの声を待った。

サラリと檜扇《ひおうぎ》をひらく音、ハタリハタリと扇《あお》ぐ気配。だがこんどの涼み客は黙ったままで、これでは諸兄様かどうかわからない。

やがてミシと縁板が鳴り、ヒタ、ヒタとお人は戻っていくらしい。

「やれやれ」

と聞こえた瞬間、千寿はぱっと立ち上がった。

「諸兄様っ」

ぎょっとしたようすで振り返った宿直装束姿の影は、間違いなく諸兄様で、千寿は限りなくほっとしながら、

「わたくしです」

とささやき声を送った。

諸兄様はさっとあたりを見まわし、すばやくこちらに戻って来られて縁先にひざまずかれた。

「何をしている！　どうしてこのような場所に⁉」

ヒソヒソと叱って来られた諸兄様に、

「もうしわけございませぬ、余儀ないわけで逃げ込みました」

とささやき返した。

「逃げ込んだ⁉　いや、話はあとで聞こう。ここは帝の御寝《ぎょしん》の間に近いゆえ、見つかったら騒動になる。ううむ、どうしたものかな」

「御門が開く時刻までどこぞに隠れておりまして、諸兄様が町屋にお戻りになられます時に、

ご一緒させていただこうと存じまする」

「隠れて一晩過ごすというのか!?」

「寺ではときどきありましたことで、慣れております。ただここは初めてまいりまして、ようすがわからず困っておりました」

「さもあろう。それにしても誰に追われた？　どこから逃げてきた」

「じつは、お忘れ物をお届けにまいりましたところ、衛士の者達に悪戯《いたずら》を仕掛けられまして」

「なんとっ」

諸兄様は夜目にも見取れたほどに顔色をお変えになった。

「わかった、そういうことなら言いわけが立つ。朝まで宿直所の控え部屋におるといい。来なさい」

「そ、それは」

宿直所にはあの二人がいるはずで、もしや話を盗み聞いたことに気づかれたら、どんなハメになるか。

千寿はすばやく頭を働かせ、

「お庭に逃げ込んでいたことは、ほかのお方にはおっしゃらないでいただけまするか？」

と頼んでみた。

「困るか？」

もちろん困るのだが、ほんとうのわけを話せば長くなる。ここでの長居はよくない。

「衛士に不埒《ふらち》をされそうになったなどとは……」

とうつむいてみせた。

「お、おう、そうか、そうだな。ではそなたは表から訪ねてまいって、ちょうど俺が居合わせたので引き入れた、ということにしよう」

「ですが、お忘れの懐紙は落としてきてしまいました」

「なんだ、懐紙程度のことでわざわざ？」

諸兄様は（馬鹿なことをする）と腹をお立てのごようすでおっしゃり、千寿はしゅんとなりながら言いわけした。

「御用にお入り用ではないかと存じまして、なろうことならお届けせねばと」

だがたしかに、こんな大事になってしまったことを考えれば「懐紙程度」だ。

「そうか、気遣いはうれしゅう思うぞ」

諸兄様は少しあわてたふうに髪を撫《な》でてくださり、「だが」とお言葉を継がれた。

「次からは、そのような心配はせぬことだ。そなたが夜中に出歩くことのほうが、よほど危うい」

「はい。もういたしませぬ」

実際、懲《こ》りた。もしあのまま男達のよいようにされてしまっていたらと思うと、いまさらながらに身震いが出る。

「そなたがまいった理由は、急ぎの伝言を持ってきたということにしよう」

諸兄様がおっしゃり、千寿は「はい」と了解した。

外からの出入り口のところまでは、諸兄様の袍《ほう》のお袖《そで》に隠れて行った。

灯してあった灯籠《とうろう》の明かりで、諸兄様は、千寿の髪や水干《すいかん》の乱れを直してくださり、汚れもなるべくはたいてくださった。

「これで災難は二度目だな。三度目に遭わぬよう、どうかくれぐれも気をつけてくれ。このとおり頼むぞ」

低くおっしゃった諸兄様のお声には、心から千寿の身の安全を憂えてくださっている思いがあらわれていて、千寿は、

「これからはもっと重々に気をつけまする」

とお約束した。

もっとも諸兄は、事件を二度目の『抹殺未遂』だと思い、いよいよ内裏の中でも安心できないと暗澹《あんたん》としていたのであり、千寿のほうは（ここにも如意輪寺《にょいりんじ》にいた『三ショウ』のようなお人らがいるのじゃと、肝に銘じねば）と思っていたのだが。

諸兄様に伴われていった宿直所には三人の人々がいて、一人だけ五十がらみの浅緋《あさひ》の五位の当色《とうじき》（位による決まりの色）の位袍を着た人物が、あの年かさのほうの男だと見当がついたが、

あとの二人は似た年格好。どちらがそれか、わからなかった。

宿直明けまで千寿を控えの間に留めるという諸兄様の説明に、三人は(もっともだ)という顔でうなずき、例の年かさの男がしかつめらしく言った。

「噂《うわさ》はかねがね聞いておったが、こうして間近に見ればなるほど、天人とはかくやと思うばかりの麗しき美少年。かの色好みの左近将監《さこんしょうげん》殿が、女人漁《あさ》りからころり宗旨変えしたというのも無理からぬ」

しかし、しかつめらしく作った口面とは裏腹に、千寿を嘗《な》めるように見ている目には、淫《みだ》らがましい想像をしていそうな粘っこい光を浮かべていて、不快なことおびただしい。

「そう申せば、このあいだ国経《くにつね》殿に口説かれていたのを見たが」

若いほうの一人がそんなことを言い出し、千寿は(うっ)と身を縮めた。

「ほう、そのようなことが?」

諸兄様が固い声でおっしゃり、千寿は(あの時にお話ししておくべきじゃったか)と後悔した。

しかも暴露をやった猿面は、意地の悪い目つきで千寿を見やってきながら、耳障りにかん高い声で、

「稚児上がりと聞いておるが、かの業平《なりひら》殿と国経殿を二人ながら手玉に取るとは、なるほど長《た》けたものじゃなあ」

などと！

諸兄様がカッとなったのがわかった。

とっさに千寿は言った。

「お褒《ほ》めに預かりまして恐縮至極に存じまする」

それからせいぜい優雅に頭を下げてみせた。

「方々、一本取られましたな」

それまで黙っていた三人目が言い、千寿は（この声じゃ！）と確信した。

「なんじゃ、そちも鼻毛を抜かれたうちか」

五十ジジイがやり返し、呪詛一味の男は書面を読むような調子で言った。

「内裏に住まう雀どもの噂によりますと、蔵人所小舎人童の千寿丸は、右大臣良房《うだいじんよしふさ》様お気に入りの国経殿とは同腹の弟で、しかし差し支えある生まれのゆえに秘め隠されていた、とのことです。いずれ養子という表向きで右大臣家に迎えられるだろうと言う者もおりまして、噂が的を射ておりますなら、たいした後ろ盾の持ち主。めったな冗談は身を危うくしかねません」

千寿はびっくりして男を見つめた。自分についてそんな噂が流れているとは、ついぞ知らなかったのだ。

そこへ諸兄様が呆《あき》れている口調でおっしゃった。

「では雀どもは、千寿丸は右大臣様の子であると噂しているわけですか？」

「これこれ諸兄殿、そこまで口に出してしもうてはいかん。『差し支えのある生まれ』と聞いたであろうが」

猿面様がキイキイと言い、諸兄様は「はあ」と頭をおかきになった。

千寿は頭の中がぐるぐるしているような気分で思った。

(あの右大臣様が、わしの父？　国経様が兄？　国経様の母御が、わしの母？)

いや、待て待て。国経様は、右大臣様の兄の長良中納言《ながらちゅうなごん》様のお子……ということは……

(……兄の妻である女人《にょにん》と子を生《な》すというのは、許されることなのじゃろうか)

いや……許されまい。それはたぶん畜生道のおこないだ。

そう断じて、千寿は、(わしが捨てられたわけがわかったな)と思った。

そういうことなら、なるほど、いっそ死んでしまえというふうに捨てられた意味がわかる。

「ん？　千寿、どうした？」

諸兄様がおっしゃって、「これこれ」と肩をお抱きになった。

「根も葉もないただの噂だ、気にすることはないぞ。おしゃべり雀どもは、暇に飽かせた無駄話をおもしろおかしくするために、わざと口さがない曲解を作り出すものだ。気にするな、気にするな」

「はい」

と千寿はお答えしたが、曲解だと言われても、そう納得できるような否定材料は何もない。

それどころか、逆に噂を裏付けるような思い当たりばかりではないか。

「おう、いま鳴ったのは亥《い》の三刻の太鼓だな。千寿、そちらの間《ま》に引き取って寝《やす》め」

「はい」

「そうか、ようすがわからぬかな。来なさい、こちらだ」

案内に立ってくださった諸兄様は、宿直所とは壁を隔てた庇の間に千寿をつれていき、几《き》帳《ちょう》の陰で居眠りをしていた中年の女官に「世話を頼む」とお言いつけになった。

「どこぞで寝かせてやってくれ」

「かしこまりました」

女官が支度に立っていくのを待っていたように、千寿の耳に口を寄せてこられてヒソヒソとおっしゃった。

「先ほどの話な、くれぐれも真に受けるのではないぞ。じつは俺には、そなたの母御に心当たりがあるのだ」

「え?」

「むろん、国経殿の母堂ではない」

「まことですか?」

「神仏にかけてまことだ。ただ、その女性はすでに亡くなっておられるのでな、そなたに教えたものかどうか迷っていたのだが、あのような話が耳に入っては心穏やかではおれまいゆえ、明かすことにした。

そなたの母御はやんごとないご身分の、いと美しゅうあられた御方だ」

嘘じゃろうな、と千寿は思った。諸兄様のおやさしい嘘じゃ。

だから信じたふりで、精いっぱい晴れ晴れとした笑みを作った。

「ならばわたくしは、あのお人悪くからかって苛《いじ》めてこられる国経様とは、兄でも弟でもないのでござりまするね？　ああ、よかった。ほっといたしました」

ところが諸兄様は聞くなりに、ぎゅっと眉根《まゆね》を引き寄せた。

「では、まだ国経殿から苛められておったのか？　そうならそうと、なぜ言ってくれぬ。知っておれば中務省《なかつかさしょう》への使いには行かせなかったものを」

千寿はいそいで「たいした苛めではないので黙っていた」と抗弁に努め、どうにか諸兄様の憤慨を取り鎮めた。このお方には、本気でお怒りになると見境をなくされる面があるからだ。

先ほどのカッとなられた場面でも、千寿はそれを心配してああした口をはさんだのだが……あの如意輪寺騒動で、首魁《しゅかい》の拓尊《たくそん》を半死半生の目にお遭わせになった激情を、内裏の中で爆発おさせになったらどうなるか。宿直のご同役を殴ってしまわれたり、右大臣の甥御《おいご》につかみかかって乱暴をなさるというようなことは、大きな失態となるに違いない。あるいはお役を剝《は》がれ、内裏を追われておしまいにならぬともかぎらない。

（じゃから、このお方にはめったなことを申し上げてはだめじゃ）

千寿はそう考えていた。

さて、控えの間番の女官に仮寝の床をしつらえてもらい、（眠れまいなあ）と思いながら横になって、考えても仕方のない煩悶《はんもん》に囚われていた千寿は、横寝していた肩をいきなり後ろからつかまれて飛び上がりそうになった。

「しっ、俺だ俺だ」

と、ごく低くささやいてきたのは以蔵の声。

「このようすならつれ帰ってやらんでもよさそうだが、どうだ」

言われて、

「はい」

とうなずいた。

「ではな」

と立ち去ろうとした以蔵の袴を、はっしとつかみ捕えた。

「なんだ?」

「お尋ね申したきことが」

「なんだ」

「あなた様は、どういうわけでわしをお助けくださりましたのか?」

「他生《たしょう》の縁よ」

以蔵は笑って、つけくわえた。

「会うたことは忘れろ」

「ご恩人を？」

「そう思うなら、なおさらだ。俺は盗賊でな、覚えておられては困る」

そして以蔵はさっと千寿の手を振り払い、するりと几帳の向こうに消えた。

いそいで起き上がって、几帳をめくってみた。常夜の灯明《とうみょう》がとぼとぼと燃えている横で、女官がコクリコクリと居眠りの舟を漕《こ》いでいるだけで、以蔵の姿はもう影さえなかった。

「はは……ははは、盗賊……」

なるほど、とすっきり腑に落ちた心地で千寿は褥《しとね》に戻り、ころりと横になったあとは、あっという間に眠っていたらしい。

「千寿、起きなさい、帰るぞ」

と呼ばれて目を覚ました時。一連の出来事はすべて夢だったような気分でいたので、町屋の曹司ではない部屋のようすに一瞬きょろきょろしてしまった。

暁はぎらぎらとまばゆい日の出に明け、真っ青に晴れ上がった空は見るからに晩夏の色だった。梅雨は終わったのだ。

蒸し暑さをかき立てるようなジワジワジワジワジワという蟬《せみ》の声に、ひときわ高いミーンミンミンという鳴き声が混じった。それも千寿の頭の上の梢《こずえ》からだ。

「ああ、うるさいっ」

文句を言ってやりながら、千寿は絞りあげた大口（下袴）をパンッと振るって、干し竿《ざお》にかけた。絞りじわを消すべくピンピンと引っぱり、よしと思えるまでていねいに撫で伸ばして、

「ふうっ」と鼻の頭の汗を拭《ふ》いた。

先に洗った諸兄様の汗取りの大帷《おおかたびら》は、早くも乾き始めている。

「よおし、しまいじゃ」

洗濯桶《おけ》の汚れ水をザアッと地面に撒《ま》いて、桶を井戸端の置き場に伏せて片づけると、袖をたくし上げるために結び合わせて首にかけていた袖口のくくりひもを解いて、ぱっぱと袖のぐあいを直した。膝《ひざ》までたくし上げていた袴の裾《すそ》も下ろして身じまいすると、元気よく町屋に戻った。

曹司では、諸兄様も宿直明けの仮眠からお目覚めになっておられて、戻ってきた千寿に、

「そろそろ行くか」

と声をかけてこられた。

「はいっ」

という千寿の返事がミンミンゼミの声よりはりきっていたのは、これから二人で業平様のお屋敷に行くからだ。

暑いなあ、暑うございますねえと言い交わしながらの道中も、お役目ではない外出を諸兄様とご一緒している気の弾みをしぼませはせず、お訪ねした業平様のお屋敷ではうれしい驚きが待っていた。

業平様はあの月見殿に居を移されていて、千寿達もそちらへ通されたのだが、

「えっ!? お池に入ってよろしいのでございまするか!?」

「ああ、足をつけるなり水浴びするなり、好きに遊べ」

「ありがとう存じまする！」

やるなら、もちろん水浴びだ。

さっそく縁から庭に下りて、くるくると脱いだ着物は池のほとりの置き石に預けて、バシャンと池に飛び込んだ。

「わっ、冷たあ！ 諸兄様、気持ちようございまするよ」

泳ぎまわれるような広さはないが、暑気に火照《ほて》った体にザブザブ水を浴びるだけでも、夏日ならではの爽快感《そうかい》は充分味わえる。

「やれやれ、犬と子どもは水浴び好きという点では同類だな。夕方までそこで涼んでいろ」

業平様が笑いながらおっしゃり、千寿はそのつもりで遊び始めた。池の中にはハヤが何匹か泳いでいて、ちょうどいい遊び友達になったのだ。

一方のおとな二人は、

「さあ、いまのうちに言え。何か話があるのだろう？」

「うむ、聞いてくれ」

というやりとりで密談に入った。

昨夜のあれこれを、諸兄がおよそ話し終えたところで、池の中から千寿が呼んできた。

「ん？　なんだ」

「諸兄様は、『道康』という名のお方をご存じありませんか？」

「東宮《とうぐう》の道康様か？」

何気なく聞き返したとたん、千寿は「あっ‼」と叫んでザバと立ち上がった。素裸の美体を惜し気もなくさらしたまま、二息三息のあいだ呆然《ぼうぜん》とした顔で突っ立っていたが、

「そういえば、道康様とは東宮の御名であられまするよね？」

と、おずおずした口調で確かめてきた。

諸兄は思わず業平の顔を見た。

業平が千寿に言った。

「もしや口説かれて蹴りでも入れたか？」

「い、いいえ、そのようなことでは」

ふるふると首を振って、千寿はバシャバシャと縁先に駆けつけてくると、

「お耳をっ」

と二人を手招いてきた。

顔を見合わせつつも、縁先まで出ていってやった二人に、他の聞き耳を恐れるらしい押し殺した小声で告げてきた。

「じつは昨夜、その名のお方への呪詛の企みを耳にしました」

「なにっ⁉」

思わず叫んだ諸兄を、業平が「しっ！」と制し、千寿は報告を続けた。

「すでに呪詛はかけられていて、効き目が頭の痛む病に出ているから、あるいはこの夏のあいだにでも……といったことを話し合うておりました」

「ど、どこで⁉　誰がじゃ！」

諸兄は身を乗り出して問い質し、千寿は事態の重さを理解した慎重な口ぶりで言った。

「諸兄様とお会いしました、あの場所でござりまする。隠れておりましたわたくしの頭の上で、二人のお人が密談を」

「では、誰かはわからぬのか」

なぜかほっとする気持ちで言った諸兄だったが、千寿は首を横に振った。

「宿直所でお目にかかりました。あの年配のお方と、猿顔ではないほうの若いお方」

「なんと……っ！」

諸兄は絶句し、業平がぼそりと言った。

「右大臣への反撃に、呪詛による東宮暗殺を企むか。道康もあれこれ気の毒な立場だな」

「『気の毒』で済むか！　これは謀反《むほん》だ、すぐさま弾正台《だんじょうだい》に！」

「訴え出るには証拠がいるぞ」

「ここに生き証人がいるではないか！」

吠《ほ》えた諸兄に、業平は怒鳴り返してきた。

「『夜中うっかり清涼殿に入り込んだ小舎人童が、偶然聞きました』などという話を、誰が真に受ける！　おぬしの訴えは十中八九、藤原《ふじわら》一門による他氏排斥の陰謀の先棒担ぎだろうと受け取られるぞ！

おまけに訴え出ることで、千寿の名が表に出る。まずい秘密を知られた一味が、生き証人を放っておくと思うか!?　ちょっとは頭を使って考えろ！」

「う……」

言われてみればいちいちもっともで、諸兄は単純に短絡する浅慮な自分を恥じた。

「すまぬ、おぬしの言うとおりだ」

「だがおぬしの主張どおり、行動は急がねばならん」

「うむ。まずは呪殺を阻止することだな」

「ああ。呪詛をおこなった陰陽師《おんみょうじ》を突き止められれば、一番早いが」

「右大臣を動かすのが得策だろうな」

「たしかに。東宮は権力のツルの大事な甥御だ、目の色変えて手を講じよう」

「だがそのあいだにも病は進む。東宮に呪詛祓《ばら》いの加持祈禱《かじきとう》を賜《たまわ》るよう、帝に進言しよう」

「ただし、千寿の名は秘せよ。どこに敵方の耳があるかわからん」

「ああ、わかっている。それでな、おぬしに頼みがある」

「なんだ」

「しばらく千寿を預かって欲しいのだ」

「えっ！」

叫んだ千寿の声音には抗議の響きがありありと聞き取れたが、諸兄は聞かぬふりで続けた。

「国経殿がな、何やら千寿に手出しをいたしておるようなのだ。腹立たしいゆえ、しばらく千寿を隠してしまってやろうと思う」

「いやです、困りまする！」

千寿は顔を真っ赤にして、バシャバシャと池の中でじだんだを踏みながら叫んだ。

「それでは国経様はますます、わしを業平様のものじゃと思い込みまする！　困りまする！」

「ほう？」

業平が興を引かれたように千寿を見た。

「国経はそのように言って、おまえに戯《ざ》れかかったのか？」

「はい。きっと皆様の言われている噂を真に受けられたのでござりまする」

千寿がまじめくさった顔で言い、業平は諸兄がドキリとしたような冷酷な笑みを浮かべた。

「根も葉もない話ほど、よく尾ひれがついて泳ぎまわるものだ。が……国経はあいにくと、そんな単純な頭の持ち主ではない。

諸兄、この図が読めるか？」

「この図、とは？」

「国経は、千寿がおぬしの家人《けにん》であることを知っている。おぬしと千寿の仲についても、おそらく察しをつけているだろう。だが千寿に対しては、俺とよい仲だと信じ込んでいる顔で戯れかかる。さて、その意味は何だ？」

諸兄はじっと考えて、業平の推測を読み解いた。

「千寿を争う恋敵としては、国経と比べると藤原一族の中での立場は弱い俺よりも、恋には手《て》練《だ》れで反藤原の硬派である朝臣《あそん》業平を相手取ったほうがおもしろい……とでも考えておるのではないか、と？」

「うむ、そこはよし。その前段は？」

「……千寿を手に入れようと思うておるわけだろう？」

言って、その『手に入れる』という言葉には、恋人にするという以外の意味もあると気づいた。千寿の身の上と、それに気づいているのは自分達だけではないことを考えると、

「右大臣のさしがねだと？」

という答えが出る。

「あの右大臣様も稚児趣味であられるのですか?」

千寿のいやそうな口ぶりでの聞き質《ただ》しに、諸兄は「いや」と答えようとして、話が危ないふちにさしかかっているのに気づいた。返事の仕方によっては、千寿に自分の身の上を感づかせてしまう恐れがある。

「稚児趣味なのか、たんに見映えのいいおまえを側仕《そばづか》えに置きたいだけなのかは知らないが、ともかく、おまえを諸兄から取り上げたいと思っている人間がいるということさ」

業平がうまい言いまわしで、千寿が心に留めておくべき危機意識を言ってくれた。

「わしは諸兄様以外のお方にお仕えする気はありませぬ」

きっぱりと千寿が言い、業平が答えた。

「だが、藤原一門の長者である右大臣には、鶴の一声でおまえを諸兄から取り上げるだけの力がある」

諸兄は「そのとおりだ」とうなずいてみせて、続けた。

「しかし相手が朝臣業平殿となると、良房様もやたらなことはできぬ。臣籍に下ってはいるが平城《へいぜい》天皇の御孫という身分は揺るがぬ業平殿に向かって、『ご寵愛《ちょうあい》の童子を身も気に入った。身に寄越せ』などとは言えぬからな」

「ああ。せいぜい『お譲りいただけぬか』と交渉してくるぐらいが関の山。そんなものは『いやだ』の一言でつっぱねられる」

業平が言い、さらにつけくわえた。

「問題は、実際的におまえを奪うという手段に出られてしまった場合だ」

「奪う？」

千寿がうろんげに首をかしげた。

「そうだ。たとえば、野盗あたりに銭《ぜに》をやっておまえを攫《さら》ってこさせ、おまえを手に入れてしまうという手」

「そのようなことっ！　攫われたなら逃げ出してまいりまするっ」

千寿はそう気色《けしき》ばみ、業平は首を横に振った。

「そうなった時には、相手はどんな手段を用いてでも、おまえの口から『あなた様にお仕えします』という言質《げんち》をむしり取るだろう」

「そんなことっ！」

「できぬと思うか？　たとえば諸兄に顔向けできぬような体にされてしもうても？」

「え……」

青ざめた千寿に、業平は言い継いだ。

「逃げられぬよう蔵の中にでも繋《つな》がれて、日に夜に幾人もの男に犯し汚されるような目に遭っても、おまえは諸兄のところに帰ってこられるか？」

「もちろんだっ！」

　諸兄は勢い込んで口をはさんだ。

「たとえどんな目に遭おうと、いや、そうしたことに遭うたならなおさら、そなたは何としてもそのような非道な男の手からは逃れて、俺のところへ帰ってきてくれねば！」

　そして千寿も「はいっ、必ず！」と力強く誓ってみせた。

「だがともかくは、うっかりやたらな目に遭わぬよう、用心専一に努めるべきだ。諸兄の言うとおり、おまえはしばらくこの屋敷で暮らすがいい」

　という業平の言葉に、千寿は得心するしかないという顔でしぶしぶうなずいた。

「けれど、しばらくと申されますのは、どのくらいのあいだのことでござりまするか？」

「おまえがもう少しおとなになるまで、だろうな」

「では二年も三年も!?」

　千寿がぎょっとなった顔で叫び、諸兄も（それはつらい！）と思ったが。

「なあに、そうはかからぬだろう」

　と業平は言った。

「ようはおまえが、おとな同様の分別や用心深さを身につけるまでということだ。何も考えずに一人で北野《きたの》のはずれまで出かけて行ったり、うかうかと夜中にむくつけき武者どもを訪ねたりといった、無分別なことをやらぬだけの心得ができればよい」

「なれば千寿はもう心得ましてござりまするっ」

と身を乗り出した千寿に、業平は首を横に振って、からかい口調で言った。

「いまはまだ、危ういことこのうえない。男の淫心《いんしん》を呼び寄せるおのれの稚児ぶりを知っていながら、諸兄だけならばともかく俺の目もある場で、そのように肌をさらしておられる子どもっぽさではな」

千寿はプウと頬《ほお》をふくらませ、口をとがらせて、

「これは、業平様がそうしてよいと仰せられたからではありませぬか。池で遊んでよいと仰せられたのは、業平様でござりまする」

とやり返したが、そのさまはなるほどいかにも子どもで、諸兄はひそかにため息をついた。

「ところでな、諸兄」

と業平に見やってこられて、

「ん?」

と先をうながした。

「右大臣の意図は推測にしか過ぎぬが、国経が千寿に向かって俺の名を出したのは好都合だ。俺は今後、やつが本気でそう思い込むよう仕向けにかかるゆえ、みょうな疑心暗鬼に囚《とら》われたりせんでくれよ」

「うむ、そのようなことはいたさぬが、なぜだ?」

「あの小生意気な小僧を、ちときりきり舞いさせてやろうと思うのさ」

業平はそう言って、口とは裏腹にいと美しくほほえんで見せ、諸兄は、この男の本気でのいたぶりを食らうことに決まったらしい国経に、いささかの同情を覚えながらうなずいた。

諸兄の見るところでは、業平が国経に向けている憤慨は、血筋的には業平とつながりがないとは言えない出自《しゅつじ》の千寿に対して、国経が土下座させるといった『無礼』を働いたことへの、同族としての怒りであるようだ。

国経としては、そんなこととは知らずにやった苛めであり、話が表向きになるならば、むろん一番にそれを言い立てるだろうが、業平の国経への反感は、じつは皇統の一族としての彼が権門の貴族達に抱いている根の深い反発感情から発している。そして諸兄は、そのことをどうこう批判する資格は自分にはないと考えていた。

さらには、国経のふるまいや千寿へのちょっかい出しを腹立たしく思う気持ちは、諸兄にも大ありだったので、

「俺にできることがあれば何でも言うてくれ」

と国経いたぶり作戦への参加の意志を表明した。

「では、何を聞いても聞かれても知らぬふりをしておれ」

という返事が返ってきた。

「おぬしは『千寿はわたしの家人です』との一点張りに言い通しておくのだ」

「うむ、それはよいが」

それはつまり、千寿が自分と相思相愛の仲であるということは、表向きには隠し通せということだ。

「おぬしがそう言い通してくれれば、俺はたいそうやりやすい」

「そうか。ではそのようにしよう。千寿、そうしたことゆえ、よいな?」

「かしこまりました……が」

ためらいながら煮えきらない返事をした千寿に、業平が言った。

「おまえは、すべてこれまでどおりにふるまっておればよい。町屋の曹司で諸兄とよいことをするのも、別段の差し支えはない。町屋の者達はみなとうに、おまえと諸兄の仲は知っているのだからな」

千寿はぽっと赤くなりながら尋ねた。

「では、あの……国経様から業平様とのことでからかわれましたような時には」

「むろん『そのような関係ではない』と言い張ることだ。言い張れば言い張るほど、向こうは疑いを強めるに違いないが、それもまたこちらにとっては付け目だ」

「わかりました」

千寿は見るも晴れ晴れとした顔つきで了解し、

「さて、俺達は東宮をお救いする手だてを相談するゆえ、おまえは遊んでおれ」

という業平の言葉に、「はい」と水遊びに戻っていった。

諸兄《もろえ》は業平《なりひら》といくつかの申し合わせを練り上げると、まずは内裏《だいり》に戻った。衣冠《いかん》を整えて清涼殿《せいりょうでん》に上がり、帝《みかど》に「火急の用向きが出来《しゅったい》した」と言上《ごんじょう》して、人払いをしてのお目通りを願った。

帝は、厚く信頼している蔵人《くろうど》の諸兄の言うことだからと、すぐさま願いをお聞き届けくださり、諸兄はお付きの女官《にょかん》達も遠ざけた昼御座の御簾《みす》の内で、帝と向かい合った。

「して何事か」

「畏れ多きことながら、宿直《とのい》明けの午睡《ごすい》に不吉の夢を見申しました。西雅院《せいがいん》（東宮《とうぐう》の住まい）の御軒先に、いとも禍々《まがまが》しき黒雲が渦を巻いてわだかまり、しきりと御殿の中へと流れ込もうとしている夢でございます」

御年三十九歳になられる帝は、虚弱な蒲柳《ほりゅう》の質《たち》のあらわれたお顔をさっと青ざめさせた。

「それは東宮の病がさらに篤《あつ》うなるという知らせであろうか」

諸兄は声をひそめて申し上げた。

「夢から覚めました瞬間、わたくしは『あの黒雲は、呪詛《じゅそ》のあらわれだ』と感じました」

「呪詛！」

帝はくらりと眩暈《めまい》をなされたようすで、ふらと玉体を仰《あお》のけられ、諸兄はあわてて膝《ひざ》搔《か》きに掻き寄って、お倒れざまにおつむりなどお打ちにならぬよう、御肩をお支え申し上げた。

「呪詛だと？　呪詛だと？」

御肩をお抱え申し上げた諸兄の腕の中で、帝はわなわなとお震えになられながら呻《うめ》くようにつぶやかれ、お口元からキリキリと歯ぎしりの音を立てられた。

「誰の謀反《むほん》だっ！　皇族か、貴族どもかっ!?」

「わかりませぬ」

と諸兄は、業平との申し合わせどおりにお答えした。

「かねてなきことながら、あのような夢の訪れを受け、このたびの東宮の御病は呪詛によるものとたしかに直感いたしましたゆえ、こうしてお耳にお届け申し上げましたが、わたくしにはそれ以上のことは」

「陰陽《おんみようりよう》寮は何をしておった!?　まさか抱き込まれておるのではあるまいな！」

帝は諸兄の袍《ほう》の胸もとをガシとおつかみになられ、咬《か》みつくように仰せられたが、それへお返しできる言葉はなかった。あるいは陰陽寮の誰かが一味である可能性も、なきにしもあらずなのだ。

「あれは朕《ちん》のかけがえなき息子だ、大事な大事な皇太子だ。呪殺など許してなろうかっ！　ただちに陰陽頭《おんみようのとう》を呼べ！」

「ははっ」

と諸兄は承ったが、ほかにも打つべき手があった。

「僭越《せんえつ》ながら申し上げます。陰陽頭に申しつけて呪詛祓《ばら》いの方策を取らせますのと同時に、呪詛を企みました者の糾明《きゆうめい》を急ぐ必要があると存じます」

「うむ、うむ」

「その旨は、右大臣にお申しつけになられてはいかがかと存じますが」

「うむ」

帝は大きくうなずかれて、おっしゃられた。

「至急、陰陽頭と右大臣に宛てた勅書《ちよくしよ》をしたためよ」

「ははっ」

諸兄は書道具を取りにいったん引き下がろうとしたが、帝はお許しにならず、その場にあったご自分の御物を使用するよう命じられた。

『勅』の一字から始める宣命《せんみよう》を、帝がすらすらと述べられ、諸兄が墨痕淋漓《ぼつこんりんり》と書き取った。帝がみずから日にちと署名をお書き入れになり、諸兄が筆記者として署名して御璽《ぎよじ》を賜《たまわ》り、二通の勅書を完成させた。

「それでは、これよりただちに下達《げだつ》にまいります」

「うむ、頼むぞ」

うなずかれた帝が、何か思いつかれたお顔で「女官を呼べ」と仰せられた。

呼ばれてやってきた女官に、「取り急ぎ細太刀を一振り持ちまいれ」と仰せつけられ、すぐさま届けられた太刀を手ずから諸兄にお与えになられた。

「事が事ゆえ、とくに帯剣を許す。この場より佩用《はいよう》して行け」

「ははっ」

腰に下賜《かし》の細太刀を佩《は》き、懐に二通の勅書を収めると、諸兄は御前を引き下がり、その足で陰陽寮に向かった。途中、蔵人所町屋《くろうどどころまちや》に立ち寄って、太刀の使える舎人《とねり》を三人、供に召し出したのは、用心に用心を重ねるためというつもりだった。

陰陽頭は屋敷に下がっているということだったので、帝の勅書が下った旨を申し伝え、即刻呼び出しの使者を差し向けさせた。

だが、ただ待つ時間が惜しいと思い、先に右大臣への勅書の送達を済ませてくることにした。美福門《びふくもん》から大内裏を出て、すでに日は大きく傾いて暮れ方の赤光が照らしていた大路を、右大臣邸に向かった。

右大臣良房《うだいじんよしふさ》は、衣冠姿の蔵人が訪れてきたと聞くと、すぐさま正殿の上段の間に通させた。文官である諸兄が帯剣しているのを見て取るや、人払いを命じた。

「勅書をお持ちか」という問いへの「はい」という返答を聞くなり、諸兄を自分の上座に座り直させた。

諸兄は懐から帝の宣旨《せんじ》を取り出して、読み上げはせずに手渡した。

良房はうやうやしく拝受して読み下し、諸兄はその間に下座へと引き下がった。

「これは誰の口からお耳に入ったことか」

という良房の下問に、頭を下げてかしこまって答えた。

「わたくしが言上し申し上げました」

「呪詛がおこなわれているという根拠は？」

「帝には、わたくしが見た夢の知らせをそのように読み解いたと申し上げましたが、じつは、偶然に一味の密談を耳にした者がございます」

「ほう。くわしく話せ」

そこで諸兄は、千寿《せんじゅ》が密談を盗み聞いた顚末《てんまつ》を、千寿の名は伏せてかいつまんで説明し、陰謀を語り合っていた二人の名も告げた。

「なるほど……企む理由も企みを実行する力も、おおいにある二人だな」

「帝は、陰陽寮の中にも一味がいるのではないかとのお疑いを口になされましたが、わたくしも考えられぬことではないと存じます」

「うむ。その陰陽寮へは？」

「陰陽頭が屋敷へ下がっておりましたため、呼び出しの使者を差し向けさせております」

「では陰陽頭への勅書は、まだそちの懐の中か？」

「はい」

「帰路は充分に注意されよ」

「心得てございまする」

「ところで、その二名の密談を聞いたという者な……重々に信用の置ける者ゆえ、そちも聞いたままを帝にお話し申し上げたのじゃとは思うが……」

諸兄は顔を上げて、良房の目に目を合わせ、

「こは生き証人の身の安全のため、当面のあいだは固く秘していただきたきことながら」

と前置きして、言った。

「かの密談を耳にいたしましたのは、右大臣様もご存じよりの蔵人所小舎人童《ことねりわらわ》、千寿丸でございます」

その瞬間、

「なんとっ」

と息を吞んだ良房の動揺ぶりに、(千寿を狙《ねら》ったのはこのお人ではない)と直感しながら、言い添えた。

「あれは、あれ自身は露知らぬ出自《しゅつじ》のために命狙われ、当夜もそうした事情でからくも清涼殿の御庭に逃げ込みましたところ、たまたま密談を耳にいたすこととなりました。

しかるに、あれの身分は無位令外《りょうげ》の小舎人童。表立って太政府《だじょうふ》に訴え出ましても、夜中に御庭に入り込みました咎《とが》めを先立てられますなら、かんじんの呪詛の企みの詮議《せんぎ》が遅れることと

なり、詮議の遅滞は一味の者達に利するばかり。

さように判断いたしましたので、わたくしの一存で、こうした非常の手だてを取ることといたしました。

また今後、今回の勅に関して、言上し申し上げたわたくしに説明が求められました場合は、わたくしは帝に申し上げたとおりの『夢見の知らせ』ということで言い通します。たとえ手の爪足の爪を剝《は》ぎ取られましても、けっして謀議を耳にした者がいると口にすることはいたしません。その旨、合わせてお含みおきください」

「……そちの覚悟、ようわかった」

良房は言って、たしかに了解したことを示そうと五度六度とうなずいて見せた。

「では、わたくしはこれにて」

「うむ」

右大臣の屋敷を退出すると、諸兄は供の者達を引き連れて、もう日は落ちて逢魔《おうま》が刻《とき》にさしかかっていた都大路を大内裏へと取って返した。

西洞院大路《にしのとういんおおじ》から二条大路《にじょうおおじ》に出ようとしたところでだった。

辻の傍に立っていた数人の武者ふうの男達が、ずいっと行く手を塞《ふさ》いできたと思うと、中の一人が声をかけてきた。

「もうし、お尋ね申す」

諸兄は足を止め、供の舎人が、

「何か」

と返答した。

「万が一お人違いであればお許し召されよ。もしやそちらは、六位蔵人の藤原《ふじわら》諸兄殿ではあらしゃらぬか」

鄙《ひな》の訛《なま》りのある言葉つきで言った色黒くひげもじゃの男は、尋ねると言いながらも、相手が諸兄であることを確信しているようすだった。返事は待たずに、仲間達に目くばせを送り、男達は諸兄の一行を取り囲む位置に歩を進めてきた。数は、話しかけてきた頭目らしい男も入れて五人。垢染《あかじ》みた水干《すいかん》姿の腰にそれぞれ野太刀をたばさんでいる。

「も、諸兄様っ」

「ここ、これはいったい」

供の舎人達が見るもおたおたと浮き足立ち、諸兄は腹の中で（人選をしくじったな）と舌打ちしつつ、下賜の細太刀の柄に手をかけた。

「たしかに俺は藤原諸兄だが、何用だ」

頭目と見たひげもじゃ男も太刀の柄に手をかけて、すうと剣呑《けんのん》な表情に目をすがめながら返してきた。

「なあに、たいした用向きではござらぬ。その懐にお持ちの物をもらい受けたいだけじゃ」

「渡せぬと言うたら？」

「力ずくで頂戴することになるな」

「はんっ、野盗か。誰に頼まれての狼藉《ろうぜき》かは知らぬが、盗られるわけにはゆかぬな！」

シュリンッと細太刀を抜いた諸兄に、頭目らしい男はニヤリと陰惨に頰《ほお》を歪《ゆが》めて太刀を抜き、ほかの四人も次々と太刀を抜き連れた。そのしぐさはいずれもあきらかに武器を使い慣れている。

一方こちらの供の者達もウワワッと太刀の鞘《さや》を払いはしたが、みな逃げ腰であてにはできない。

諸兄はすばやくあたりに目を走らせ、通りがかりの地下《じげ》の者達が何人も足を止めているのを見て取るや、怒鳴った。

「誰ぞ検非違使《けびいし》を呼んでくれ！」

「させるかよ！」

頭目がブンッと斬《き》りかかってきた。諸兄はひらりとかわして反撃の太刀を振り送ったが、別の男に横合いからガキンとはじかれた。

キャアアアッという女達の叫び声。

「も、諸兄様！」

と呼ばわって、及び腰ながらも加勢に入ろうとした舎人が、ギャッとのけぞった。それを見るや、あとの二人は「わわっ！」「ひいっ！」と逃げ出した。

「衛府の武者を呼べ！」

と怒鳴り送りつつ、諸兄はぞっと絶望する思いで死を覚悟した。

相手は五人、こちらは一人。しかも大袖裾長《おおそですそなが》の動きにくい束帯姿《そくたい》だ。よほどすばやく加勢の者が駆けつけてくれないかぎり、斬り伏せられるのは時間の問題と思うしかない。

「だあっ！」

と斬りかかってきた太刀を、

「ぬんっ！」

とはじき返し、一瞬たたらを踏んだ相手に渾身《こんしん》の突きを見舞いながら、（千寿よ！）と思った。

太刀の切っ先がズブと相手の腹に食い込み、男は「ヒグッ！」と目を剝《む》いた。

ぐっと太刀を引き戻し、左手から打ちかかってきた太刀をひらとかわし、右手から打ちかかってきたほうはギンッと受けて、さっと太刀を返すや相手の肩口にたたきつけた。

「ギャッ！」

という悲鳴と血潮をほとばしらせて男はのけぞり倒れ、（二人！）と諸兄は数えた。

「うぬう、やるな、蔵人殿！」

頭目が黄色い歯を剝き出して獰猛《どうもう》に笑い、

「だが、これまで！」

と吠えて真っ向から打ち下ろしてきた一撃は、とっさに受けた諸兄の太刀をガキンッと打ち折った。

（しまった！）と思った瞬間、背肩にガツッと激しい衝撃を覚え、（やられたっ）と感じた。

ガクリと膝が折れてドッと地に手をついた頭上に、とどめの太刀が振りかぶられるのを感じ、胸の中で（千寿！）と叫んだ脳裏に、愛くるしい笑顔がひらめいた。

諸兄様！　と声高く呼んで、煌《きら》めくように笑ったあの顔を、（二度と見られぬのか！）と考えるのと同時に、腹の底から噴き上がるように（死にたくない!!）と思った。

千寿を残して死にたくない！　せめてもう一度見たい、会いたい、抱きたい！　抱きしめて抱き合いたい!!

ガキンッと頭上で鳴った音は、無意識の動作が折れた太刀で敵の太刀を防いだ響き。だがその一瞬、すさまじい激痛が背から腕へと身を貫き、目が眩《くら》んだ。

「はっはあ！　素《そ》っ首もろうた！」

（討たれるっ）となすすべなく歯嚙《はが》みした諸兄を救ったのは、ヒョオッ！　と風音を唸《うな》らせて飛んできた鏑矢《かぶらや》だった。

「ご加勢つかまつる！」

「賊どもを射殺せ！」

「射よ、射よ!」

口々の怒鳴り声とともに、ヒュッ、ヒュッと矢音が頭上をかすめ飛び、ギャッ、ウグッという苦鳴。

「ひ、退け退けえ！」

頭目の声がわめき、バタバタと駆け去る足音にかぶって、バタバタと駆け寄ってくる足音。

「諸兄様っ、お気をたしかに！」

肩をつかんで怒鳴ってきた聞き覚えのある声に、諸兄は目を開け顔を上げた。

「おう、道豊《みちとよ》殿か、助かったぞ」

業平の腹心の部下は大きく顔をほころばせた。

「あのような多勢に無勢にて、よくぞご無事でっ」

「うむ。背を割られたようだが、傷は深いか」

「ご無礼っ」

切られた衣をかき分けて傷を調べられる痛みを、歯を食いしばってこらえた。

「幸い、さほどの深手ではありません」

というホッとしている声音での告げに、「そうか」と答えて立ち上がろうとした。背筋から左肩にかけて火を押しつけられたような激痛が走り、思わず呻《うめ》いた。

「動かれませずっ」

と、無事なほうの右肩に手を置いて押し止めてきた道豊に、

「手を貸せ」

と返した。

「懐に陰陽頭への勅書を持っておる。いますぐ届けねばならん。すまぬが斬られた舎人を看てやってくれ」

「で、では仗舎《じょうしゃ》（門衛所）にて、せめて血止めを」

「うむ。頼む」

諸兄が美福門の仗舎まで歩き着くあいだに、道豊は部下を走らせて手当ての支度を整えさせ、また逃げた舎人のうちの一人を蔵人所まで使いに走らせた。血染めの衣の替えを取りにやらせたのだ。

舎人は血相を変えた紀数雄《きのかずお》と一緒に戻ってきた。

数雄は、肩脱ぎになって傷の手当てを受けていた諸兄を見るなり、すうと顔色をなくした。

「いったい何が起きたのだ！」

「勅書を狙う賊に襲われた」

「なんとっ!?　ど、ど、どの勅書だっ」

「これだ。数雄殿が来てくだされたのは、もっけの幸い。取り急ぎ、陰陽頭に届けてもらいたい。もう陰陽寮に出向いて来ているはずだ」

「う、承ろう」

「道豊殿、数雄殿に護衛をつけてやってくれ」

「はっ」

「と、ところで諸兄殿、この勅書の趣は……」

「耳をお貸しそうらえ」

ヒソヒソと宣旨の内容を告げてやると、数雄はアオガエルのような顔色になった。

「ま、まこ、まことにそのような企みが!?」

「俺がこのように襲われたのが証しだ。しかも勅書のことが洩《も》れたのは、おそらくは陰陽寮に一味の者がおる証拠。すでに右大臣の耳には入れてあるが、心して行かれよ」

「う。あ、相わかった」

固唾《かたず》を飲み下しながらうなずいて、数雄は勅書を届けに出かけて行き、諸兄はほっと息をついた。ズキズキと傷がさらに痛み出したのは、気が緩んだせいだろう。

だがまだ手を打つべきことがある。

「道豊殿に、あと一つ頼みがある」

そう話しかけた諸兄に、道豊はうやうやしく頭を下げた。

「はっ、何なりと」

「この件、業平殿には知らせんでくれ」

「はあ……しかし」

「無事に切り抜けたのだからわざわざ知らせるまでもあるまいし、じつは業平殿の屋敷に千寿を預かってもろうている。あれの耳には入れたくないのだ」

知れば、きっと屋敷を抜け出してでも会いに来るに違いなく、呪詛の一味はどんな悪あがきをしないともかぎらない。いま千寿が業平邸を出るのは、あまりに危険だ。

そして道豊はそこまで事態を読んだわけではなかったろうが、

「かしこまりました」

と諸兄の頼みを聞き入れた。

（これでよい）とこんどこそ安堵《あんど》しながら、諸兄は、火がついたように痛む傷と同じほどに、じりじりと痛く熱く胸を焼く焦燥として（千寿に会いたい！）と希求した。

あの斬られて死ぬおのれを実感した瞬間、人生の大事と瑣末事《さまつじ》とをはっきりと見分けた。業平の言ったとおり、瑣末事は瑣末事に過ぎないと知った。

生まれや身分などに拘泥《こうでい》するより、千寿という存在自体を大切に思い、くだらない遠慮などしている暇に、全身全霊をもって愛し慈しむべきだったのだ。

（もしも今日、あのまま死んでいたら）と思うと、こうして生きている命を一瞬の無駄もなく千寿のために注ぎたくて、矢も盾もたまらない。

だがいまはまだ処理するべき事どもが残っていて、焦燥は抑えておくほかないのだった。

傷は麻布で幾重にもきつく巻き締め、着替えを終えて蔵人所町屋に戻ると、町屋は二重に騒然としていた。舎人や雑色《ぞうしき》達は、諸兄と供の者の遭難事件を色めき立ってしゃべり合っていたし、先に戻っていた紀数雄や、頭《とう》の良峯宗貞《よしみねむねさだ》と橘《たちばなの》真直《ますぐ》を含めた蔵人達は、諸兄の曹司《ぞうし》に集まって、そうした恐ろしい危険に見舞われたわけをくわしく詮索しようと待っていた。

諸兄は、上司と同僚達に一連の事の顚末を報告し、一同は深く驚き入りながら、諸兄の即断実行ぶりと襲撃をくぐり抜けた武勇を褒《ほ》め称え、負傷が浅手で済んだ幸運を喜んだ。

「それにしても、陰陽寮にも根を張った一味であるとは、恐ろしきことよ」

「陰陽頭殿は、ただちに西雅院にて破呪の祈禱《きとう》にかかられる由」

「そのこと、帝には？」

「奏上してまいった。おぬしが襲われたことは申し上げていないが、よいな？」

「むろんだ。このようなかすり傷でお心をお悩ませ申すなど、畏れ多きこと」

「身どもは宿直に上がるが、おぬし、帝への復命はどうする？」

「これより参上つかまつりたいと存じますが」

「うむ、誰の口から騒ぎがお耳に入らぬともかぎらぬ。ともかく無事な顔をお見せしておくがよかろう」

「ははっ」

帝は、諸兄の迅速《じんそく》な手配りを「頼もしく思う」とお褒めくださり、「事が落ち着くまで朕《ちん》のそばに侍《はべ》っていてくれ」と仰せつけになった。

諸兄は謹んで承り、その夜とそれからの三日間は、傷から発したかなりの熱にも黙って耐えて、仰せのとおりに昼夜おそばに侍って過ごした。

後日そのことをお知りになった帝は、「なんと剛にして忠誠篤き男よ」といたく感激なされ、諸兄に、経《たて》青緯《ぬき》黄色の織りの『菊塵《きくじん》』とも『山鳩《やまばと》』ともいう色目の袍を賜《たまわ》った。

これは、『極臈《ごくろう》の蔵人』と呼ばれる帝の信任篤い六位蔵人一人のみが、格別に与えられる特殊の位袍《いほう》で、これを着用してお仕えするのは、たいへん名誉なことなのである。

ところで、諸兄が九死に一生を得た日の夜。千寿もまた、人生観が変わるような出来事に見舞われていた。

その夜……業平様が住まいにしておられる月見殿の片すみに、几帳《きちょう》で囲った寝場所をいただき、立派な寝具も調《ととの》えていただいた床で眠っていた千寿は、誰かが胸乳に触れてきたのを感じて「ん」と目を覚ました。

寝ぼけ頭で（諸兄様はなさりたいのじゃな）と考えた唇に、唇がかぶさってきて、そろりと舌を入れられた。

千寿は目が開かないほど眠たかったのだが、諸兄様のお求めだ。舌への舌での愛撫《あいぶ》にお応えして、いつものようにちゅくちゅくとお吸いした。

口元にかかる息がフッと笑って、舌がいつにない動きを始めた。上顎《うわあご》の前歯の裏あたりを舌先で撫《な》でこすられて、千寿の背筋をゾクゾクンッと戦慄《せんりつ》が走った。するりと裾の中に入ってきた手が股間《こかん》をなぶり始め、ゾクゾクと背筋を伝う快感はするどさを増した。眠気に負けていたそれが、愛撫に応えてじわりじわりとふくらみ始めるのを感じ、体が目覚め始めるにしたがって意識も目覚めて、千寿はハッと思い出した。

ここは業平様のお屋敷で、諸兄様はおいでにならないはずではないか！

目を開けても几帳囲いの中は闇で、

「だ、誰っ!?」

と叫びつつ逃げ出そうとした腰を、むんずと抱き捕らえられた。

「俺のほかに誰がいると思うのだ」

笑いながら言ったお声は業平様のものだったが、千寿はほっとするどころではなかった。

一方の腕で千寿の腰をお抱きしめになった業平様の手は、まだ股間への悪戯《いたずら》を続けておられるのだ。

「なにをっ、何をなさりまするっ、おやめくださりませっ」

「ここには触れぬゆえ、しばし許せ」

業平様は『ここ』とはどこかを指で撫で教えながら、相変わらず笑っておられるお声でおっしゃり、

「ああ……人肌はよい」

と喉《のど》を鳴らすように嘆息された。

「こ、こまっ、困りまするっ」

「ん？　達《い》きそうならば達ってよいぞ」

「い、いえっ、あのっ」

「そうか、まだいじられ足りぬか」

「ちがっ！　ど、どうかおやめをっ」

千寿は必死でお願いした。業平様のなされようというのは、諸兄様よりずっと巧みでいらして、このままではほんとうに達かされてしまいそうだったのだ。

「俺のほうこそ達きたいが、まさかそなたに女日照《ひで》りの憂さ晴らしを頼むわけにはゆかぬからなあ」

千寿はそれを聞くや、飛びつく思いで、

「いたしまするっ」

と申し出た。

「こ、これをお放しいただけますならば、お溜《たま》りのものをお出ししてさしあげまするゆえっ」

「ほう、よいのか？　諸兄のもの以外は触れたくもなかろうに」

それはそうだが、それで業平様の淫心《いんしん》が鎮まり悪戯をおやめいただけるなら易《やす》いものだと、

千寿は思った。

「お手当てでござりまする。寺でも昔、いたしたことでござりまする」

「ほう？　どのようにいたした？」

咎《とが》めるような口調で聞いて来られて、

「て、手でいたしました」

とお答えした。

「まだ七つの歳で、意味もわからぬころでござりました。腫《は》れの病の手当てと騙《だま》され、牛の乳のように搾り出せばよいからと教えられまして、そのように……」

「その坊主ども、みな罰が当たって腐り落ちておればよい気味だ」

吐き出すようにおっしゃって、業平様は千寿をお放しになられた。

「悪ふざけが過ぎた」

とお詫《わ》びになられて、身を起こされた。

「すまぬ」

とつぶやき声でおっしゃられた。

「お体がおつらいのでござりましょう？」

千寿は言った。

「俺の相手をする気なら、手などでは済まぬことになるぞ」

と脅された。

「諸兄には終生明かす気はないし、おまえにも言うつもりはなかったが、俺はおまえに会うた最初から、抱いてみたいと思うていたのだからな」

そういえば、そのようなことをおっしゃっていた、と思い出して、千寿はそろりと腰を引いた。

「だがおまえは、俺の大事な親友の想い者だ。諸兄のためと百歩譲ってあきらめた恋を、またぞろ燃え上がらせてくれようとは、罪作りというものだぞ」

「こ、恋……？」

この方がわしに!?　と驚いて口ごもった千寿に、業平様は苦笑しているお声で言われた。

「諸兄もにぶいが、おまえも鈍だな。俺がおまえに恋心を抱いておることは、おまえ達二人以外には一目瞭然《りょうぜん》のようだぞ。だから国経《くにつね》もそのように」

「は、はあ」

千寿は困りきってうつむいた。

はっきりと言葉にされてしまった業平様のお心を、どのように取り扱えばいいのかわからない。千寿は、この業平様というお方を好きになっていたからだ。

もちろん諸兄様に向ける気持ちとは別の、恋にはなり得ない「好き」ではあったが、それでも「このお方に嫌われたくない」という思いは強かった。

だから何か言わねばと焦って、

「わ、わしは」

と言いさして、昼間のお二人の会話に出てきた言葉が頭に浮かんだ。

「わしにとって業平様は、兄のようにお慕いするお方でござりまする」

言って、『兄と慕う』という言い方は、自分の気持ちを過不足なくあらわすものだと確信した。

そして業平様は、

「では俺は、おまえに慕われ、頼りに思うてもらえる『兄』でおるよう努めよう」

とおっしゃってくださった。

「そうして努めているうちにいずれ、おまえを熱く恋するこの気持ちも、まことの兄のようなおだやかな情愛に落ち着いてくれるだろうさ」

「はい。ありがとう存じまする」

「ところで兄として言うのだが、諸兄は閨事《ねやごと》に関してもまったくの不器用であるようだな」

それは、ふたたびの風向きの変わりを嗅《か》ぎ取ってもよい言葉だったのだが、業平様はまるでさりげない世間話の調子でおっしゃり、千寿はその口調に騙された。

「いえ、そのような」

と返したが、

「いやいや、口吸いの仕方もよく知らぬようだったぞ。俺がしてやったようなふうには、してもろうたことがなかったのだろう？」

と言われて、事実だものでつい、

「……はい」

とうなずいてしまった。

「いかぬなあ。おまえもおまえで、諸兄から習うたこと以外は知らぬのだろう？」

「はい」

「どうりで、まるで物知らずな応じぶりだった。まあ、諸兄もおまえも満足しておるなら、それでよいわけではあるし、例の諸兄が食ろうた呪詛の件は解決したようだから、そうは手管も必要ないのでもあろうが」

「ご存じなのですか!?」

と驚いた。

「何がだ？」

「じゅ、呪詛のことでござりまする」

「おう。あれのせいで勃《た》たなくなっていたころに相談されてな、いろいろ教えてやった」

業平様はおっしゃり、ふと声音をお変えになった。

「もしや、まだあのままか？」

「は、はい」

うなずいた千寿に、業平様は眉《まゆ》をひそめておられるらしい口調でお答えになった。

「それはおかしい。あの女には俺からの文をやって、諸兄から気が逸《そ》れるよう計ろうてやったのだ。呪詛はとうにやめておるはずだが」

「そうなのでございまするか!?　でも、あの……」

「呪いは解けたにいまだ勃たぬというのは、おまえの仕方がつたないせいではないのか?」

言われて千寿は（そうなのかもしれない）と思った。

「ふむ……これは兄として、おまえに手管の一つ二つは教えておいてやるべきだろうか」

という業平様のつぶやきに、思わず、

「ぜひっ」

と膝を乗り出した。

「諸兄様はずっとお心の晴れぬままで、お気の毒なのでございまするっ。なにか手だてがありまするなら、習い覚えたいと存じまするっ」

「まあ、教えてやってもよいのだが、諸兄に知れたら何と誤解されるやもしれぬ。いや、やはりやめておこう」

それが自分を乗せるための焦《じ》らしの手口とは気づかずに、千寿は闇の中を掻き寄って、業平様のお膝に触れた。

「お願い申しまするっ！」

とすがり頼んだのは、あれ以来ずっと不全にお悩みの諸兄様をお助けしたい一心だ。

「では、諸兄には秘密にできるか？」

と問われて、

「はい！」

と勢い込んで請け合った。

「では教えてやろう」

業平様はやっとうなずいてくだされて……

諸兄様と共寝する時のように、並んで寝床に横になった。

「まずは口吸いの稽古《けいこ》からだ。俺がすることを真似てごらん」

（このお人と口を吸い合うのは、少しいやじゃなあ）と千寿は思ったが、せっかく教えてもらえることになったのに、最初から「いやだ」を言っては、「では教えぬ」と言われてしまいそうだ。

（先ほどのあれは諸兄様と思い込んでの間違いじゃったが、ともかく、もう一度はしてしもうたことなのじゃから）と自分を納得させた。

「よろしゅうお教えくださりませ」

とお返事した。

「ではな、まずはこのように……」

改めて唇を合わせてみれば、お口は丁子《ちょうじ》の香りをさせておられた業平様のお舌の技は、頭の中がぼうっとなってくるのと同時に、股間がじ～んじ～んと痺《しび》れるように熱くなってくるような快さを与《よ》え、千寿は（この技を覚えれば、きっと諸兄様をお勃たせすることができるに違いない）という希望を覚えつつ、懸命に真似習った。

「うむ、なかなか筋がいいぞ。では次に進むが、俺がどこをどういうふうにした時に、どういうぐあいに快いかを、一つ一つ頭に留めていくように。おまえ自身がされて快いと思ったことは、諸兄にも快いはずだからな」

「は、はい、しかと学びまする」

「ああ。よう学べ」

少し笑った声でおっしゃって、諸兄様は千寿の単衣《ひとえ》をはだけられると、まず両の乳をお嘗《な》めになった。それから、舌先をすうっと嘗め下ろしてへそに。

「きゃっ」

「くすぐったいか？」

「は、はい、あの、おやめを」

「くすぐったいところは、仕方を工夫すれば快くなる場所だ。たとえば、このように……」

業平様は、嘗め濡《ぬ》らされた乳首を指でつまんでくりくりとお揉《も》みになりながら、へそのまわりを嘗めたり、へその中を舌先でくすぐったりなさり始めた。そして最初は、むしろ心地悪いみょうな感じしかしなかったのが、されているうちに何やら快くなり始めて……

「あ、おかしな……おかしな心地がいたしまする」

「快くなってきたのだろう?」

「は、はい、あの」

「舌でするにも指ででも、肌というのはなぶり方しだいで快くなる。こう、焦らすようにソソといたしてやるとな」

「あっ、あっ、あっ!」

思わず喘《あえ》ぎ声を上げてしまった千寿に、業平様が楽しそうにおっしゃった。

「何度か洩《も》れ聞いてはいるが、こうしてじかに聞くおまえの声というのは、いかにも興をそそる艶《えん》なる声音だな」

千寿はカアッと赤くなった。

「そのような声を上げられては、諸兄がつい暁まで励んでしまうのも無理はない」

そうたたみかけられてドキリと思いついたのは、(たとえ手管をお習いするためにしても、諸兄様以外のお方に、このように触れられてしもうてよかったのじゃろうか)という、いまさら遅い気もする疑義だった。

それに、習い事でよがり声など上げてしまうのは、はしたないことだろう。いや、そもそも自分は、諸兄様を快くしてさしあげる方法を習うはずで、自分が快くされてしまっては筋が違うのではないか？

そこで千寿は、業平様にそう言ってみたのだが、

「おやおや、おまえは師匠の言うことをまるで聞いていなかったな。わが身をもって快感の引き出し方を覚えるようにと、先ほど言うたであろうが」

というお叱りで却下された。

千寿は仕方なく（せめて声などは出さないようにしよう）と思い決めたのだが。

業平様のお教えが股間の仕方に至るに及んで、声を殺すどころか喘ぎを抑えることもできなくなってしまった。

「あっ、あっ、い、いや、こ、困りまする、も、もうお許しくださりませ、困りまするっ」

「ふふ……そうそう、そうした物言いは男をそそり立てる。『いや』『やめて』『許して』は床の中での霊振《たまふ》りの呪言とでもいうべき誘い言葉だ」

「ほ、ほんとうに困るのでござりまするっ、お、お許しをっ、も、もうお許しをっ」

「ふふ、その調子だ。いやがるふりがまことに愛《う》いぞ、千寿」

「ああっ、な、業平様っ、お、おやめっ、おやめくださりませえっ！」

……一刻ほどのち。

千寿は、業平様の去られた寝床に、うち捨てられた人形のように横たわったまま、まんじりともできない悔いに浸っていた。

もちろん抱かれたわけではない。業平様は何も無体なことはなされなかった。だが身をもって味わわされた数々の手練の手管は、千寿を抗しがたい惑乱に引き込み、いったい何度放ってしまったことか……

（こんなはずではなかった。諸兄様以外のお方の手で、あんなふうに快くならされてしまうとは……あんなはずではなかった！　これでは諸兄様をお裏切り申してしもうたようなものだ！　あんなに幾度も……諸兄様にしていただく時より回数多く達《い》ってしもうたりして！　ああっ、このようなことになっては申しわけが立たぬではないかっ！）

業平の意図への疑いは露ほども持たないだけに、（わしの体は、なんと淫《みだ》らではしたないのじゃろう）という千寿の罪悪感は深く、その思いは寝ても覚めても消えなくて、無意識に作る表情やしぐさの端々にあらわれた。

すなわち、おのれを深く恥じ入る心が、それまでは何につけても子どもっぽい開けっ広げさだった千寿に、羞恥《しゅうち》を知った陰りを植えつけ、挙措《きょそ》や言動にいままでとは違う心配りを置くようになったのだ。

業平様から「暑ければ池で遊んでよいのだぞ」とおっしゃっていただいても、いまの千寿はもう、ぱっぱと裸になって池に飛び込むなどという真似はできない。人目に肌をさらすことに強いためらいを覚え、袴《はかま》や袖をまくって足や腕を剥き出しにすることすら気恥ずかしい。

また業平様から色めいたからかいを言われるのはたまらなく恥ずかしく、聞けばたちまち首まで真っ赤になってしまう。

業平様は、そんな千寿に呆《あき》れるお顔で、

「まるで男を知らぬ娘のような態度をするね」

とおっしゃるが、それがまた羞恥心をえぐられる思いでたまらない。

千寿が業平邸に預けられて五日後。

諸兄様が突然に、「ようすを見に来た」と訪ねておいでになられて、千寿の狼狽《ろうばい》は頂点に達した。

上がり口までお迎えに出たのだが、お顔を見る勇気が出せなくて面を上げられない。そうした態度で怪しまれてはならないと懸命に努めて、九分通りにはやれたのだが、諸兄様と目を合わせることだけは、どうしてもできない。

ついに諸兄様から、

「ようすが変だぞ。いったいどうしたのだ」

と聞かれてしまい、千寿は進退極まった心地で涙ぐんだ。

窮地を救ってくだされたのは業平様だった。

「まずは千寿の顔色が気にかかるというのは、おぬしらしい可愛《かわい》げだが、俺は東宮の件のほうが気にかかる」

「おう、それよ。帝のお声がかりで陰陽寮がこぞって探索に当たったところ、なんと東宮の御《ぎょ》寝《しんの》間《ま》の床下で、呪物を封じた壺《つぼ》が見つかってな」

「ほう。それはまた大胆な仕掛けをやったものだな」

「東宮のお側仕《そばづか》えの女房の中に、一味の者がおったのよ。それも、なんと二人もだ！」

「では陰謀いたした者どもは捕らえられたのだな？」

「ああ。壺が見つかったと知って逃げようとした女達を捕らえたところ、すぐさま一味の名を白状した。千寿が言うたあの二人と、陰陽師《おんみょうじ》が一人だ。ただちに兵が差し向けられ、三人とも取り押さえられた」

「では、あの件については、千寿はもう安全だな？」

「ああ。だからこうして会いにまいった」

「なんだ、迎えに来たのではないのか？　文に書いてやったとおり、千寿は俺の薫陶《くんとう》で、めっきりおとなになったぞ」

業平様のお言葉に、千寿はギクッとこわばった顔をいそいで伏せた。何を書き送られたのか、何を言い出されるおつもりなのか。あのことは固く秘密にするとおっしゃられた、あのお言葉をないものにされるのか……心臓がドキドキと荒い鼓動を打っている。

「うむ。じつは俺のほうに、いささか差し障りができていてな」

諸兄様は言いよどみ、業平様がお尋ねになった。

「まさかと思うが、帝の前で千寿の名を出してしまったのか？」

「いや、そうではない」

「では何だ。千寿の変わりぶりもぴんとは来ぬほど、気を取られるようなことらしいが」

「ん？　そういえば、ひどくおとなしいな」

諸兄様がじっと自分をごらんになっているのを感じて、千寿はますます深く顔を伏せた。心持ちは青ざめていくのに、耳には熱く血が上っていくのがわかる。

「千寿？　どうしたのだ。もしや体のぐあいでも悪いのか」

「そのせりふはそっくりおぬしに返すぞ。その顔づやの悪さ、目の落ちくぼみはどうした」

業平様がおっしゃり、千寿は思わず顔を上げた。

目に飛び込んできた諸兄様のお顔は、なるほど色つや悪く頰も瘦《こ》け、（なぜ気づかなかったのか！）と驚くばかり。

ところが諸兄様のほうも（ん？）と何やら驚かれたお顔をなさったと思うと、ムッとひそめた眉の下からギロリと業平様を睨《にら》み見ておっしゃった。

「……あの文の文言《もんごん》、いささか気になったが、まさかそのような意味ではなかろうと打ち消していたのだが……業平殿、おぬし千寿に何をした」

バレる！　と思った瞬間、千寿はとっさに逃げ出そうとしたが、

「業平ァッ!!」

という諸兄様のすさまじい大音声《だいおんじょう》にぎょっとして振り向いた。

諸兄様は座を蹴《け》って立ち上がるや、恐ろしい勢いで業平様につかみかかり、双方の烏帽子《えぼし》が飛んだ。

「千寿に何をした!!　言え、業平ァッ!!」

胸倉をつかんだ業平様にのしかかってわめいた諸兄様は、まるで気が狂ってしまわれたかのような尋常ではない形相で、（お止めせねばっ）と千寿は思った。

「わたくしがいけないのでござりまするっ！」

と叫びざま、お背中にドンと抱きついて業平様から引き離そうとした。

「あうっ」

と諸兄様が苦しげに息をお詰めになり、

「放してやれ、千寿！」

と業平様が声を張られた。

「諸兄は背に傷を負っている、いまのはもろに生傷を突いたぞ」

「ええっ!?」

あわてて手を放した。諸兄様はハァッハァッと全身で喘がれていた。ひたいを光らせているのは脂汗《あぶらあせ》か!?

「い、いったい！　諸兄様⁉」

「お、俺は大事ない。それより、そなた」

「大事ないどころではないではありませぬか！　いつお怪我《けが》を⁉　なぜ⁉　なぜ千寿にお知らせくださりませんでしたか！」

「その言いわけはあとにさせてやれ」

業平様がおっしゃって、パンパンと手をたたかれた。

「誰かある！　急ぎ床を支度しろ！」

「は、はいっ！」

と千寿は支度に走った。


その日から次の日の夕刻まで、諸兄様はまるで魂が抜けておしまいになったかのように昏々《こんこん》と眠り続け、千寿はまんじりともできない心地で枕元に座り続けた。

人の命の重みと愛しさ、その儚《はかな》さへの恐怖とを、こうまでありありと身に迫って実感したのは、生まれて初めてのことだった。

眠り続ける諸兄様が、ときおりフウと大きく寝息をつかれるたびに、よもや末期《まつご》の吐息ではあるまいかとドキリとしてしまう。お目覚めにならないのは、お怪我を押してのお働きで疲れ果てておられるせいで、命には別状ないと何度聞かされても、ちっとも安心などできない。

（どうか諸兄様、疾《と》く疾くお目をお覚ましくださりませ。お目をお開けになり、お声をお聞かせくださりませ。わしをごらんになられて『千寿』と笑ってくださりませ、どうかっ）

祈る思いで一昼夜以上も寝顔を見守り続けるあいだに、このお人と出会ってから今日までのことを、何度も何度も思い返した。

初めてお会いした時の、（なんて丈高い方だろう）と思いながら見上げた印象……どういうお人かわからないまま、武骨なお顔だちから（怖そうなお方だ）と思ったこと……なくした独鈷杵《とっこしょ》を何日も探して見つけてきてくださった時の、おやさしく温かい誠心が身に沁み込むように思えた心地……愛しいと抱きしめていただき、体も心も愛しみでくるんでいただき、心底からの愛情で可愛がっていただいた、昼と夜……

でも、この体が裏切りを働いた。諸兄様のお為と思ってしたことではあったけれど、ほかのお人の愛撫で感じてしまった。何度も……何度もくり返し！

（秘め通そう）

と、ひっそりと固く決めた。

（業平様とああした交わりをしてしもうたことは、固く固く秘め通そう）

それがずるいことなのはわかっている。諸兄様を二重にあざむく、卑怯《ひきょう》で卑劣なふるまいであることは知っている。

（でもわしは、何と引き換えても諸兄様のお心を失いたくない。たとえずるくても卑劣でも、どんなに嘘を重ねることになっても、わしは諸兄様に愛されていたい。そのためならば何でもする！　何でもできる……！）

かくして千寿は、諸兄への絶対の隠し事を持つことになったが、諸兄もまた、千寿への絶対の秘密を隠し抱いている。二人それぞれに得た秘め事と、それぞれに味わった覚醒とは、こののちの二人の恋模様に、微妙な綾《あや》と彩りとを添えていくことになる。

一昼夜と半日間の熟睡から覚めた諸兄が、まず目にしたのは、憂いの露を振り払って晴れ晴れと咲きほころぶ花のような、えも言えぬ可憐《かれん》にして美しい千寿の笑みだった。

「ようお眠りでございました」

とおとなびてほほえんだのは一瞬。

「やっとお目覚めになられたっ」

と、みるみる目に涙を盛り上がらせながら、うれしそうに大きく笑った、子どもっぽい泣き笑いの顔こそが、諸兄が見たかったものだった。

「結局、心配をかけてしもうたな」

「はいっ、もしやこのままお目を覚まされなかったらどうしようと心配で心配で、すっかり足が痺《しび》れました」

そうふざけて見せた千寿は、またおとなびた顔になっていて、その表情のいままでにない朧《ろう》長《た》けた色めかしさに、諸兄は股間がミシリと疼《うず》くのを覚えた。

「ずっと付いていてくれたのか？」

と尋ねながら手を差し出せば、千寿は押し頂くようにその手を握り、「はい」と喉の奥で答えた。

「寝もやらずに、ここにいたのか？」

「もしやと思うと恐ろしゅうて、とても眠ることなどできませなんだ」

「では眠かろう。ここへ……おいで」

もじっと顔を伏せた千寿の手をぐっと引いておいて、

「水干と袴は解いたがよかろう」

と手を放した。

千寿は、いと羞《はじ》らうふうにうなじまで薄紅色に染め、「はい」と小さくうなずいた。

袴を解き、水干を脱ぐのにも、千寿はこちらに背を向けて恥ずかしげにためらいためらい手を動かし、諸兄は（どうも本格的に業平殿を問い詰める必要がありそうだ）と思ったが、それを千寿に言う気はなかった。たとえ何があったのだとしても、千寿の、諸兄との時を前にしてうれしいゆえに気恥ずかしいらしい心持ちは見えている。

やがてそっと掛け具を剝ぐって床に入ってきた千寿は、背の傷を敷かぬよう横臥《おうが》した諸兄が腕に抱き込んでやろうとすると、「お傷に障ります」と遠慮を言った。

「こちらの腕は障りないし、俺はそなたを抱きたいのだが?」

と耳にささやいてやると、千寿は諸兄の腋《わき》に顔を埋めるようにしていやいやをし、

「まだご無理はなりませぬ」

とたしなめてきた。

そこで諸兄は千寿の繊手《せんしゅ》を取って、おのが股間に導いた。

「これがな、このように腫れてしもうてミシミシと痛むのだ」

「え……」

千寿は手に触れたそれにおずおずと指を絡めてき、諸兄はズンッと腰骨にまで響いた刺激感に思わず呻いた。

「お痛いのでござりまするか?」

千寿が、気遣う口ぶりながら声音は笑い出しそうな調子でささやき、諸兄はまじめくさって答えた。

「うむ、たいそう痛い。背なより痛む」

「ではお手当ていたしまする」

しとやかに掛け具の下にもぐり込もうとした千寿を、抱き止めた。

唇を求めると、千寿は慎ましやかにはにかみながら諸兄の求めに応じ、その甘やかな感触に諸兄の股間はさらに張り裂けんばかりの内圧をくわえた。

「ううむ、いかん」

どうにも耐えがたい痛苦にたまらず呻いた諸兄に、千寿がクスクスと笑ってささやいた。

「ですから、まずはお手当てを、と」

それから水に潜るカイツブリのようにつぷんと掛け具の中に頭を沈め、温かい口がズキズキとはち切れそうなそれをするりとくわえ込んだ。

「むっ……うっ……く」

あらがう間もあらばこそといった放華は、諸兄の畏れ心をチクリと突き、だが途中で止められるものではない。（またこれで勃たなくなるやもしれぬ）と恐れながらも、最後のひとひらまで放ちきった。

だが、そうした恐れは杞憂《きゆう》だった。ごそごそと胸元に戻ってきた千寿が、頬を上気させた顔をぎゅっと胸に押し当ててきて、「お元気になられて、うれしい……」という感極まった声音でのささやきを聞かせてくれたとたん、諸兄のそれはいななき声を上げんばかりに奮い立ったのだ。

背中の治りかけの傷の疼痛《とうつう》など、冬過ぎて春を迎えた駒よろしき奔馬と化した愛欲にとっては、花草を編んで作った手綱《たづな》ほどのいましめにも働かず、諸兄は我を忘れて千寿のしなやかな美身をむさぼった。

桃の実のような白くなめらかな尻の狭間の、ムクゲの花のそれのように艶《つや》やかに紅く咲いた花芯に、固く猛った魔羅《まら》をむりりと突き入れる心地は、アァッアアッという千寿のたまらなげな息遣いにさらに快さを煽《あお》られて至福の忘我をもたらし、おのれの快感ばかりにかまけた力まかせの抜き挿しが、千寿の柔襞《やわひだ》を傷つけていたことにも気がつかなかった。

幾度と数える意識もないままにめくるめく放華を重ねて、ふと心づけば、千寿は無残に散らされた花のようにぐったりと身を投げ出し、息も絶え絶えの喪心に陥っていた。

これはいかぬと、あわてて手をさすり足をさするあいだに、血をにじませた傷にも気づいて青ざめた。

「これ、千寿！　千寿⁉　ああっ、頼む、『魂《こん》よ帰り来たれ。東方には以《もっ》て託すべからず』『魂よ帰り来たれ。南方には以て止《とど》まるべからず』『魂よ帰り来たれ。西方の害は、流沙《りゅうさ》千里なり』『魂よ帰り来たれ。北方には以て止まるべからず』だぞ、千寿！」

屈原《くつげん》の《招魂》賦を引用して必死にかき口説き、

「『魂よ帰り来たれ。君、天に上るなかれ』」

と口にして、ドッと涙があふれた。天に昇るのも地下《ちか》に下るのも、死そのものをあらわすことであるからだ。

と……

「虎豹《こひょう》九關《きゅうかん》にありて……下人《かじん》を啄害《たくがい》す……一夫九首《いっぷきゅうしゅ》、木を抜くこと九千なり……」

か細く賦辞の続きを唱えたのは、色青ざめた千寿の唇！

「魂《たましい》、戻ったか！」

と抱きしめた。

「……相すみませぬ……羽化登仙《うかとうせん》の境《きょう》に遊びおりました……」

という返事に、さらにひしと力を込めた。ゲホッと苦しげに咳《せ》き込まれて、あわてて腕をゆるめた。

そんな諸兄に、千寿は可笑《おか》しげに愛しげにほんのりと笑み、諸兄は気も狂わんばかりにせつない幸福感に襲われて、渾身の自制のもとにそっと千寿を抱きしめた。

「ひどい仕方をいたしてすまなんだ。その……久方ぶりで理知を働かせる余裕がなかった。まるでサカリのついた獣のようなざまで……まことにすまぬ」

心からの悔悟《かいご》を込めてささやいた諸兄に、千寿は、体の痛みは悟らせないうっとりと幸せそうな表情で見上げて、哀れにかすれた声でささやき返してきた。

「諸兄様が元どおりお元気になられた、何よりの証拠でござりまする。あのように気も飛ぶほどにしていただけて、千寿はうれしゅうござりまする」

「だが、怪我をさせてしもうた。痛むであろう？　痛むよのう」

「よいのでござりまする。諸兄様がしてくだされることは、千寿には、すべてよいことでござりまする。触れていただけぬよりは、ずっとずっと……」

あとの言葉は、愛らしい目元からなめらかな頬へとほろりとこぼした涙が語り、諸兄は心の奥の奥底から、瑣末事に囚われて怯懦《きょうだ》に逃げ込んでいた自分を悔いた。

「二度とつまらぬ呪いなどに足を取られたりはせぬ」

と誓った。

そう……思えばあれは、まさに呪いに縛られたようなものだった。身分差という呪縛《じゅばく》に心捕らわれて、泣かせてはならぬ愛しい者を悲しませ、不安にさせ……

「俺は、呪いなど跳ね返せる強い男になろうぞ。そなたのために」

「はい……はい……っ」

ふううっと息を搾《しぼ》るように泣きむせび始めた千寿の嗚咽《おえつ》は、嬉《うれ》し泣きだとわかりはしたが、千寿がこんなふうに泣くハメになる原因を作ったのは、一にも二にも自分の弱さだ。

「うむうむ、もう泣くな、そのように泣いてくれるな」

肉づきの薄い華奢《きやしや》な背を（泣き止んでくれ、泣き止んでくれ）と撫でながら、諸兄はけっして忘れまい自戒の言葉を、千寿の耳に語り告げた。

「いみじくも業平殿に言われたとおり、俺は『腰抜けの大馬鹿者』で『根性なしの卑怯者』で『度胸も度量もない』、まことに情けない男だった。

だが、これからは変わる。二度とそなたを泣かせたりはせぬ。どうか信じてくれ」

「……はい……はい」

千寿はうなずき、「けれど」と言い継いで続けた。

「諸兄様のお体がご不自由なことになられましたのは、どこぞの女人の呪詛のせいでござりまするし、呪詛と申しますものは、気の持ちようだけで跳ね返すのはなかなかにむずかしいものと存じまする。

ですから、どうかそのようにご自分をお責めくださりますな。あれは、防ぎようのない日照りのような災厄だったのでござりまする」

諸兄は（うっ……）となりつつ、おおあわてで自分の言った言葉を検証した。千寿には自分の不全を「呪詛のせいだ」と信じさせてあったのに！　うっかり考えなしなことを言ってしまっていたか!?

「そ、それでも俺は、呪詛になど負けぬ俺でありたかった」

と言い繕ったが、あわてたせいで言い始めを口ごもってしまい、ドッと冷や汗が出た。

「もう過ぎたことでござりまする」

という千寿のささやきに、

「う、うむ」

とうなずいた。またしても浮き足立った返事をしてしまった自分に腹の中で舌打ちしつつ、しっかりと心のほぞを固めて直して言いくわえた。

「そうだな、過ぎたことだ」

「はい」

それからすぐに千寿は寝入ってしまい、諸兄もいつしか眠りに落ちて、目覚めたのは翌日の昼下がりだった。

「雨降って地固まるというが、おぬしらの場合は、天に轟《とどろ》く艶声《えんせい》と黄泉《よみ》までどよもす家鳴《やな》りを経て、ようやく仲直り。言っておくが、次からは自分の屋敷でやってくれ。俺はもう二度と、おぬしらを俺の屋敷には泊めぬぞ。自慢の月見殿の根太《ねだ》はゆるむし、さんざんだ」

という、口が悪いにもほどがある業平の『追放の辞』に送り出されて、ほんのしばしの道のりを牛車《ぎっしゃ》にて送り届けられ、まだ足腰のおぼつかない千寿を抱き運んではやれないおのれに歯噛みしつつ、無様によろばう足取りをたがいに支え合う体《てい》で帰り着いた実家の曹司には、千寿に宛てた母からの贈物が待っていた。夏の召し物にふさわしい、涼やかな『花橘《はなたちばな》』の色目の水干上下が。

千寿は見るなり涙ぐみ、「御方様は、わしをお許しくだされた」とさもさも大切そうにつぶやいた。

「お礼を申し上げに、すぐにも参上いたしたく存じまするが……」

と諸兄を見上げてきた顔の、行きたいが行けそうにないという困惑の表情は、代わりの手だてを教えてほしいと訴えていたので、

「文を送るのはどうか」

と提案してやった。

千寿はぱあっと顔色を明らめ、起こしているのはつらい体を横たえた床の中で二刻あまりもブツブツと呻吟《しんぎん》して、万葉詩歌調の美しい一首を練り上げた。練り上げたそれを、業平考案のアは『あ』と書く早書き用の仮名文字で薄様の紙に美しく書き上げ、「御方様にお届けください」と仕え女に言《こと》づけた。

『ときじくのかぐの木の実の花の香《か》は　幾久しくに香りあれかし　桂木のかぐわしき香　めでたきごとくに』という千寿の歌を、母はたいへんに喜んだようだ。

その翌日。療養を終えて職務に復帰したそうな業平が、威儀を整えた位袍姿で諸兄を訪れてきて、「東宮暗殺を阻止したおぬしの働きに対する、帝からの御下賜の品だ」という口上で、青緑色の菊塵《きくじん》の袍を置いていった。

「これは……いただくべき働きをいたしたのは、そなたであるのだがなあ」

と困惑の目を向けた諸兄に、まだ床を離れられないでいる千寿は、

「いえ」

と美しくほほえんだ。

「帝は、諸兄様の無私の誠に感じ入られて、諸兄様を『極臈《ごくろう》の蔵人《くろうど》』と御信任あそばされ、この『菊塵の袍』を御下賜くだされたに相違ございませぬ。千寿には、帝のお心持ちがようわか

りまする」

大納言は、息子の立身に大喜びをして、吉日を選んで盛大な宴を張ることにしたらしい。

それから三日後。

中務省《なかつかさしょう》の内舎人《うどねり》という職に、しょうことなしに身を収めて一年になる藤原国経《ふじわらのくにつね》は、つと目の前を横切っていった山鳩色の袍の丈高い男の背に、敵意満々のまなざしを送った。

男の名は、藤原諸兄。ばかまじめでばか正直な質《たち》だけが取り柄の、出世に縁なく利用され踏みつけにされて終わる生涯を定められて生まれたはずの彼は、帝の覚えめでたい側近中の側近であるしるしの位袍を身にまとい、さらに僭越なことに、禁裏随一の美少年を我がもの顔で供に連れ歩いているのだ。四、五年前の国経にそっくりなこと叔父達の折り紙付きの、かの千寿丸を！

しかも、ここ十日近く内裏から姿を消していた千寿丸の、以前にも増して楚々としたゆかしさ艶《あで》やかさが香り立つばかりの麗人ぶりは、新調したらしい花橘の色目の水干の引き立てのせいではないのが歴然としていて、国経の心にむらむらと嫉妬《しっと》のほむらを燃え上がらせた。

少女が色めかしき恋を経て乙女へと風情を変え、秘め事を知って蕾《つぼみ》から花へと咲きひらくように、千寿丸は姿を消していたほんの何日かのあいだに、情けの露に濡れて花咲く喜びを知ったとおぼしい変化を遂げていたのだ。

（いったい、どこで誰と何をしておった！　そなたを我が手の花と手折《たお》った男は、業平か!?　まさか諸兄ではあるまいな！）

「ふっふっふ」

と耳元近くで忍び笑われて、国経はビクッと振り返った。

いつの間に忍び寄っていたのか、国経の肩先に袍の胸が触れそうな場所に立っていた在原《ありわらの》朝臣《あそん》業平は、口元をおおった檜扇《ひおうぎ》の陰からヒソヒソとささやいてきた。

「あれを、そなたにそっくりだと評する者達がいるけれど、見れば見るほど似てなどいないと思わないか？　ああした、風に匂い立つ山百合のような馥郁《ふくいく》たる色香というのは、そなたにはなかったものだものねえ。

まあ、あれがあそこまで色香たっぷりになったのは、何を隠そう、この俺が日ごと夜ごとに手取り足取り腰取りして、こもごも教え込んだ成果なのだけれど」

思わず想像してキリリと歯噛みを洩らしてしまった国経に、業平がヒソリと言った。

「そこで、どうかな？」

「は？」

「そなたもまだ十八……俺の屋敷の月見殿は、水音涼しき自慢の高殿で、夏の一夜をしっぽり濡《ぬ》れて過ごすにはこのうえない。今宵、酒でも飲みに来ないか？」

「ごっ、ご遠慮いたしますっ」

耳を赤くして憤然と歩き去る国経を見送って、業平はククッと肩を揺らした。

小生意気な右大臣の甥《おい》に、こうしたからかいが有効だとは愉快だ。本気で嫉妬しているらしいようすに、ふと思いつきで言ってやったことだが、考えてみれば、色気抜きのただのいたぶりでは趣もひねりも味わいもない。

(千寿に似ているのはたしかだし、落としてみるのもおもしろいな)

と業平は意地悪く思った。

あの一夜に、二人のための謀《はかりごと》のつもりで出した手で堪能した、青い果実のように清々《すがすが》しい肌の愛《め》で心地は、女の体では得られぬものだし。はからずも忘れがたい房事《ぼうじ》となってしまったあのことを、長き未練の尾に後引きせぬためには、千寿の身代わりに使える相手を手に入れるというのも一策だろう。生意気の鼻をへし折る一石二鳥の策でもある。

(むろん、千寿とああしたあの夜の快《よ》さは、なまなかには忘れられなかろうが)

思いつつ見やった視線の先で、極臈の蔵人殿はこちらに気づかないまま角を曲がって行ったが、供の千寿のほうは気がついて、ちらと気まずそうな恥ずかしそうな顔をしながらも小さく会釈をして、姿を消した。

業平はその残像にほほえみを送って、(さて)と止めていた足を踏み出した。

今夜は宿直だ。徒然《つれづれ》の暇つぶしに、あれとあれあたりに文でも書こうか。

千寿を狙った『野盗』の雇い主の割り出しも急がねばならないが、いまだに確かな糸口はつかめていない状態で、どうやら海路のひらく日和《ひより》をじっくりと待つほかはないらしい。

(次に仕掛けてきた時が、こちらの好機。必ず尻尾《しっぽ》をつかんでみせる)

それまでは、慣れた遊びの恋狩りで、待つ間の無聊《ぶりょう》をなぐさめておくつもりの業平である。

あとがき

こんにちは、秋月《あきづき》です。おかげさまで二巻目を出させていただく運びとなりました千寿くん物語、お楽しみいただけたでしょうか。

今回は一巻目にも増して業平様の活躍が華々しく、「諸兄くん、あんた食われてるよォ」と思いながら書いてたんですが……もともと業平様は何をやるにも派手なタイプで、諸兄くんはまじめさゆえに地味な人（典型的な堅物エリート公務員タイプ？）なので、業平様のほうが目立っちゃうのはどうにもしょうがない、って感じです。けっして作者がヨコシマな贔屓《ひいき》をしてこうなったわけではありませんので、念のため。

ちなみに今回の資料としては、中央公論社の日本絵巻大系第八巻『年中行事絵巻』、集英社の漢詩大系第三巻『楚辞』といったあたりにお世話になりました。また吉川弘文館の『有職故実図典』や、山川出版社の『日本史広辞典』、京都書院の『かさねの色目』などは、一巻目から共通の基礎資料です。

それにしても、今回もきつかった……いえ、編集さんや校閲《こうえつ》さんや印刷所さんや、挿し絵の唯月一《ゆづきいち》さんは、秋月の三倍増しにキツかったと思いますけど……関係者の皆さんには、本当にご迷惑をおかけしました。ごめんなさい。そしてありがとうございました。

ところで、この『王朝ロマンセ』が唯月さんの手でマンガになるそうで！

来年一月から『Chara Selection』で連載とのこと。秋月としましてもたいへん楽しみです。絵にするとなると、文章よりごまかしが利かないぶん資料集めや時代考証に苦労されると思いますが、可愛い千寿や頼もしい諸兄、カッコイイ業平様を楽しませてくださいませ♡

それにしても、唯月さんにもお勧めした『年中行事絵巻』は、ただ眺めてるだけでもすっごくおもしろいし、いい資料ですが、高いよね～！　一万五千円するので、興味を持たれた方は図書館で利用されるのがいいと思います。なければリクエストして買ってもらおう！

おっと、それで思い出した。この『王朝ロマンセ』に出てくる内裏があった大内裏の場所は、現在の『京都御所』とは違ってるって、知ってます？　じつは京都というのは、平安時代以降にけっこう何度も戦火に焼きはらわれてますし、また夢枕獏《ゆめまくらばく》&岡野玲子《おかのれいこ》版《陰陽師》に出てくるような火事で焼けるといった事件もあって、『内裏』は何回か引っ越してるんです。

地図を見ていただくとわかりますが、現在の京都御所はロマンセ当時の大内裏の位置からはずっと東にずれていて、千寿くんが小舎人童として駆け回ったり、諸兄があくびを嚙み殺しながら宿直をした内裏は、およそ現在の千本通と丸太町通がぶつかっているあたりにありました。

京都に行かれるチャンスがある方は、そんなことも頭に留めて観光されると、いっそうおもしろいかもしれません。

それでは『王朝ロマンセ』第三巻で、またお目にかかりましょう。

この本を読んでのご意見、ご感想を編集部までお寄せください。

《あて先》〒105-8055　東京都港区芝大門2-2-1　徳間書店　キャラ編集部気付
「秋月こお先生」「唯月　一先生」係

■初出一覧
王朝夏曙ロマンセ……書き下ろし

2002年10月31日　初刷

著　者　秋月こお
発行者　市川英子
発行所　株式会社徳間書店
〒105-8055 東京都港区芝大門2-2-1
電話03-5403-4323(書籍販売部)
　　03-5403-4348(編集部)
振替00140-0-44392

Chara
王朝夏曙ロマンセ

……【キャラ文庫】

印刷・製本　大日本印刷株式会社
カバー・口絵　近代美術株式会社
デザイン　海老原秀幸

ISBN4-19-900244-8

好評発売中

秋月こおの本

【王様な猫】シリーズ 全5巻

イラスト◆かすみ涼和

大学生の星川光魚《ほしかわみつお》は、なぜか動物に好かれる体質。そこで、その特技を活かし、住み込みで猫の世話係をすることに。ところがバイト先にいたのは、ヒョウと見紛う大きさの黒猫が三匹。しかも人間の言葉がわかるのだ。驚く光魚に、一番年下のシータは妙になついて甘えてくる。その上、その家の孫らしい怪しげな美青年達も入れ替わり立ち替わり現れ、光魚を誘惑してきて!?